Emilia Pardo Bazán

Un viaje de novios

Barcelona **2024**
Linkgua-ediciones.com

Créditos

Título original: Un viaje de novios.

© 2024, Red ediciones S.L.

e-mail: info@Linkgua-ediciones.com

Diseño de cubierta: Michel Mallard.

ISBN tapa dura: 978-84-1126-411-2.
ISBN rústica: 978-84-9953-482-4.
ISBN ebook: 978-84-9953-481-7.

Sumario

Créditos _____ 4

Brevísima presentación _____ 7
    La vida _____ 7

Prefacio _____ 9

I _____ 13

II _____ 21

III _____ 40

IV _____ 49

V _____ 70

VI _____ 78

VII _____ 89

VIII _____ 99

IX _____ 108

X _____ 122

XI _____ 134

XII _____ 146

XIII _____ 159

XIV _____ 172

Libros a la carta_____ 195

Brevísima presentación

La vida

Emilia Pardo Bazán (1851-1921). España.

Nació el 16 de septiembre en A Coruña. Hija de los condes de Pardo Bazán, título que heredó en 1890. En su adolescencia escribió algunos versos y los publicó en el *Almanaque de Soto Freire*.

En 1868 contrajo matrimonio con José Quiroga, vivió en Madrid y viajó por Francia, Italia, Suiza, Inglaterra y Austria; sus experiencias e impresiones quedaron reflejadas en libros como *Al pie de la torre Eiffel* (1889), *Por Francia y por Alemania* (1889) o *Por la Europa católica* (1905).

En 1876 Emilia editó su primer libro, *Estudio crítico de Feijoo*, y una colección de poemas, *Jaime*, con motivo del nacimiento de su primer hijo. *Pascual López*, su primera novela, se publicó en 1879 y en 1881 apareció *Viaje de novios*, la primera novela naturalista española. Entre 1831 y 1893 editó la revista *Nuevo Teatro Crítico* y en 1896 conoció a Émile Zola, Alphonse Daudet y los hermanos Goncourt. Además tuvo una importante actividad política como consejera de Instrucción Pública y activista feminista.

Desde 1916 hasta su muerte el 12 de mayo de 1921, fue profesora de Literaturas románicas en la Universidad de Madrid.

Prefacio

En septiembre del pasado año 1880, me ordenó la ciencia médica beber las aguas de Vichy en sus mismos manantiales, y habiendo de atravesar, para tal objeto, toda España y toda Francia, pensé escribir en un cuaderno los sucesos de mi viaje, con ánimo de publicarlo después. Mas acudió al punto a mi mente el mucho tedio y enfado que suelen causarme las híbridas obrillas viatorias, las «Impresiones» y «Diarios» donde el autor nos refiere sus éxtasis ante alguna catedral o punto de vista, y a renglón seguido cuenta si acá dio una peseta de propina al mozo, y si acullá cenó ensalada, con otros datos no menos dignos de pasar a la historia y grabarse en mármoles y bronces. Movida de esta consideración, resolvime a novelar en vez de referir, haciendo que los países por mí recorridos fuesen escenario del drama.

Bastaría con lo dicho para prólogo y antecedentes de mi novela, que más no exige ni merece; pero ya que tengo la pluma en la mano, me entra comezón de tocar algunos puntos, si no indispensables, tampoco impertinentes aquí. A quien parezcan enojosos, queda el fácil arbitrio de saltarlos y pasar sin demora al primer capítulo de *Un viaje de novios*, y plegue a Dios no se el antoje después peor que la enfermedad el remedio.

Tiene cada época sus luchas literarias, que a veces son batallas en toda la línea —como la empeñada entre clasicismo y romanticismo— y otras se concretan a un terreno parcial. O mucho me equivoco o este terreno es hoy la novela y el drama, y en el extranjero, la novela sobre todo. Reina en la poesía lírica, por ejemplo, libertad tal, que raya en anarquía, sin que nadie de ello se espante, mientras la escuela de noveladores franceses que enarbolan la bandera realista o naturalista, es asunto de encarnizada discusión y suscita tan agrias censuras como acaloradas defensas. Sus productos recorren el globo, mal traducidos, peor arreglados, pero con segura venta y número de ediciones incalculable. Es de buen gusto horrorizarse de tales engendros, y certísimo que el que más se horroriza no será por ventura el que menos los lea. Para el experto en cuestiones de letras, todo ello indica algo original y característico, fase nueva de un género literario, un signo de vitalidad, y por tal concepto, más reclama detenido examen que sempiterno desprecio o ciego encomio.

De la pugna surgió ya algún principio fecundo, y tengo por importante entre todos el concepto de que la novela ha dejado de ser mero entretenimiento, modo de engañar gratamente unas cuantas horas, ascendiendo a estudio social, psicológico, histórico, pero al cabo estudio. Dedúcese de aquí una consecuencia que a muchos sorprenderá: a saber, que no son menos necesarias al novelista que las galas de la fantasía, la observación y el análisis. Porque en efecto, si reducimos la novela a fruto de lozana inventiva, pararemos en proponer como ideal del género las Sergas de Esplandián o las *Mil y una noches*. En el día —no es lícito dudarlo— la novela es traslado de la vida, y lo único que el autor pone en ella, es su modo peculiar de ver las cosas reales: bien como dos personas, refiriendo un mismo suceso cierto, lo hacen con distintas palabras y estilo. Merced a este reconocimiento de los fueros de la verdad, el realismo puede entrar, alta la frente, en el campo de la literatura.

Puesto lo cual, cumple añadir que el discutido género francés novísimo me parece una dirección realista, pero errada y torcida en bastantes respectos. Hay realismos de realismos, y pienso que a ese le falta o más bien le sobra algo para alardear de género de buena ley y durable influjo en las letras. El gusto malsano del público ha pervertido a los escritores con oro y aplauso, y ellos toman por acierto suyo lo que no es sino bellaquería e indelicadeza de los lectores. No son las novelas naturalistas que mayor boga y venta alcanzaron, las más perfectas y reales; sino las que describen costumbres más licenciosas, cuadros más libres y cargados de color. ¿Qué mucho que los autores repitan la dosis? Yes que antes se llega a la celebridad con escándalo y talento, que con talento solo; y aun suple a veces al talento el escándalo. Zola mismo lo dice: el número de ediciones de un libro no arguye mérito, sino éxito.

No censuro yo la observación paciente, minuciosa, exacta, que distingue a la moderna escuela francesa: desapruebo como yerros artísticos, la elección sistemática preferente de asuntos repugnantes o desvergonzados, la prolijidad nimia, y a veces cansada, de las descripciones, y, más que todo, un defecto en que no sé si repararon los críticos: la perenne solemnidad y tristeza, el ceño siempre torvo, la carencia de notas festivas y de gracia y soltura en el estilo y en la idea. Para mí es Zola el más hipocondriaco de los escritores habidos y por haber; un Heráclito que no gasta pañuelo, un Jeremías que así lamenta la pérdida de la nación por el golpe de Estado, como la ruina de un almacén de ultramarinos. Y siendo la novela, por excelencia, trasunto de la vida humana, conviene que en ella turnen, como en nuestro existir, lágrimas y risas, el fondo de la eterna tragicomedia del mundo.

Estos realistas flamantes se dejaron entre bastidores el puñal y el veneno de la escuela romántica, pero, en cambio, sacan a la escena una cara de viernes mil veces más indigesta.

¡Oh, y cuán sano, verdadero y hermoso es nuestro realismo nacional, tradición gloriosísima del arte hispano! ¡Nuestro realismo, el que ríe y llora en *La celestina* y el *Quijote*, en los cuadros de Velázquez y Goya, en la vena cómico-dramática de Tirso y Ramón de la Cruz! ¡Realismo indirecto, inconsciente, y por eso mismo acabado y lleno de inspiración; no desdeñoso del idealismo, y gracias a ello, legítima y profundamente humano, ya que, como el hombre, reúne en sí materia y espíritu, tierra y cielo! Si considero que aun hoy, en nuestra decadencia, cuando la literatura apenas produce a los que la cultivan un mendrugo de amargo pan, cuando apenas hay público que lea ni aplauda, todavía nos adornan novelistas tales, que ni en estilo, ni en inventiva, ni acaso en perspicacia observadora van en zaga a sus compañeros de Francia e Inglaterra (países donde el escribir buenas novelas es profesión, a más de honrosa, lucrativa), enorgullézcome de las ricas facultades de nuestra raza, al par que me aflige el mezquino premio que logran los ingenios de España, y me abochorna la preferencia vergonzosa que tal vez concede la multitud a rapsodias y versiones pésimas de Zola, habiendo en España Galdós, Peredas, Alarcones y otros más que omito por no alargar la nomenclatura.

Si a algún crítico ocurriese calificar de realista esta mi novela, como fue calificada su hermana mayor *Pascual López*, pídole por caridad que no me afilie al realismo transpirenaico, sino al nuestro, único que me contenta y en el cual quiero vivir y morir, no por mis méritos, si por mi voluntad firme. Tanto es mi respeto y amor hacia nuestros modelos nacionales, que acaso por mejor imitarlos y empaparme en ellos, di a *Pascual López* el sabor arcaico, ensalzado hasta las nubes por la benevolencia de unos, por otros censurado; pero, en mi humilde parecer, no del todo fuera de lugar en una obra que intenta —en cuanto es posible en nuestros días, y en cuanto lo consiente mi escaso ingenio— recordar el sazonadísimo y nunca bien ponderado género picaresco. No tendría disculpa si emplease el mismo estilo en *Un viaje de novios*, de índole más semejante a la de la moderna novela llamada de costumbres.

Aun pudiera curarme en salud, vindicándome anticipadamente de otro cargo que tal vez me dirija algún malhumorado censor. Hay quien cree que la novela debe probar, demostrar o corregir algo, presentando al final castigado el vicio y galardonada la virtud, ni más ni menos que en los cuentecicos para uso de la infancia. Exigencia es esta a que no están sujetos pintores, arquitectos ni escultores: que yo sepa, nadie puso tacha a Velázquez porque de sus Hilanderas o sus Niños bobos no resulte lección edificante alguna. Solo al mísero escritor entregan férula y palmeta a fin de que vapulee a la sociedad, pero con tal disimulo, que ésta haya de tomar los disciplinazos por caricias, y enmendarse a puros entretenidos azotes. Yo de mí sé decir que en arte me enamora la enseñanza indirecta que emana de la hermosura, pero aborrezco las píldoras de moral rebozadas en una capa de oro literario. Entre el impudor frío y afectado de los escritores naturalistas y las homilías sentimentales de los autores que toman un púlpito en cada dedo y se van por esos trigos predicando, no escojo; me quedo sin ninguno. Podrá este mi criterio parecer a unos laxo, a otros en demasía estrecho: a mí me basta saber que, prácticamente, lo profesaron Cervantes, Goethe, Walter Scott, Dickens, los príncipes todos de la romancería.

Y perdóname, lector benigno, que a tan ilustres personajes haya traído de los cabellos con ocasión de mis insignificantes escritos. Por ventura suele la vista de una charca recordar el Océano; mas la charca, charca se queda. Harto se lo sabe ella, y bien le pesa de su pequeñez; pero no la hizo Dios más grande, por lo cual echará mano de la resignación que a ti te desea, si has de recorrer estas páginas.

Emilia Pardo Bazán

I

Que la boda no era de gentes del gran mundo, conocíase a tiro de ballesta, a la primer ojeada. No hay duda que los desposados podían alternar con la más selecta sociedad, al menos por su aspecto exterior; pero la mayoría del acompañamiento, el coro, pertenecía a la clase media, en el límite en que casi se funde con la masa popular. Había grupos curiosos y dignos de examen, ofreciendo el andén de la estación de León golpe de vista muy interesante para un pintor de género y costumbres.

Ni más ni menos que en los países de abanico cuyas mitológicas pinturas representan nupcias, se notaba allí que el séquito de la novia lo componían hembras, y solo individuos del sexo fuerte formaban el del novio. Advertíase asimismo gran diferencia entre la condición social de uno y otro cortejo. La escolta de la novia, mucho más numerosa, parecía poblado hormiguero: viejas y mozas llevaban el sacramental traje de negra lana, que viene a ser como uniforme de ceremonia para la mujer de clase inferior, no exenta, sin embargo, de ribetes señoriles: que el pueblo conserva aun el privilegio de vestirse de alegres colores en las circunstancias regocijadas y festivas. Entre aquellas hormigas humanas habíalas de pocos años y buen palmito, risueñas unas y alborotadas con la boda, otras quejumbrosicas y encendidos los ojos de llorar, con la despedida. Media docena de maduras dueñas las autorizaban, sacando de entre el velo del manto la nariz, y girando a todas partes sus pupilas llenas de experiencia y malicia. Todo el racimo de amigas se apiñaba en torno de la nueva esposa, manifestando la pueril y ávida curiosidad que despierta en las multitudes el espectáculo de las situaciones supremas de la existencia. Se estaban comiendo a miradas a la que mil veces vieran, a la que ya de memoria sabían: a la novia, que con el traje de camino se les figuraba otra mujer, diversísima de la conocida hasta entonces. Contaría la heroína de la fiesta unos diez y ocho años: aparentaba menos, atendiendo al mohín infantil de su boca y al redondo contorno de sus mejillas, y más, consideradas las ya florecientes curvas de su talle, y la plenitud de robustez y vida de toda su persona. Nada de hombros altos y estrechos, nada de inverosímiles caderas como las que se ven en los grabados de figurines, que traen a la memoria la muñeca rellena de serrín y paja; sino una mujer conforme, no al tipo convencional de la moda de una época, pero al tipo eterno de la forma femenina, tal cual la quisieron natura y arte. Acaso esta superioridad física perjudicaba un tanto al efecto del caprichoso atavío de viaje de la niña: tal vez se requería un cuerpo más plano, líneas más duras en los brazos y cuello, para llevar con el conveniente desenfado el traje semimasculino, de paño marrón, y la toca de paja burda, en cuyo casco se posaba, abiertas las alas, sobre un nido de plumas, tornasolado colibrí. Notábase bien que eran nuevas para la novia tales extrañezas de ropaje, y que la ceñida y plegada falda, el casaquín que modelaba exactamente su busto le estorbaban, como suele estorbar a las doncellas en el primer baile la desnudez del escote: que hay en toda moda peregrina algo de impúdico para la mujer de modestas costumbres. Además, el molde era estrecho para encerrar la bella estatua, que amenazaba romperlo a cada instante, no precisamente con el volumen, sino más bien con la libertad y soltura de sus juveniles movimientos. No se desmentía en tan lucido ejemplar la raza del recio y fornido anciano, del padre que allí se estaba derecho, sin apartar de su hija los ojos. El viejo, alto, recto y firme, como un poste del telégrafo, y un jesuita bajo y de edad mediana, eran los únicos varones que descollaban entre el consabido hormiguero femenil.

Al novio le rodeaban hasta media docena de amigos: y si el séquito de la novia era el eslabón que une a clase media y pueblo, el del novio tocaba en esa frontera, en España tan indeterminada como vasta, que enlaza a la mesocracia con la gente de alto copete. Cierta gravedad oficial, la tez marchita y como ahumada por los reverberos, no sé qué inexplicable matiz de satisfacción optimista, la edad tirando a madura, signos eran que denotaban hombres llegados a la meta de las humanas aspiraciones en los países decadentes: el ingreso en las oficinas del Estado. Uno de ellos llevaba la voz, y los demás le manifestaban singular deferencia en sus ademanes. Animaba aquel grupo una jovialidad retozona, contenida por el empaque burocrático: hervía también allí la curiosidad, menos ingenua y descarada, pero más aguda y epigramática que en el hormiguero de las amigas. Había discretos cuchicheos, familiaridades de café indicadas por un movimiento o un codazo, risas instantáneamente reprimidas, aires de inteligencia, puntas de puros arrojadas al suelo con marcialidad, brazos que se unían como en confidencia tácita. La mancha clara del sobretodo gris del novio se destacaba entre las negras levitas, y su estatura aventajada dominaba también las de los circunstantes. Medio siglo menos un lustro, victoriosamente combatido por un sastre, y mucho aliño y cuidado de tocador; las espaldas queriendo arquearse un tanto sin permiso de su dueño; un rostro de palidez trasnochadora, sobre el cual se recortaban, con la crudeza de rayas de tinta, las guías del engomado bigote; cabellos cuya raridad se advertía aún bajo el ala tersa del hongo de fieltro ceniza; marchita y abolsada y floja la piel de las ojeras; terroso el párpado y plúmbea la pupila, pero aún gallarda la apostura y esmeradamente conservados los imponentes restos de lo que antaño fue un buen mozo, esto se veía en el desposado. Quizás ayudaba el mismo primor del traje a patentizar la madurez de los años: el luengo sobretodo ceñía demasiado el talle, no muy esbelto ya; el fieltro, ladeado gentilmente, pedía a gritos las mejillas y sienes de un mancebo. Pero así y todo, entre aquella colección de vulgares figuras de provincia, tenía la del novio no sé qué tufillo cortesano, cierto desenfado de hombre hecho a la vida ancha y fácil de los grandes centros, y la soltura de quien no conoce escrúpulos, ni se para en barras cuando el propio interés está en juego. Hasta se distinguía del grupo de sus amigos, por la reserva de buen género con que acogía las insinuaciones y bromas sotto voce, tan adecuadas al carácter mesocrático de la boda.

Anunciaba ya la máquina con algún silbido la próxima marcha; acelerábase en el andén el movimiento que la precede, y temblaba el suelo bajo la pesadumbre de los rodantes camiones, cargados de bultos de equipaje. Oyose por fin el grito sacramental de los empleados. Hasta entonces las gentes de la despedida habían conversado en voz queda, confidencialmente, por parejas: el cercano desenlace pareció reanimarlas, desencantarlas, mudando la escena en un segundo. Corrió la novia a su padre, abiertos los brazos, y el viejo y la niña se confundieron en un abrazo largo, verdadero, popular, abrazo en que crujían los huesos y el aliento se acortaba. Salían de las bocas, casi unidas, entreCruzadas y rápidas frases.

—Que escribas... cuidado me llamo... todos los días, ¿eh? No bebas agua fría cuando estés sudando... Tu marido lleva dinero... pedid más si se acaba.

—No se aflija usted, señor... Yo haré por volver pronto... Cuídese usted mucho, por Dios... atienda usted al asma... Vaya usted de tiempo en tiempo a ver al señor de Rada... Si tiene usted algo, un telegrama volando... ¿Palabra de honor?

Después vinieron los apretones, los besucones, los pucheros del acompañamiento femenino, y el último encargo, y el último deseo...

—Dios os haga dichosos... como patriarcas...

—San Rafael te acompañe, hija.

—¡Quién como tú, chica!, ¡a Francia en un vuelo!

—No te olvides de mi abrigo... ¿Van en el mundo las medias? ¿Confundirás los hilos?

—Mira que las tiras bordadas no sean de ojales, que de esas ya las hay por acá.

—Abre bien esos ojazos, míralo todito, ¡y después nos contarás cada cosa!...

—Padre Urtazu —dijo la desposada llegándose al que su negra faja declaraba por jesuita, y, asiéndole la mano, sobre la cual cayeron a un tiempo sus labios y dos lágrimas, claras como agua—, pida usted a Dios por mí...

Y acercándose más, añadió bajito:

—Que si papá tiene algo, me lo avise usted, usted ¿verdad? Yo le enviaré a usted las señas de todas partes donde nos detengamos... No me lo descuide usted; ¿irá usted de vez en cuando a ver cómo lo pasa? Se queda el pobre tan solito...

Alzó el jesuita la cabeza y fijó en la niña sus ojos levemente bizcos, como son los de las personas hechas a concentrar y sujetar la mirada. Y con la vaga sonrisa distraída de las gentes meditabundas, y en el propio tono confidencial:

—Vete en paz, y Dios Nuestro Señor te acompañe, que es buen acompañante —contestó—. Ya he rezado por ti el itinerario, para que volvamos tan sanos y satisfechos... Acuérdate de lo que te avisé, chiquilla; ahora ya somos, como quien dice, una señora casada y de respeto; y aunque nos parece que todo se va a volver florecicas y mieles en el nuevo estado, y nos largamos por esos mundos a echar canas al aire y divertirnos... ¡cuidadito, cuidadito!, puede que donde menos se piense salte la liebre, y tengamos rabietas, y pruebecitas y trabajos que no tuvimos de niños... No ser tonta entonces... ¿eh? Ya sabemos que Aquel que anda por allá arriba moviendo aquellas estrellas tan preciosas, es el único que nos entiende y nos consuela cuando a Él le parece... mira, en vez de tanto trapo como has metido en las maletas, mete paciencia, ¡chiquilla! mete paciencia. Es mejor aún que el árnica y los emplastos...; si a quien era tan grande le hizo falta para aguantar aquella cruz, tú que eres chiquitita...

Durara aún la homilía, acompañada de blandos golpecitos en los hombros, a no interrumpirla la trepidación del tren, brusca como la realidad. Produjose confusión momentánea. Se apresuró el novio a despedirse de todo el mundo con cierta llaneza cordial, donde ojos expertos podían advertir matices de afectación y superioridad protectora. Al suegro abrazó con un solo abrazo, y recostole en el hombro la mano, pulcramente calzada con guante de castor, color bronce.

—Escriba usted si se enferma la chica —suplicó con paternal angustia, preñado de lágrimas los ojos, el viejo.

—Pierda usted cuidado, señor Joaquín..., ¡no hay que afectarse, vamos!, cuenta con esa salud... Adiós, Mendoya, adiós, Santián... Gracias, gracias. Señor gobernador de la provincia, a mi vuelta, reclamo esas ofrecidas botellas de Pedro Jiménez... ¡No se haga usted el olvidadizo! Lucía, hay que subirse: el tren andará enseguida, y las señoras no pueden...

Y con ademán cortés y discreto ayudó a subir a la novia, empujándola levemente por el talle. Después saltó él, sin casi apoyarse en el estribo, arrojando antes el puro a medio fumar.

Ya oscilaba la férrea culebra cuando él penetró en el departamento, cerrando la portezuela tras de sí. El compasado balance fue acelerándose, y el tren completo cruzó ante las gentes de la despedida, dejándoles en los ojos confusos torbellino de líneas, de colores, de números, la visión rápida de las cabezas asomadas a todas las ventanillas. Algún tiempo se distinguió la cara de Lucía, sofocada y bañada en llanto, y su pañuelo que se agitaba, y oyose su voz diciendo: Adiós, papá..., padre Urtazu, adiós, adiós... Rosario... Carmen..., abur... Al fin se perdió todo en la distancia, la escamosa sierpe del tren revelose a lo lejos por una mancha oscura, luego por desmadejado penacho de turbio vapor, que presto se disipó también en el ambiente. Más allá del andén, extrañamente silencioso ya, resplandecía el cielo claro, de acerado azul; se extendían monótonas las interminables campiñas; los rieles señalaban como arrugas en la árida faz de la tierra. Un gran silencio pesaba sobre la estación. Quedáronse inmóviles los acompañantes, como sobrecogidos por el aturdimiento de la ausencia. Fueron los amigos del novio los primeros en moverse y hablar. Se despidieron del padre con rápidos apretones de mano y frases triviales de sociedad, un tanto descuidadas en la forma, como dirigidas de superior a inferior; tras de lo cual, el pelotón entero tomó el camino de la ciudad, reanudando la broma y algazara.

Por su parte, el séquito de la novia empezó a animarse también, y a vueltas de algún suspiro y de limpiarse los ojos con los pañuelos y aun con el dorso de la mano, fueron rebullendo los grupos de hormigas negras, con ánimo de abandonar el andén. La incontrastable fuerza de los hechos las empujaba a la vida real. Hasta el padre sacudió la cabeza, alzó con elocuente resignación los hombros, y rompió el primero a andar. A su lado iba el jesuita, que estiraba su corta estatura para hablarle, sin conseguir, a pesar de sus laudables esfuerzos, que el cerquillo de su corona pasase más allá de los atléticos hombros del viejo afligido.

—¡Vaya, señor Joaquín —decía el padre Urtazu—, que ahora sienta bien esa cara de Viernes santo! ¡No parece sino que a la chica se la llevan robada y que usted no es gustoso en el enlace! ¡Pues estamos buenos, hombre! ¿No ha sido usted mismo, desgraciado, quien resolvió este casorio? ¿A qué vienen los gimoteos?

—¡Y si en todo lo que uno hace estuviese seguro del acierto! —pronunció con ahogada voz el señor Joaquín, balanceando su cuello de toro.

—Eso se mira antes…, ¡pero teníamos tanta prisa…, tanta prisa, que no sé para qué sirven esos pelos blancos y esos añitos que llevamos acuestas! Lo mismito estábamos que los chicos de mi clase cuando les ofrezco contarles algo, que se les despierta la curiosidad… y no les cabe en el cuerpo la impaciencia. A fe de Alonso, que parecía usted la novia… digo, no; porque la novia, maldito el apuro que…

—¡Ay padre! ¿Si tendría usted razón? usted quería diferir la boda…

—No, poco a poco; cepitos quedos, amigo: yo quería no hacerla. Soy muy claro.

El señor Joaquín se puso más tétrico aún.

—¡Por vida de la Constitución! ¡Qué aprieto y qué compromiso es para un padre!...

—Tener hijas —concluyó el jesuita con su vaga sonrisa, adelantando el belfo labio, en mueca de benévolo desdén. Y añadió—: El peor aprieto es ser más terco que una mula, con perdón sea dicho, y creer que el pobre Padre Urtazu solo entiende de sus piedras y de sus astros y de su microscopio, y es un bolonio, un simplón, para aconsejar en la vida...

—No me aflija usted más, Padre. Harto tendré con no ver a Lucía en qué sé yo qué tiempo. Solo me faltaba que también salga mal la cosa, y que pase ella penas...

—Bueno, bueno. Déjese de eso ya: a lo hecho, pecho. Esto de matrimonios, solo lo ata y lo desata el de arriba. ¿Y quién sabe si saldrá muy bien, a pesar de todos mis agüeros y mis necedades? Porque ¿quién soy yo sino un cegato, un miope? ¡Bah! Esto es como lo que pasa con el microscopio. Mira usted una gota de agua a simple vista ¡y parece tan clara!, vamos, que dan ganas de bebérsela. Pero aplique usted aquellos lentecicos y... ¡zas, zis!, ya se encuentra usted con los bicharracos y las bacterias que bailan dentro un rigodón... Pues el que anda por allá, encimita de las nubes, también ve cosas que a los bobos de por acá nos parecen tan sencillas... y para él tienen su quid... ¡Bah, bah!, él se encargará de arreglarnos las cosas... nosotros, ni que nos empeñemos.

—Lleva usted razón... Dios sobre todo —aprobó el señor Joaquín, arrancando doliente suspiro de la vasta cavidad de su pecho. Esta noche, con el mal rato, la condenada asma va a darme qué hacer... Encuentro ya la respiración muy corta. Dormiré, si duermo, casi incorporado.

—Llame, llame a ese mala cabeza de Rada... tiene mucho acierto —murmuró el jesuita considerando compadecido, a la luz oblicua del Sol de otoño, la inyectada tez y los ojos edematosos del viejo.

Mientras el acompañamiento desfilaba, con lentitud de duelo, por las calles mal empedradas de León, el tren corría, corría, dejando atrás las interminables alamedas de chopos que parecen un pentagrama donde fuesen las notas verde claro, sobre el crudo tono rojizo de las llanadas. Hecha Lucía un ovillo en la esquina del departamento, sollozaba sin amargura, con algún hipo, con vehemente llanto de niña inconsolable. Bien comprendía el novio que le tocaba decir algo, mostrarse afectuoso, compartir aquel primer dolor, ponerle término; mas hay en la vida situaciones especiales, casos en que no tropieza ni se embaraza la gente sencilla, y en que acaso el hombre de mundo y experiencia se convierte en doctrino. Preferible es en ocasiones un adarme de corazón a una arroba de habilidad; donde fracasan las huecas fórmulas, vence el sentimiento, con su espontánea elocuencia. A fuerza de quebrarse los cascos ideando manera de anudar el diálogo con su esposa, ocurriole al novio aprovechar una circunstancia insignificante.

—Lucía —le dijo en voz algo turbada— múdate de ventanilla, hija mía, córrete acá; ahí te da el Sol de lleno, y es tan malsano...

Levantose Lucía con automática rigidez, pasó al lado opuesto del departamento, y dejándose caer de golpe, tornó a cubrir el semblante con el fino pañuelo, y se oyeron otra vez sus sollozos y el anhelar de su seno juvenil.

Levemente frunció el ceño el novio, que no en vano había corrido cuarenta y pico de años de la vida cercado de gentes de festivo humor y fácil trato y huyendo de las escenas de lagrimitas y de lástimas y disgustos que alteraban por extraño modo el equilibrio de sus nervios, desagradándole como desagrada a las gentes de mediano nivel intelectual el sublime horror de la tragedia. Al gesto con que manifestó su impaciencia, siguió un alzar de hombros que claramente quería decir: «Caiga el chubasco, que el aguase agota también, y tras de la lluvia viene el buen tiempo». Resuelto, pues, a aguardar que descargase la nube, dio comienzo a minucioso examen de sus enseres de camino, enterándose de si abrochaban bien las hebillas del correaje de la manta, y de si su bastón y paraguas iban en debida y conveniente forma liados con el quitasol de Lucía. Cerciorose asimismo de que una cartera de cuero de Rusia y plateados remates que pendiente de una correa llevaba terciada al costado, abría y cerraba fácilmente con la llavecica de acero, que volvió a guardar en el bolsillo del chaleco, con cuidado sumo. Después sacó de las hondas faltriqueras del sobretodo el Indicador de los Caminos de Hierro, y con el dedo índice, fue recorriendo las estaciones del itinerario de viaje.

II

Es de rigor saber de qué boca partió el soplo que encendió la antorcha de aquellas nupcias.

Mancebo, en los verdores de la edad, fuerte como un toro y laborioso como manso buey, salió de su patria el señor Joaquín, a quien entonces nombraban Joaquín a secas. Colocado en Madrid en la portería de un magnate que en León tiene solar, dedicose a corredor, agente de negocios y hombre de confianza de todos los honrados individuos de la maragatería. Buscabales posada, proporcionabales almacén seguro para la carga, se entendía con los comerciantes y era en suma la providencia de la tierra de Astorga. Su honradez grande, su puntualidad y su celo le granjearon crédito tal, que llovían comisiones, menudeaban encargos, y caían en la bolsa, como apretado granizo, reales, pesos duros y doblillas en cantidad suficiente para que, al cabo de quince años de llegado a la corte, pudiese Joaquín estrechar lazos eternos con una conterránea suya, doncella de la esposa del magnate y señora tiempo hacía de los enamorados pensamientos del portero; y verificado ya el connubio, establecer surtida lonja de comestibles, a cuyo frente campeaba en doradas letras un rótulo que decía: El Leonés. Ultramarinos. De corredor pasó entonces a empresario de maragatos; comproles sus artículos en grueso y los vendió en detalle; y a él forzosamente hubo de acudir quien en Madrid quería aromático chocolate molido a brazo, o esponjosas mantecadas de las que solo las astorganas saben confeccionar en su debido punto. Se hizo de moda desayunarse con el Caracas y las frutas de horno del Leonés; comenzó el magnate, su antiguo amo, dándole su parroquia, y tras él vino la gente de alto copete, engolosinada por el arcaico regalo de un manjar digno de la mesa de Carlos IV y Godoy. Y fue de ver como el señor Joaquín, ensanchando los horizontes de su comercio, acaparó todas las especialidades nacionales culinarias: tiernos garbanzos de Fuentesaúco, crasos chorizos de Candelario, curados jamones de Caldelas, dulce extremeña bellota, aceitunas de los sevillanos olivares, melosos dátiles de Almería y áureas naranjas que atesoran en su piel el Sol de Valencia. De esta suerte y con tal industria granjeó Joaquín, limpia si no hidalgamente, razonables sumas de dinero; y si bien las ganó, mejor supo después asegurarlas en tierras y caserío en León; a cuyo fin hizo frecuentes viajes a la ciudad natal. A los ocho años de estéril matrimonio naciole una niña grande y hermosa, suceso que le alborozó como alborozaría a un monarca el natalicio de una princesa heredera; más la recia madre leonesa no pudo soportar la crisis de su fecundidad tardía, y enferma siempre, arrastró algunos meses la vida, hasta soltarla de malísima gana. Con faltarle su mujer, faltole al señor Joaquín la diestra mano, y fue decayendo en él aquella ufanía con que dominaba el mostrador, luciendo su estatura gigantesca, y alcanzando del más encumbrado estante los cajones de pasas, con solo estirar su poderoso brazo y empinarse un poco sobre los anchos pies. Se pasaba horas enteras embobado, fija la vista maquinalmente en los racimos de uvas de cuelga que pendían del techo, o en los sacos de café hacinados en el ángulo más oscuro de la lonja, y sobre los cuales acostumbraba la difunta sentarse para hacer calceta. En suma, él cayó en melancolía tal, que vino a serie indiferente hasta la honrada y lícita ganancia que debía a su industria: y como los facultativos le recetasen el sano aire natal y el cambio de vida y régimen, traspasó la lonja, y con magnanimidad no indigna de un sabio antiguo, retirose a su pueblo, satisfecho con lo ya logrado, y sin que la sedienta codicia a mayor lucro le incitase. Consigo llevó a la niña Lucía, única prenda cara a su corazón, que con pueriles gracias comenzaba ya a animar la tienda, haciendo guerra crudísima y sin tregua a los higos de Fraga y a las peladillas de Alcoy, menos blancas que los dientes chicos que las mordían.

Creció la niña como lozano arbusto nacido en fértil tierra: dijérase que se concentraba en el cuerpo de la hija la vida toda que por su causa hubo de perder la madre. Venció la crisis de la infancia y pubertad sin ninguno de esos padecimientos anónimos que empalidecen las mejillas y apagan el rayo visual de las criaturas. Equilibráronse en su rico organismo nervios y sangre, y resultó un temperamento de los que ya van escaseando en nuestras sociedades empobrecidas.

Se desarrollaron paralelamente en Lucía el espíritu y el cuerpo, como dos compañeros de viaje que se dan el brazo para subir las cuestas y andar el mal camino; y ocurrió un donoso caso, que fue que mientras el médico materialista, Vélez de Rada, que asistía al señor Joaquín, se deleitaba en mirar a Lucía, considerando cuán copiosamente circulaba la vida por sus miembros de Cibeles joven, el sabio jesuita, padre Urtazu, se encariñaba con ella a su vez, encontrándole la conciencia clara y diáfana como los cristales de su microscopio: sin que se diesen cuenta de que acaso ambos admiraban en la niña una sola y misma cosa, vista por distinto lado, a saber: la salud perfecta.

Quiso el señor Joaquín, a su modo, educar bien a Lucía; y en efecto, hizo cuanto es posible para estropear la superior naturaleza de su hija, sin conseguirlo, tal era ella de buena. Impulsado, por una parte, por el deseo de dar a Lucía conocimientos que la realzasen, recelando, de otra, que se dijese por el pueblo en son de burla que el tío Joaquín aspiraba a una hija señorita, educola híbridamente, teniéndola como externa en un colegio, bajo la férula de una directora muy remilgada, que afirmaba saberlo todo. Allí enseñaron a Lucía a chapurrear algo el francés y a teclear un poco en el piano; ideas serias, perdone usted por Dios; conocimientos de la sociedad, cero; y como ciencia femenina —ciencia harto más complicada y vasta de lo que piensan los profanos—, alguna laborcica tediosa e inútil, amén de fea; cortes de zapatillas de pésimo gusto, pecheras de camisa bordadas, faltriqueras de abalorio... Felizmente el padre Urtazu sembró entre tanta tierra vana unos cuantos granitos de trigo, y la enseñanza religiosa y moral de Lucía fue, aunque sumaria, recta y sólida, cuanto eran fútiles sus estudios de colegio. Tenía el padre Urtazu más de moralista práctico que de ascético, y la niña tomó de él más documentos provechosos para la conducta, que doctrina para la devoción. De suerte que sin dejar de ser buena cristiana, no pasó a fervorosa. La completa placidez de su temperamento vedaba todo extremo de entusiasmo a su alma: algo había en aquella niña del reposo olímpico de las griegas deidades; ni lo terrenal ni lo divino agitaban la serena superficie del ánimo. Solía decir el padre Urtazu, adelantando el labio con su acostumbrado visaje:

—Estamos dormiditos, dormiditos; pero ya sé yo que no estamos muertecitos... y el día en que nos despertemos... tendrá que ver. Dios quiera que para bien sea.

Eran las amigas de Lucía Rosarito, la hija de la fondista doña Agustina; Carmen, la sobrina del magistral, y varias doncellas de análoga posición, entre las cuales muchas soñaban con el blando sosiego, con la apacible uniformidad de la vida conventual, y hacían pintura tentadora de las delicias del claustro, del sentimiento suavísimo del día de la profesión, cuando coronadas de flores bajo el cándido velo, se ofreciesen a Cristo, con el refinado dulzor de añadir: «para siempre, para siempre». Oíalas Lucía sin que una sola fibra de su ser respondiese, vibrando, a aquel ideal. La vida activa la llamaba con voces enérgicas y profundas. No obstante, tampoco la inspiraban deseo de imitarlas otras compañeras suyas, a quienes veía esconder furtivamente en el corpiño la cartita, o asomarse al balcón prontas, ruborizadas y ansiosas. En su infancia, prolongada por la inocencia y la radiante salud, no cabían más placeres que correr por las alamedas que a León rodean, brincar con regocijo, cual pudiera adolescente ninfa retozando por los valles helenos.

Creía el señor Joaquín a pie juntillas haber dado educación bastante a su hija, y aun le pareció de perlas el destrozo de valses y fantasías que sin compasión ejecutaban en el piano sus dedos inhábiles. Por muy recóndita que la guardase allá en los postreros rincones del pensamiento, no faltaba al leonés la aspiración propia de todo hombre que ejerce humildes oficios, y se ganó con sudores el pan, de que su descendencia beneficiase tamaños esfuerzos, ascendiendo un peldaño en la escala social. Bien llevaría él en paciencia continuar siendo tan tío Joaquín como siempre; no tenía ínfulas de ricachón, y era en genio y trato sencillo con extremo; pero si renunciaba al señorío en su persona, no así en la de su hija; parecíale oír voz que le decía, como las brujas a Banquo: «No serás rey, pero engendrarás reyes.» Y luchando entre el modesto convencimiento de su falta absoluta de rango, y la certeza moral de que Lucía a grandes puestos estaba destinada, vino a parar a la razonable conclusión de que el matrimonio realizaría la anhelada metamorfosis de muchacha en dama. Un yerno empingorotado fue desde entonces anhelo perenne del antiguo lonjista.

Ni eran estas las únicas flaquezas y manías del señor Joaquín. Otras tuvo, que descubriremos sin miramientos de ninguna especie. Fue quizá la mayor y más duradera su desmedida afición al café, afición contraída en el negocio de ultramarinos, en las tristes mañanas de invierno, cuando la escarcha empaña el vidrio del escaparate, cuando los pies se hielan en la atmósfera gris de la solitaria lonja, y el lecho recién abandonado y caliente aun por ventura, reclama con dulces voces a su mal despierto ocupante. Entonces, semiaturdido, solicitando al sueño por las exigencias de su naturaleza hercúlea y de su espesa sangre, cogía el señor Joaquín la maquinilla, cebaba con alcohol el depósito, prendía fuego, y presto salía del pico de hojalata negro y humeante río de café, cuyas ondas a la vez calentaban, despejaban la cabeza y con la leve fiebre y el grato amargor, dejaban apto al coloso para velar y trabajar, sacar sus cuentas y pesar y vender sus artículos. Ya en León, y árbitro de dormir a pierna suelta, no abandonó el señor Joaquín el adquirido vicio, antes lo reforzó con otros nuevos: acostumbrose a beber la oscura infusión en el café más cercano a su domicilio, y a acompañarla con una copa de Kummel y con la lectura de un diario político, siempre el mismo, invariable. En cierta ocasión ocurrió al Gobierno suspender el periódico una veintena de días, y faltó poco para que el señor Joaquín renunciase, de puro desesperado, al café. Porque siendo el señor Joaquín español, ocioso me parece advertir que tenía sus opiniones políticas como el más pintado, y que el celo del bien público le comía, ni más ni menos que nos devora a todos. Era el señor Joaquín inofensivo ejemplar de la extinguida especie progresista: a querer clasificarlo científicamente, le llamaríamos la variedad progresista de impresión. La aventura única en su vida de hombre de partido, fue que cierto día, un personaje político célebre, exaltado entonces y que con armas y bagajes se pasó a los conservadores después, entrase en su tienda a pedirle el voto para diputado a Cortes. Desde aquel supremo momento quedó mi señor Joaquín rotulado, definido y con marca; era progresista de los del señor don Fulano. En vano corrieron años y sobrevinieron acontecimientos, y emigraron las golondrinas políticas en busca siempre de más templadas zonas; en vano mal intencionados decían al señor Joaquín que su jefe y natural señor el personaje era ya tan progresista como su abuela; que hasta no quedaban sobre la haz de la tierra progresistas, que éstos eran tan fósiles como el megaterio y el plesiosauro; en vano le enseñaban los mil remiendos zurcidos sobre el manto de púrpura de la voluntad nacional por las mismas pecadoras manos de su ídolo; el señor Joaquín, ni por esas, erre que erre y más firme que un poste en la adhesión que al don Fulano profesaba. Semejante a aquellos amadores que fijan en la mente la imagen de sus amadas tal cual se les apareció en una hora culminante y memorable para ellos, y, a despecho de las injurias del tiempo irreverente, ya nunca las ven de otro modo, al señor Joaquín no le cupo jamás en la mollera que su caro prohombre fuese distinto de como era en aquel instante, cuando encendido el rostro y con elocuencia fogosa y tribunicia se dignó apoyarse en el mostrador de la lonja, entre un pilón de azúcar y las balanzas, demandando el sufragio. Suscrito desde entonces al periódico del consabido prohombre, compró también una mala litografía que lo representaba en actitud de arengar, y añadido el marco dorado imprescindible, la colgó en su dormitorio entre un daguerrotipo de la difunta y una estampa de la bienaventurada virgen Santa Lucía, que enseñaba en un plato dos ojos como huevos escalfados. Acostumbrose el señor Joaquín a juzgar de los sucesos políticos conforme a la pautilla de su prohombre, a quien él llamaba, con toda confianza, por su nombre de pila. Que arreciaba lo de Cuba: ¡bah! dice don Fulano que es asunto de dos meses la pacificación completa. Que discurrían partidas por las provincias vascas: ¡no asustarse!; afirma don Fulano que el partido absolutista está muerto, y los muertos no resucitan. Que hay profunda escisión en la mayoría liberal; que unos aclaman a X y otros a Z... Bueno, bueno; don Fulano lo arreglará, se pinta él solo para eso. Que hambre... ¡sí, que se mama el dedo don Fulano!, ahora mismito van a abrirse los veneros de la riqueza pública... Que impuestos... ¡don Fulano habló de economías! Que socialismo... ¡paparruchas! ¡Atrévanse con don Fulano, y ya les dirá él cuántas son cinco! Y así, sin más dudas ni recelos, atravesó el señor Joaquín la borrasca revolucionaria y entró en la restauración, muy satisfecho porque don Fulano sobrenadaba, y se apreciaban sus méritos, y tenía la sartén por el mango hoy como ayer.

Dado tal linaje de culto, juzgue el pío lector cuál sería el gozo, confusión y anonadamiento del señor Joaquín, al recibir una mañana a un grave y apuesto sujeto, encargado de saludarle de parte del mismísimo Don Fulano.

Llamábase el visitante don Aurelio Miranda, y desempeñaba en León uno de esos destinos que en España abundan, no por honoríficos peor retribuídos, y que sin imponer grandes molestias ni vigilias, abren las puertas de la buena sociedad, prestando cierta importancia oficial: género de prebendas laicas, donde se dan unidas las dos cosas que asegura el refrán no caber en un saco. Era Miranda de origen y familia burocrática, en la cual se transmitían y como vinculaban los elevados puestos administrativos, merced a especial maña y don de gentes perpetuado de padres a hijos, a no sé qué felina destreza en caer siempre de pie y a cierta delicada sobriedad en esto de pensar y opinar. Logró la estirpe de los Mirandas teñirse de matices apagados y distinguidos, sobre cuyo fondo, así podía colocarse insignia blanca, como roja divisa; de suerte, que ni hubo situación que no les respetase, ni radicalismo que con ellos no transigiera, ni mar revuelto o bonancible en que con igual fortuna no pescaran. El mozo Aurelio casi nació a la sombra protectora de los muros de la oficina: antes que bigote y barba tuvo colocación, conseguida por la influencia paterna, reforzada por la de los demás Mirandas. Al principio fue una plaza de menor cuantía, que cubriese los gastos de tocador y otras menudencias del chico, derrochador de suyo; enseguida vinieron más pingües brevas, y Aurelio siguió la ruta trillada ya por sus antecesores. Con todo esto, veíase que algo degeneraba en él la raza: amigo de goces, de ostentación y vanidades, faltábale a Aurelio el tino exquisito de no salir de mediano por ningún respecto, y carecía de la formalidad exterior, del compasado porte que a los Mirandas pasados acreditaba de hombres de seso y experiencia y madurez política. Comprendiendo sus defectos, trató Aurelio de beneficiarlos diestramente, y más de una blanca y pulcra mano emborronó por él perfumadas esquelas con eficaces recomendaciones para personajes de muy variada ralea y clase. Asimismo se declaró gran amigote y compinche de algunos prohombres políticos, entre ellos el don Fulano que ya conocemos. No habló jamás con ellos diez palabras seguidas que a política se refiriesen: contábales las noticias del día, el escándalo fresco, el último dicharacho y la más reciente caricatura; y de tal suerte, sin comprometerse con ninguno se vio favorecido y servido de todos. Agarrose, como nadador inexperto, a los hombros de tan prácticos buzos, y acá me sumerjo, y acullá me pongo a flote, fue sorteando los furiosos vendavales que azotaron a España, y continuando la tradición venerable de los Mirandas. Pero también la influencia se gasta y agota, y llegó un período en que, mermada la de Aurelio, no alcanzó a mantenerle en el único punto para él grato, en Madrid, y hubo de irse a vegetar a León, entre el Gobierno civil y la Catedral, edificios que ni uno ni otro le divertían. Lo que singularmente amargaba a Aurelio, era comprender que su decadencia administrativa nacía de otro decaimiento irreparable, a saber, el de su persona. Cumplida la cuarentena de años, faltábanle ya los billetitos de recomendación o por lo menos no eran tan calurosos: en los despachos de las notabilidades iba siendo su persona como un mueble más, y hasta él mismo sentía apagarse su facundia. La madurez se revelaba en él por un salto atrás; íbasele metiendo en el cuerpo la seriedad de los Mirandas; y de amable calavera, pasaba a hombre de peso. No del todo extrañas a tal metamorfosis debían ser algunas dolencias pertinaces, protesta del hígado contra el malsano régimen, mitad sedentario y mitad febril, tanto tiempo observado por Aurelio. Así es que, aprovechando la estancia en León, y los conocimientos y acierto singular de Vélez de Rada, dedicose a reparar las brechas de su desmantelado organismo; y la vida metódica y la formalidad creciente de sus maneras y aspecto, que en la corte la perjudicaban revelando que empezaba a ser trasto arrumbado y sin uso, sirviéronle en el timorato pueblo leonés de pasaporte, ganándole simpatías y fama de persona respetable y de responsabilidad y crédito.

Solía Miranda hacer, de pascuas a ramos, tal cual escapatoria a Madrid, y en una de las últimas encontró al Don Fulano del señor Joaquín —a quien llamaremos Colmenar por respetos a su incógnito—, amostazado y furioso con otro Don Zutano que se empeñaba en desbaratarle sus combinaciones todas y en echarle por tierra todas sus hechuras. No había manera de arreglarse con aquel diablo de hombre, que así cortaba y segaba en el granado campo de los adictos colmenaristas. El destino de Miranda, a la sazón, estaba comprometidísimo. Pegó Miranda al escucharlo un brinco en el muelle diván.

—Nada, hombre —prosiguió Colmenar—: así como te lo digo. Basta que yo tenga interés en conservar a uno, para que lo barra él... Es cosa fija. Y no hay modo de evitarlo. El pega sin duelo.

—Yo —contestó Miranda—, si todo se redujese a salir de León... Porque, la verdad sea dicha, aquel pueblo me encocora, aunque tiene sus ventajas... Pero si las cosas llegan más allá, lucido quedo.

—No, pues lo probable es que lleguen... La fortuna es enemiga de los viejos, y nosotros vamos siéndolo ya... Tú estás muy arruinado de algún tiempo a esta parte. Ese pelo... ¿Te acuerdas qué famoso pelazo tenías? Pronto recurriremos ambos al aceite de bellotas, como remedio heroico.

—Hombre... —exclamó Miranda atusándose los mechones de las sienes con el ademán belicoso de los pasados días—. Cualquiera pensará que estoy calvo. Pues aún me defiendo muy bien. Los padecimientos me tienen así, un poco...

—¿Estás enfermo? ¡Goteras, chico, goteras!

—Una afección hepática, complicada con... Pero en aquel pueblo anticuado de León di con un facultativo de lo más moderno, un sabio —apresurose a añadir Miranda viendo el gesto aburrido del prohombre, que temía el relato de la enfermedad—. Te aseguro que Vélez de Rada es un prodigio... Materialista cerrado, eso sí...

—Como todos los médicos... —Y Colmenar se encogió de hombros—. ¿Y... qué tal? ¿Haces muchas conquistas en León? ¿Son blandas de corazón las leonesitas?

—¡Bah! gazmoñillas —pronunció Miranda, que en confianza y reserva se permitía su poco de irreligiosidad—. Tráenlas los jesuitas embobadas con cofradías y novenas, y andan comiéndose los santos... Sociedad, poca; cada uno en su casa y Dios en la de todos. No deja, por otra parte, de convenirme, puesto que he menester descanso y método...

Colmenar oía baja la vista, contando los arabescos de la tupida alfombra. Alzó al fin la cabeza y diose una palmada en la frente.

—Me ocurre una idea sin ejemplar —dijo, repitiendo la célebre frase del ministro portugués—. Chico, ¿por qué no te casas?

—¡No está mala la ocurrencia! ¡Sí, que son baratas las mujercitas en estos tiempos... y lo que viene después! Al que no quiere caldo, taza y media: a quedarme sin destino voy quizás, ¡y de casamiento me hablas!

—Tonto, no te propongo mujer que te haga peso, sino que te traiga pesos.

Y el prohombre celebró su propio retruécano disparando larga risa. Miranda quedose pensativo mascando la miga de la proposición, cuyas ventajas le saltaron a los ojos prontamente. Ningún medio más acertado para prevenir las embestidas de la mala fortuna y asegurar el dudoso porvenir, mientras no emigrasen del todo los ya ralos cabellos, y no desapareciese el barniz de gallardía que aún abrillantaba su persona. Por otra parte, León era ciudad que involuntariamente sugería ideas matrimoniales. ¿Qué hacer sino casarse allí donde todo era calma y tedio, donde la soltería inspiraba desconfianza, donde la más insignificante aventurilla provocaba los furiosos ladridos del escándalo? Así es que dijo en voz alta:

—Es cierto, chico; en León le entran a uno ganas de casarse y de vivir santamente.

—Es que para ti —insistió Colmenar— es ya de necesidad el consorcio. Aparte de que eres mayor de edad... (aquí sonrió maliciosamente) y si no quieres llamarte solterón debes pensar en bodas, lo reclama tu salud... y tus pesetas. Si no puedes sostenerte, ¿cómo te las compones? Supongo que no tendrás economías.

—¡Economías yo! Au jour le jour —dijo Miranda, pronunciando con cierta soltura la frasecilla transpirenaica.

—Pues entonces, il faut faire une fin —replicó Colmenar, muy satisfecho de poder lucirse a su vez.

—El caso es dar con la mujer, con el ave fénix —murmuró Miranda meditabundo—. No, lo que es niñas casaderas no faltan; pero yo ahora perdí el rumbo aquí... Dime tú...

—¡Niñas de aquí! ¡Líbrete de ellas Dios! Más temibles son que el cólera. ¿Sabes tú las exigencias que tiene cualquiera de esos angelitos? ¿Sabes tú cómo las gastan?...

—De modo que...

—La mujer que tú necesitas está en León mismo.

—¡En León!... Sí, en efecto acaso allí sea más fácil... Pero no veo... Las de Arga, tienen ya novio; Concha Vivares solo es rica en esperanzas, hay una tía que piensa dejarle su herencia: mas de aquí a que estire la pata... La de Hornillos... no; la de Hornillos solo tiene pergaminos, y eso no se echa en el puchero...

—Te andas por las alturas... el ramo de señoritas está mal: aguárdate, que voy a decirte...

Levantose Colmenar, y abriendo un cajón de su pupitre, sacó una tira de papel, rancia y amarillosa, cubierta de nombres, que recordaba las listas de proscripción. Y lista era, en efecto: allí estaban inscritos por riguroso orden alfabético los feudatarios de la gran personalidad colmenariana, en las diversas provincias de la Península; había apellidos que tenían al pie una

A mayúscula, que significaba adicto; otros señalados con M A, muy adicto, alguno llevaba agregada una D, dudoso.

El prohombre apoyó el dedo índice en uno de las nombres honrados con la M A.

—Te propongo —dijo Miranda— una niña de pocos años, que acaso llegue, y aún pase, de los dos millones de capital.

Abrió Miranda tamaño ojo, y tendió la mano para apoderarse de la bienhadada lista.

—¡Así como suena! —exclamó—. Pero es que no hay como tú para tales hallazgos.

—¿No conoces en León a la persona aquí apuntada? —siguió Colmenar señalando con la uña el renglón de la lista—. ¿Un viejo muy guapo y fornido, muy tieso aún, Joaquín González, el Leonés?

—¡El Leonés! Si no hay cosa que más conozca. Varias veces vino a asuntos al Gobierno civil de León. Claro que le conozco. Y ahora recuerdo; es verdad que tiene una chica, pero en esa sí que no me fijé jamás. Se la ve muy poco.

—Hacen vida modesta. Duplicará el capital en diez años—, ¡para agenciar es mucho hombre el Leonés! Un infeliz, un simplón en lo restante; en política no ve más allá de sus narices el pobre; pero ha sabido crearse una fortuna. No tiene sino esa niña y adora en ella.

—¿Y crees tú que no tendrá ya la chiquilla sus amoríos?

—¡Bah... es tan joven! En presentándote tú... con tu buen trato, y tu práctica en tales lides...

—Será una paleta, fea por añadidura.

—Fue su padre arrogante mozo, y su madre una morena agraciada; ¿por qué ha de ser fea la chica? Ni hay quince años feos. Estará por desbastar, eso sí; pero entre tú y una modista... cuestión de un mes. Mucho más aptas son las mujeres para civilizarse y pulirse que los hombres.. Enséñales el instinto de agradar lo que cien maestros no pudieran.

—¿Y qué dirán de mí todas mis relaciones —sobre todo en León—, viéndome casado con la hija del Leonés?

—¡Bah, bah! eso es cuestión de trasladarse... En casándoos solicitas bajo cuerda que te lleven a otro sitio... el viejo se queda por allá cuidando de las rentas, y tú y la niña os estáis donde nadie sepa si la engendró un archiduque o el verdugo... Por de pronto, en la Luna de miel sales con tu mujer a dar una vuelta por Europa, y así te libras de las hablillas de la primera temporada. Y date prisa, antes que esa panza se ponga esférica, y ese cabello... ¡Ay! ¡Y cómo pasa el tiempo! Envejecemos que es un dolor.

Miranda contemplaba la punta de su elegante bota de caña clara, y rascábase la frente cavilando.

—Medio de presentarme en esa casa —pronunció al cabo resueltamente—. Son personas de poco trato, y es preciso... yo no voy a pasearle la calle a la mocosa, supongo.

—Llevarás una visita mía. ¡El viejo te recibirá mejor que al rey!

Y diciendo y haciendo, sentose el prohombre a la mesa atestada de periódicos, cartas y libros, y tomando un pliego de timbrado papel, dejó correr la mano garrapateando el blanco folio con su letra precipitada, ininteligible casi, de hombre abrumado de asuntos. Doblolo, deslizándolo dentro de un sobre, y sin cerrarlo lo entregó a su amigo.

Al levantarse Miranda para despedirse, acercose a Colmenar, y, hablándole bajo, casi al oído, murmuró:

—Estás bien seguro... bien cierto de lo de... los dos mill...

—¡Me quedé corto! No tienes sino informarte allá. En conciencia, me debes una prima —y al decirlo, refase el hombre político, y golpeaba a Miranda en las mejillas, cual si de un niño de ocho años se tratase.

Con tan alto patrocinio se presentó Miranda en la pacífica morada del feudatario colmenarista, siendo en efecto recibido cual lo exigía el venir de tal persona recomendado. Naturalmente se propuso no aparecer al pronto como candidato a la mano de Lucía. Sobre ser indelicadeza, fuera carencia de tacto; y además pretendía Miranda ante todo estudiar el terreno que pisaba. Halló ser verdad cuanto le había anunciado el prohombre y aun algo más en lo tocante a bienes de fortuna: vio una casa chapada a la antigua, tosca y popular en sus usos, pero honrada en todo, y un caudal sólido y seguro, diariamente acrecido por la celosa administración del señor Joaquín y su sencillez y parsimonia. Es cierto que el bueno del Leonés pareció a Miranda hombre de tediosa compañía, en todo vulgar e infeliz, corto de alcances, con sus ribetes de mentecato, pero hubo de sufrirlo, y aun de acomodarse a las ideas del viejo, tanto que éste llegó a no poder tomar café ni leer El Progreso Nacional, órgano de Colmenar, sin la salsa de los sabrosos comentarios que Miranda hacía a cada fondo, a cada suelto y gacetilla. Sabía Miranda de memoria el reverso, la cara interna de la política, y explicaba desenfadadamente las solapadas alusiones, las reticencias hábiles, las sátiras finas que en todo periódico importante abundan y son eterno logogrifo para el cándido suscritor provinciano. De suerte que desde su intimidad con Miranda, gozaba el señor Joaquín el hondo placer de la iniciación y miraba por cima del hombro a sus correligionarios leoneses, no admitidos en el santuario de la política reservada. Además de estos gustos que a la relación con Miranda debía, esponjábase el buen viejo —que ya sabemos cuán poco tenía de filósofo— cuando le encontraban las gentes mano a mano con tan bien portado caballero, íntimo del gobernador y familiar comensal de las gentes más encopetadas de la ciudad.

Vio Lucía sin disgusto al cortés y afable Miranda, y reparó con pueril curiosidad el aseo de su persona, su calzado pulcro, sus níveos cuellos, los caprichosos dijes de su reloj y corbata: que toda mujer, compréndalo o no, se paga de exterioridades y menudencias por este estilo. Además, poseía Miranda —y la desplegó—, una ciencia que llamar pudiéramos la de agradar por diversión. Traía a la niña diariamente alguna baratija, para ella desconocida hasta entonces, ya un cromo, ya una fotografía, ya lindas flores, ya números de periódicos ilustrados, ya novelas de Fernán Caballero o de Alarcón; y las graciosas chucherías que por las puertas de la anticuada casa se entraban, como partículas de la vida moderna, eran otras tantas bocas encomiadoras del dadivoso. Acertó éste a ponerse al nivel de conversación de Lucía, y mostrose muy enterado de cosas femeniles, infantiles dijera mejor; y llegó el caso de que la niña le consultase acerca de su peinado, de sus trajes, y Miranda muy serio le dispusiese bajar o subir dos centímetros el talle o el moño. Tales incidentes variaban un poco los iguales días de la doncellita leonesa, prestando atractivo al trato de su disimulado pretendiente.

En León causó al principio sorpresa grande que el currutaco Miranda eligiese por amigo a un señor Joaquín, hombre en cuyos cuadrados hombros parecía soldada y remachada la chaqueta; más presto anduvo la malicia el camino necesario para llegar a racional explicación del fenómeno, y comenzó Lucía a recibir larga broma de sus compañeras, que la aturdían a fuerza de glosar la pasión del señor de Miranda, sus atenciones, sus obsequios y rendimientos. Recibió ella la descarga risueña y sosegadamente, sin un sonrojo, sin perder minuto de sueño, sin que el latir del corazón se le acelerase cuando Miranda, desahogado siempre, repicaba la campanilla o entraba haciendo ruido con las flamantes botas. Como ningún amoroso requiebro de Miranda vino a confirmar los dichos de las gentes, estaba Lucía descuidada y tranquila lo mismo que de costumbre. Pero Miranda, resuelto ya a dar cima a su empresa, y considerando suficiente la preparación, un día, después de haber tomado café y leído El Progreso Nacional con el señor Joaquín, le pidió redondamente a su hija.

Quedose el Leonés hecho un papanatas, sin saber qué decir ni qué cara poner. Realizábase del todo su sueño: el ingreso de Lucía en la esfera señoril tan ambicionada. Mas seamos justos con el señor Joaquín: no le faltó, en tan supremos instantes, la percepción lúcida de ciertos puntos negros de la boda. Vio las edades diferentes, la hacienda de Miranda incógnita, y clara y cierta la rica dote de su hija; en suma, tuvo intuiciones pasajeras del cálculo inicuo que envolvía la demanda. El demandante se mostró hábil estratégico previniendo en cierto modo la sospecha, y anticipándose a los pensamientos del padre.

—Yo —dijo— no tengo bienes de fortuna; poseo mi carrera, eso sí (Miranda había aprovechado los primeros años de su juventud haciéndose licenciado en Derecho, como suele la mayoría de los españoles), y si el destino me faltase, me sobran ánimos para trabajar y abrir bufete con muy lucida clientela en Madrid. Deseo que mi mujer goce de cómoda posición, pero para ella, por ella sola; nada para mí; yo me basto a mí mismo. La diferencia de caudal me retrajo mucho tiempo de pedir a Lucía; pero pudo más el afecto que me inspira tan preciosa e inocente criatura... Así y todo, a no asegurarme Colmenar que usted es persona desinteresada y de ánimo generoso, no me decidiera nunca...

—El señor Colmenar me favorece más de lo que merezco —respondió muy hueco el Leonés—; pero estas cosas han de pensarse... Dese usted una vuelta por ahí...

—Dentro de quince días vendré a saber su resolución —repuso discretamente Miranda cogiendo el sombrero.

Pasolos dado a Satanás, porque era ciertamente ridículo para un hombre de sus ínfulas y categoría pedir la hija de un tendero de ultramarinos, y haber de esperar, como quien dice, en la antesala de la lonja, a que se dignasen abrirle la puerta. Entretanto, el señor Joaquín, leyendo solo el periódico y paladeando solo el café, venía a echarle muy de menos, e íbase arraigando en su mente la idea de la boda. Cada día consideraba más adecuado para yerno al amigo de Colmenar. Con todo, hizo lo que suelen las gentes que gustan de seguir su inclinación sin contraer responsabilidad: asesorarse con algunas personas acerca del asunto, esperando que su aprobación le escudase. Hubo de salirle frustrado el intento. El Padre Urtazu, consultado primero, exclamó con su franqueza navarra:

—A gato viejo rata tierna. No se pierde el don almibarado y pulido. ¿Pero no ve, desgraciado, no ve que el merengue ese puede ser padre de Lucía? ¡Sabe Dios las liebres que en su vida habrá corrido! Santísima Virgen ¡qué de historias llevará escondiditas en los bolsillos del levitín!

—Pero usted, ¿qué haría en mi caso, Padre Urtazu?

—¿Yo? Pensarlo, en vez de quince días, un año; ¡y otro año después, por lo que pudiera tronar!

—¡Por vida de la Constitución! Usted, Padre, no ha notado los méritos del señor don Aurelio.

—Los méritos... los méritos... ¡vaya unos méritos! ¡Pch, pch! ¡Si es mérito ir todo sopladico, y enseñando diez centímetros de puño de camisa... y darla de mozalbete, estando peor que yo, (que canas tengo, pero al menos no se me cae la hoja!

Y el Padre Urtazu se tiraba enérgicamente de los cortos cabellos entrecanos que en sus sienes crecían, fuertes como matas de abrojos.

—¿Qué dice a eso la chica? —interrogó después de súbito.

—No hemos hablado aún...

—¡Pues eso es lo primero, desgraciado! ¡Ay, que con los años se nos va reblandeciendo la mollera! ¿A qué aguarda?

Vélez de Rada fue todavía más terminante y categórico.

¡Casar a su hija de usted con Miranda! —gritó enarcando las cejas y colérico y descompuesto—. ¡Está usted loco! ¡El mejor ejemplar de raza que de diez años a esta parte encontré! ¡Una niña que tiene glóbulos rojos en la sangre, bastantes para surtir a cuantas muñequillas anémicas se pasean por Madrid! ¡Una estatura! ¡Un equilibrio! ¡Unos diámetros! Y con Miranda, que... (aquí la discreción profesional selló los labios del médico, y reinó silencio en la estancia.)

—Señor Rada... —osó decir el señor Joaquín, que no entendía bien.

—¿Sabe usted, sabe usted cuál es el deber del padre que tiene una hija como Lucía? Pues buscar, como otro Diógenes, un hombre que en constitución y riqueza de organismo la iguale, y unirlos. ¿Le parece a usted que con este descuido que hay en los enlaces, con los sacrílegos consorcios que solemos presenciar entre naturalezas pobres, viciadas, enfermas, y naturalezas sanas, es posible que muy pronto, a la vuelta de tres o cuatro generaciones, sobrevenga la decadencia fatal de estos pueblos de Europa? O qué, ¿se puede impunemente transmitir a nuestros tataranietos veneno y pus, en vez de sangre?

Salió el señor Joaquín del gabinete del Esculapio un tanto asustado, pero aún más confuso, sirviéndole únicamente de consuelo el pensar que las desdichas vaticinadas a su prosapia no ocurrirían hasta dentro de un siglo lo más pronto. Y el último percance que en sus consultas matrimoniales le esperaba, fue con una hermana suya viejísima, en sus mocedades planchadora y hoy pensionada y socorrida de su hermano. La infeliz, que arrastrado, había con su difunto vida de perros, exclamó en cascajosa voz, alzando las secas manos y meneando la cabeza temblona:

—¿Miranda? ¿Miranda? Será un pillo, un condenado: ¡todos los hombres son unos condenados! que los parta un ra...

No quiso oír más el Leonés, y dio por terminadas las consultas.

Faltaba el fondo de la cuestión, el parecer de Lucía. Quebrábase el padre la cabeza en busca de un medio diplomático de averiguarlo, cuando la misma niña se lo proporcionó.

—Papá —interrogó un día con la mejor fe del mundo—, ¿estará enfermo el señor de Miranda? Hace días que no viene por aquí.

Asió de los cabellos la ocasión el señor Joaquín y expuso los planes de Miranda. Lucía escuchaba atenta, con la sorpresa pintada en sus brillantes ojos.

—Mire usted —pronunció al cabo—. Pues acertaban Rosarito y Carmela al asegurar que el señor de Miranda venía a esta casa por mí. ¡Pero, quién lo dijera!

—Vamos, hija; ¿qué le contesto a ese señor? —preguntó afanoso el Leonés.

—¿Papá... qué sé yo? Nunca pensé que quisiera casarse conmigo.

—Pero a ti... ¿te gusta el señor de Miranda?

—Sí que me gusta. Todavía es muy buen mozo, declaró Lucía con naturalidad.

—¿Y su genio... y su trato...?

—Muy obsequioso, muy amable.

—¿Te repugna la idea de que viviese siempre aquí... con nosotros?

—No tal. Al contrario. Si me divierte mucho cuando viene.

—Pues... ¡por vida de la Constitución! ¡Tú también estás enamorada del señor de Miranda!

—Mire usted... ¡eso sí que me parece que no! Yo no he pensado despacio en esas cosas, ni sé cómo será el enamorarse; pero se me figura que debe ser así... más de bullanga, y que entrará... vamos, más de prisa y más recio.

—Pero esos amores de bullanga, ¿qué falta hacen para ser buenos casados?

—Yo supongo que ninguna. Para ser buenos casados, dice el Padre Urtazu que lo preciso es la gracia de Dios... y paciencia, mucha paciencia.

El padre le dio, con su ancha diestra, una palmadita en la mejilla.

—Hablas como un libro... por vida de la Const... ¿conque, según eso, voy a darle un buen rato al señor de Miranda?

—¡Ay, padre! El asunto merece pensarse: ¡hágame usted el favor de pensarlo por mí! ¿Qué entiendo yo de bodas, ni de...

—Pues mira, ya eres grandullona... Eres demasiado simplota tú.

—No —exclamó Lucía posando en el viejo su clara mirada—: si no es que soy simple, es que no quiero entender; ¿lo oye usted? Porque si comienzo a cavilar en esas cosas, doy en no comer, en no jugar, en no dormir... Esta noche de fijo no pegaría ojo... y después dice el señor de Rada, en latín, que enfermo del cuerpo y que vendré a enfermar del alma... No quiero acordarme sino de mis juegos, y de mis lecciones; de eso no, padre, porque se me va adelgazando, adelgazando el magín, y me paso horas enteras con las manos Cruzadas, sentada, hecha un poste... El caso es que cuando me da por ahí, se me antoja que ni todos los hombres del mundo juntos valen lo que un novio como me finjo yo al mío... que tampoco está en el mundo, ¡no crea usted! está allá en unos palacios, y en unos jardines muy remotos... En fin, no sé explicarme; ¿usted comprende?

—¡Te habrán metido en la cabeza ser monja, como Águeda, la niña de la directora del colegio! —gritó el señor Joaquín, con ira.

—¡Ca!... no señor —murmuró Lucía, cuya tez animada y encendida parecía fresquísima rosa—. No sería monja por un imperio... No me llama Dios por ese camino.

—Está visto —pensó el señor Joaquín para su capote—: hierve la olla; a esta chica hay que casarla. Y en voz alta: pues siendo así, niña, creo que no debes hacer un desaire al señor de Miranda. Es todo un señor... y en política, ¡vamos, es mucho olfato el suyo! ¿A ti no te desagrada?

—Ya he dicho que no —repuso Lucía, en tono más tranquilo.

La misma tarde fue el Leonés a llevar en persona a Miranda la satisfactoria respuesta.

Colmenar escribió al señor Joaquín una carta que tuvo que leer. Y no transcurridos muchos días, dijo Miranda al presunto suegro, en tono satisfecho y confidencial:

—Nuestro amigo Colmenar apadrina; delega en usted y envía esto para la novia.

Y sacó de su estuche de raso un abanico de nácar, cuyo delicado país de encaje de Bruselas temblaba al aliento como la espuma del mar al soplo de la brisa. Referir lo orondo que se puso el señor Joaquín, fuera empresa superior a las fuerzas humanas. Pareciole que la personalidad prohómbrica del insigne jefe de partido, repentinamente y por arte de birlibirloque se confundiera con la suya; creyose metamorfoseado, idéntico con su ídolo, y no cupo en su pellejo, y borráronse los recelos que a veces sentía aún pensando en el cercano desposorio. Ganoso de no quedarse atrás de Colmenar en generosidad, amén de señalar pingües alimentos a Lucía, le regaló una suma redonda, destinada a invertirse en el viaje de novios, cuyo itinerario trazó Miranda, comprendiendo a París y a ciertas bienhechoras aguas minerales, recetadas tiempo atrás por Rada, como remedio soberano para la diátesis hepática. La idea del viaje no dejó de parecer extraña al señor Joaquín. Al casarse él, no hizo excursión más larga que el trayecto de la portería a la lonja. Pero considerando que su hija entraba en superior rango, hubo de admitir los usos de la nueva categoría, por singulares que fuesen. Miranda se lo pintó así, y el señor Joaquín convino en ello: las inteligencias medianas ceden siempre al aplomo que las fascina.

El que conozca un tanto las ciudades de provincia, imaginará fácilmente cuánto comentario, cuánta murmuración declarada o encubierta provocó en León la boda del importante Miranda con la oscura heredera del ex lonjista. Hablose sin tino ni mesura; quién censuraba la vanidad del viejo, que harto al fin de romper chaquetas, quería dar a su hija viso y tono de marquesa (Miranda parecía a no pocas gentes el tipo clásico del marqués). Quién hincaba el diente en el novio, hambrón madrileño, con mucho aparato y sin un ochavo, venido allí a salir de apuros con las onzas del señor Joaquín. Quién describía satíricamente la extraña figura de Lucía la mocetona, cuando estrenase sombrero, sombrilla y cola larga. Mas estos runrunes se estrellaban en la orgullosa satisfacción del señor Joaquín, en la infantil frivolidad de la novia, en la cortés y mundana reserva del novio. Fiel Lucía a su programa de no pensar en la boda misma, pensaba en los accesorios nupciales, y contaba gozosa a sus amigas el viaje proyectado, repitiendo los nombres eufónicos de pueblos que tenía por encantadas regiones; París, Lyón, Marsella, donde las niñas imaginaban que el cielo sería de otro color y luciría el Sol de distinto modo que en su villa natal. Miranda, a cuenta de un empréstito que negoció contando satisfacerlo después a expensas del generoso suegro, hizo venir de la corte lindas finezas, un aderezo de brillantes, un cajón atestado de lucidas galas, envío de renombrado sastre de señoras. Mujer al cabo Lucía, y nuevos para ella tales primores, más de una vez, como la Margarita de *Fausto*, se colgó ante un espejillo los preciosos dijes, complaciéndose en sacudir la cabeza a fin de que fulgurasen los resplandores de los pendientes y las flores de pedrería salpicadas por el oscuro cabello. En esto se solazan las mujeres cuando son niñas, y todavía muchísimo tiempo después de dejar de serlo. Pero Lucía no era niña para siempre.

III

Seguía corriendo el tren, y la desposada no lloraba ya. Apenas se advertían en su rostro huellas de llanto, ni sus párpados estaban enrojecidos. Así acontece con las lágrimas que vertemos por las primeras penillas de la vida: llanto sin amargura, rocío leve, que antes refresca que abrasa. Comenzaban a entretenerla las estaciones y la gente que se asomaba curiosa a la portezuela, escudriñando el interior del departamento. Llovía preguntas sobre Miranda, el cual daba pormenores de todo, esmerándose en divertirla, y entreverando con las explicaciones alguna terneza, que la niña escuchaba sin turbarse, pareciéndole naturalísimo que el esposo mostrase afecto a la esposa, sin que el más leve oscilar de su corpiño delatara la dulce confusión que el amor despierta. Hallábase ya en su centro Miranda, habiendo cesado los lloros y reaparecido el buen humor y el temple normal del ánimo. Satisfecho de tal resultado, hasta bendecía interiormente a una de sus causas, una vejezuela que con enorme banasta al brazo se coló en el departamento algunas estaciones antes de Palencia, y cuya grotesca facha ayudó a llamar la sonrisa a los labios de Lucía.

Al llegar a Palencia, dejolos la vejezuela y subió un hombre grave, decentemente vestido, silencioso.

—Se parece a papá —dijo Lucía en voz baja a Miranda—. ¡Pobrecillo! —Y esta vez solo un suspiro pagó la deuda del amor filial.

Caía ya la noche; andaba el tren lentamente, como si temblase de pavor al confiarse a los raíles, y observó Miranda que llevaba notable retraso.

—Llegaremos a Venta de Baños —pronunció volviendo la hoja del Indicador —mucho más tarde de lo que se acostumbra.

—Y en Venta de Baños... —interrogó Lucía.

—Podemos cenar... si nos dan tiempo. En circunstancias ordinarias, no solo se cena, sino que hasta se descansa un rato, esperando el otro tren, el expreso, el que ha de llevarnos a Francia.

—¡A Francia! (Lucía palmoteó como si escuchase nueva inesperada y gratísima.) Reflexionando después, añadió en voz grave—: Pues lo que es yo tengo ganas de cenar.

—Cenaremos, cenaremos: al menos para cenar espero que nos alcanzará el rato que dure la parada... ¿Hay apetito, eh? Ello es que... que tú no has probado casi nada hoy...

—Con la prisa y el ahogo... y atender a que sirviesen bien los chocolates... y la pena de dejar al pobre papá, y de verle tan alicaído... y también...

—¿Qué más?

—¡Y vamos! que eso de casarse no sucede todos los días... y es natural que trastorne un poco... es cosa grave, muy grave, ya me lo avisó el Padre Urtazu..., y así es que yo anoche no pegué ojo, y conté todas las horas, las medias y los cuartos que dio el cuco de la antesala... a cada campanada que oía... ¡tam, tam!, exclamaba yo ¡maldito! aguárdate, que voy a taparme la cara con las sábanas, y a llamar el sueño, y no volverás a hacer de las tuyas..., pero ni por esas. Ahora, como ya pasó, es lo mismo que cuando hay que saltar un foso muy ancho: se salta, ¡zas!, y ya no se piensa en ello. ¡Se acabó!

Miranda se reía, sentado próximo a su novia, mirándola de cerca y hallándola muy linda, transformada casi con el tocado de viaje y la animación que encendía sus mejillas y arrebolaba su fresca tez. Lucía también comenzaba a recobrar la antigua familiaridad con Miranda, algo interrumpida últimamente por la novedad de la situación respectiva de ambos.

—No se ría usted de mis tonterías, señor de Miranda —murmuró la niña.

—Hazme el favor de no equivocarte, hija... me llamo Aurelio, y debes hablarme de tú como yo a ti... ¿sabes?

Todo este diálogo pasaba en discreto tono, a media voz, inclinados el uno hacia el otro ambos interlocutores, con misterioso y casi amante silabeo. El testigo de vista, silencioso, recostado en un ángulo, imponía a la plática de los esposos, plática llana y corriente, cierta intimidad y secreto que acrecentaban su atractivo, dándole visos de tierno coloquio. Las mismas cosas, dichas en alto, serían indiferentes y sencillas por demás. De ordinario sucede así, que no sean las palabras importantes en sí mismas, sino por el tono con que se pronuncian y el lugar en que se colocan, a la manera de menudas piedrecillas que incrustadas convenientemente en la labor de mosaico, ya dibujan un árbol, ya una casa, ya un rostro.

Detúvose al cabo el tren en Venta de Baños, y las luces de la estación mostraron su encendida pupila a través de la niebla leve de sosegada noche de otoño.

—¿Es aquí? ¿Es aquí donde nos bajarnos y se cena? —preguntó Lucía, a quien el suceso, nuevo para ella, de una cena en la estación, abría a un tiempo apetito y curiosidad.

—Aquí —contestole Miranda en tono mucho menos regocijado—. ¡Ahora, cambio de tren! ¡Los suprimiría todos! No hay cosa más incómoda. Busque usted el equipaje para que no se lo lleven a Madrid... mueva usted todos esos embelecos...

Diciendo lo cual, cogió de la red manta, saco y lío de paraguas; pero Lucía con su juvenil vigor y sus hábitos de hija del pueblo arrebatole de la mano lo más pesado, el saco, y brincando, ligera como un ave, al suelo, dio a correr hacia la fonda.

Sentáronse a la mesa dispuesta para los viajeros, mesa trivial, sellada por la vulgar promiscuidad que en ella se establecía a todas horas; muy larga y cubierta de hule, y cercada como la gallina de sus polluelos, de otras mesitas chicas, con servicios de té, de café, de chocolate. Las tazas, vueltas boca abajo sobre los platillos, parecían esperar pacientes la mano piadosa que les restituyese su natural postura; los terrones de azúcar empilados en las sal-villas de metal, remedaban materiales de construcción, bloques de mármol blanco desbastados para algún palacio liliputiense. Las teteras presentaban su vientre reluciente y las jarras de la leche sacaban el hocico como niños mal criados. La monotonía del prolongado salón abrumaba. Tarifas, mapas y anuncios, pendientes de las paredes, prestaban al lugar no sé qué per-files de oficina. El fondo de la pieza ocupábalo un alto mostrador atestado de rimeros de platos, de grupos de cristalería recién lavada, de fruteros donde las pirámides de manzanas y peras pardeaban ante el verde fuerte del musgo. En la mesa principal, en dos floreros de azul porcelana, acababan de mustiarse lacias flores, rosas tardías, girasoles inodoros. Iban llegando y ocupando sus puestos los viajeros, contraído de tedio y de sueño el sem-blante, caladas las gorras de camino hasta las cejas los hombres, rebujadas las mujeres en toquillas de estambre, oculta la gentileza del talle por grises y largos impermeables, descompuesto el peinado, ajados los puños y cuellos.

Lucía, risueña, con su ajustado casaquín, natural y sonrosada la color del semblante, descollaba entre todos, y dijérase que la luz amarillenta y cruda de los mecheros de gas se concentraba, proyectándose únicamente sobre su cabeza y dejando en turbia media tinta las de los demás comensales. Les trajeron la comida invariable de los fondines: sopa de hierbas, chuletas esparrilladas, secos alones de pollo, algún pescado recaliente, jamón frío en magrísimas lonjas, queso y frutas. Hizo Miranda poco gasto de manjares, despreciando cuanto le servían, y pidiendo imperativo y en voz bastante alta una botella de Jerez y otra de Burdeos, de que escanció a Lucía, explicándole las cualidades especiales de cada vino. Lucía comió vorazmente, soltando la rienda a su apetito impetuoso de niño en día de asueto. A cada nuevo plato, renovábásele el goce que los estómagos no estragados y hechos a alimentos sencillos hallan en la más leve novedad culinaria. Paladeó el Burdeos, dando con la lengua en el cielo de la boca, y jurando que olía y sabía como las violetas que le traía Vélez de Rada a veces. Miró al trasluz el líquido topacio del Jerez, y cerró los ojos al beberlo, afirmando que le cosquilleaba en la garganta. Pero su gran orgía, su fruto prohibido, fue el café. No acertaremos jamás los mínimos y escrupulosos cronistas del señor Joaquín el Leonés, cuál fuese la razón secreta y potísima que le llevó a vedar siempre a su hija el uso del café, cual si fuese emponzoñada droga o pernicioso filtro: caso tanto más extraño cuanto que ya sabemos la afición desmedida, el amor que al café profesaba nuestro buen colmenarista. Privada Lucía de gustar de la negra infusión, y no ignorante de los tragos que de ella se echaba su padre al cuerpo todos los días, dio en concebir que el tal brebaje era el mismo néctar, la propia ambrosía de los dioses, y sucedíale a veces decir a Rosarito o a Carmela:

—Deja, que en casándome, yo tomaré café. ¡Pues no!

No era muy genuino, ni muy aromático el del fondín de Venta de Baños; y con todo eso, al introducir en sus labios por vez primera la cucharilla, al sentir el leve amargor y el tibio vaho que la penetraban, experimentó Lucía hondo estremecimiento, algo como una expansión de su ser, cual si a un tiempo se abriesen sus sentidos, semejantes a capullos de arbusto que a la vez florecen todos. La copa de chartreuse, bebida despacio, le dejó en la lengua y en los dientes un aroma penetrante y fortalecedor, una sed grata, ligerísima, que apagaban los sorbos últimos del café, saturados del fino polvillo que en remolinos lentos se depositaba en el fondo de la taza.

—¡Si viniese papá ahora —murmuró—, qué diría!

Miranda y Lucía fueron los últimos en alzarse de la mesa. Los restantes viajeros se desparramaran ya por el andén a fin de coger sitio en el expreso, que acababa de llegar y detenerse, vibrante aún de su rápida marcha, en la estación.

—Vamos —advirtió Miranda—, vamos, que el tren va a salir... No sé si hallaremos un departamento desocupado.

Emprendieron su peregrinación, recorriendo la línea de vagones, en busca del departamento vacío. Halláronle, al fin no sin trabajo, y tomaron posesión de él, arrojando sus fardos en los almohadones. La luz opaca del farol, filtrándose a través de la cortinilla de azul tafetán; el gris uniforme y mate del forro, que parecía blanquecina colgadura; el silencio, la atmósfera reposada, sucediendo a la claridad brutal y a la confusa batahola del fondín, convidando estaban a apacible sueño y sosiego. Desabrochó Lucía la goma de su sombrero, colocándolo en la red.

—Estoy aturdida —dijo pasándose la mano por la frente—. Me pesa algo la cabeza; tengo calor.

—Los licores... Las bebidas —respondió festivamente Miranda—. Descansa un instante, mientras facturo el equipaje. Es formalidad precisa aquí...

Diciendo esto, levantó uno de los cojines del coche; metió debajo su manta enrollada para que formase cabecera, alzó el brazo de sillón que dividía los dos cojines, y añadió:

—¡Una cama pintiparada!

Sacó Lucía del bolsillo un pañolito de seda, con esmero doblado, lo extendió delicadamente sobre el cojín, y se tendió reclinando la cabeza en donde el pañuelo impedía el roce con el paño sobado del forro.

—Si me duermo —advirtió a Miranda—, despiértame cuando pase algo digno de verse.

—Pierde cuidado —contestó Miranda riéndose—. Vuelvo enseguida.

Quedose Lucía sola, cerrados ya los ojos, embargadas por grato sopor las potencias. Fuese el movimiento del tren, fuese el insomnio de las vísperas nupciales, fuese el hábito de acostarse en León a aquella misma hora de diez y media de la noche, o todas estas cosas juntas, ello es que el sueño caía sobre ella como un manto de plomo. Aflojábanse sus tirantes nervios, y corría por sus venas esa inexplicable sensación de calor rítmico, que anuncia que el curso de la sangre regulariza, y que el reposo comienza. Hizo Lucía la señal de la cruz, entre dos bostezos, murmuró un Padrenuestro y un Avemaría, y dio principio a una oración aprendida en el devocionario, y escrita en detestables versos, que comienza:

Del párvulo tierno,
cándido e inocente,
Dios justo y clemente
el sueño me dad...

Operaciones todas que si habían de espantar la somnolencia, la atrajeron más y más. De la boca de Lucía se exhaló leve suspiro; su mano cayó inerte, y la niña se quedó sepultada en el sueño más suelto y profundo, cual si entre blandas sábanas lo gozase.

Entregábase mientras tanto Miranda a la importante tarea de facturar el equipaje, no escaso, compuesto de dos baúles mundos, una sombrerera y un cajón especial de tela y cuero, a propósito para guardar de arrugas el planchado de sus camisas de vestir. Fuerza fue esperar pacientemente el turno de bultos rotulados A. M., frente al gran mostrador, donde se alineaba respetable fila de maletas, cajas y cajones de toda especie que iban trayendo a hombros los mozos de la estación, agobiados, hinchadas las venas del cuello. Cuando llegaban al mostrador, dábanse prisa a soltar la carga de golpe, con movimientos brutales, haciendo crujir la madera de los baúles y gemir y rechinar los aros de hierro que la afianzan. Al cabo logró Miranda que llegase su vez, y ya con el talón en el bolsillo, saltó del andén a la vía triple buscando su departamento. Costole algún trabajo, y abrió en balde varias puertas antes de dar con él; al abrirlas, solía asomarse una cabeza, y una voz áspera decir: «está lleno.» En otros departamentos vio formas confusas, gente acurrucada en los rincones o tumbada en los cojines. Al fin acertó, reconoció su sitio.

El cuerpo de Lucía, tendido sobre la improvisada cama, era complemento de la paz, de la quietud de aquella movible alcoba. Miranda consideró a su desposada un rato, sin que se le ocurriesen las cosas sentimentales y poéticas que la situación parecía sugerir.

—Es guapa de veras esta chica —pensaba el hombre maduro y experto—. Sobre todo, tiene su tez la pelusa de los albérchigos cuando no les han tocado y cuelgan aún en la rama. Ese diablo de Colmenar parece que adivina todas las cosas... otro me hubiera dado los millones con alguna virgen y mártir de cuarenta años... Pero esto es miel sobre hojuelas, como suele decirse.

Al glosar así su dicha, quitábase Miranda el sombrero y buscaba en los bolsillos del sobretodo la gorrilla de viaje roja y negra a cuarterones. Hay movimientos que por instinto nos recuerdan otros, cuando los ejecutamos. El antebrazo de Miranda, al descender, notó un vacío, la falta de algo que antes le estorbaba. Y el dueño del antebrazo, al advertirlo, dio brusco salto, y empezó a mirarse de abajo arriba, y las manos trémulas recorrieron y palparon el pecho y la cintura sin hallar nada; y la boca, impaciente y colérica, soltó en voz ahogada tacos, ternos y votos redondos; y el puño cerrado hirió la desmemoriada frente, como evocando el recuerdo con aquel cachete expresivo: llamado así el recuerdo, acudió por último; al cenar, habíase quitado la cartera, que le molestaba para comer, y puéstola a su lado sobre una silla vacante. Allí debía de estar. Era forzoso recogerla. Pero, ¡y el tren que iba a salir! Ya roncaban las chimeneas, bufando como erizados gatos, y dos o tres silbos agudos preludiaban la marcha. Miranda tuvo un segundo de indecisión.

—Lucía —dijo en voz alta.

Y contestole solo el respirar igual y fuerte de la niña, indicando un sueño tenaz y hondo.

Entonces se decidió prontamente, y con agilidad digna de un muchacho de veinte años, saltó a la vía y rompió a correr hacia la fonda. No es para perdida cartera como aquella, repleta de dinero en sus formas más variadas y seductoras: oro, plata, billetes de Banco, letras. Se precipitaba.

Extinguido ya la mayor parte del alumbrado en el fondín, solo ardía una bomba en cada cuádruple mechero; los mozos charlaban sentados en los rincones, o conducían perezosamente a la cocina obeliscos de platos grasientos y sucios, y montones de arrugadas servilletas. En la mesa grande, casi vacía, se alzaban solitarios los altos floreros, y a la luz escasa era lúgubre la mancha blanca del enorme mantel, semejante a un sudario. Sobre el mostrador, un quinqué de petróleo despedía en torno un círculo de claridad anaranjada, concreta, y el amo del establecimiento —sirviéndole de pupitre la tableta de mármol—, escribía guarismos en una gran agenda. Miranda, azorado, se llegó a él, acercándose mucho, tocándole casi:

—Caballero... —preguntó con voz anhelante— ¿ha visto usted por ahí... han recogido los mozos?...

El amo alzó el rostro, rostro franco, patilludo y vulgar.

—¿Una cartera? Sí, señor.

Respiró anchamente el amigo de Colmenar.

—¿Es de usted? —interrogó receloso el fondista.

—¡Mía, sí! Démela usted sin pérdida de tiempo: va a salir el tren...

—Tenga usted la bondad de facilitarme alguna seña...

—Color encarnado oscuro... de piel de Rusia... broches plateados...

—Basta, basta —dijo el fondista, que tomó de un cajón del mostrador la preciosa prenda, entregándola honradamente a su poseedor legítimo. El cual, no parándose a reconocerla, se la colgó en un abrir y cerrar de ojos, sepultó la mano en el bolsillo del chaleco, y sacando un puñado de monedas de plata, las desparramó sobre el mármol, exclamando: «para los mozos.» La acción fue tan rápida, que algunas rodaron, y después de danzar sobre la lisa superficie, vinieron a aplanarse con sonoro tañido. Aún duraba el argentino repique y ya Miranda volaba. En su aturdimiento no acertaba con la puerta.

—Que sale el tren, caballero —le gritaron los mozos—. Por aquí... por aquí...

Lanzose desatinado al andén: el tren, con pérfida lentitud de reptil, comenzaba a resbalar suavemente por los rieles. Miranda le enseñó los puños, y un sentimiento de impotente y fría rabia apoderose de su espíritu. Así perdió un segundo, un segundo precioso. El andar del convoy se aceleraba, como el columpio que, empezando a oscilar, describe a cada paso curvas más abiertas, y vuela con brío mayor por los aires. Precipitadamente y sin mirar al terreno, saltó Miranda a la vía, para alcanzar los vagones de primera, que en aquel punto desfilaban ante sus ojos, como mofándose de él. Quiso lanzarse al estribo, pero al tocarle fue despedido a la vía con gran violencia, y cayó, sintiendo agudo y repentino dolor en el pie derecho. Quedose en el suelo, medio incorporado, profiriendo una imprecación de esas que en España los hombres más preciados de distinguidos y elegantes no recelan tomar del lenguaje patibulario de los facinerosos. El tren, rugiente, majestuoso y veloz, cruzó ante él, despidiendo la negra máquina centellas de fuego, semejantes a espíritus fantásticos danzando entre las tinieblas nocturnas.

Pocos momentos después de que Miranda bajó a recoger su cartera, habíase abierto la puerta del departamento donde quedaba Lucía dormida, penetrando por ella un hombre. Llevaba éste en la mano un maletín, que dejó caer a su lado, sobre los cojines. Cerrando la portezuela, sentose en un ángulo, pegada la frente al vidrio, frío como el hielo y empañado por el rocío de la noche. No se veía más que la negrura exterior, que apenas contrastaba la confusa penumbra del andén, el farolillo del guarda que lo recorría, y los mustios reverberos aquí y allí esparcidos. Cuando el tren rompió a andar, pasaron unas chispas, rápidas como exhalaciones, ante el cristal en que apoyaba su rostro el recién llegado.

IV

Al cual no dejó de parecer extraña y desusada cosa —así que, cesando de contemplar las tinieblas, convirtió la vista al interior del departamento— el que aquella mujer, que tan a su sabor dormía, se hubiese metido allí en vez de irse a un reservado de señoras. Y a esta reflexión siguió una idea, que le hizo fruncir el ceño y contrajo sus labios con una sonrisa desdeñosa. No obstante, la segunda mirada que fijó en Lucía le inspiró distintos y más caritativos pensamientos. La luz del reverbero, cuya cortina azul descorrió para mejor examinar a la durmiente, la hería de lleno; pero según el balanceo del tren, oscilaba, y tan pronto, retirándose, la dejaba en sombra, como la hacía surgir, radiante, de la oscuridad. Naturalmente se concentraba la luz en los puntos más salientes y claros de su rostro y cuerpo. La frente, blanca como un jazmín, los rosados pómulos, la redonda barbilla, los labios entreabiertos que daban paso al hálito suave, dejando ver los nacarinos dientes, brillaban al tocarlos la fuerte y cruda claridad; la cabeza la sostenía con un brazo, al modo de las bacantes antiguas, y su mano resaltaba entre las oscuridades del cabello, mientras la otra pendía, en el abandono del sueño, descalza de guante también, luciendo en el dedo meñique la alianza, y un poco hinchadas las venas, porque la postura agolpaba allí la sangre. Cada vez que el cuerpo de Lucía entraba en la zona luminosa, despedían áureo destello los botones de cincelado metal, encendiéndose sobre el paño marrón del levitín, y se entreveía, a trechos de la revuelta falda, orlada de menudo volante a pliegues, algo del encaje de las enaguas, y el primoroso zapato de bronceada piel, con curvo tacón. Desprendíase de toda la persona de aquella niña dormida aroma inexplicable de pureza y frescura, un tufo de honradez que trascendía a leguas. No era la aventurera audaz, no la mariposuela de vuelo bajo que anda buscando una bujía donde quemarse las alas; y el viajero, diciéndose esto a sí mismo, se asombraba de tan confiado sueño, de aquella criatura que descansaba tranquila, sola, expuesta a un galanteo brutal, a todo género de desagradables lances; y se acordaba de una estampa que había visto en magnífica edición de fábulas ilustradas, y que representaba a la Fortuna despertando al niño imprevisor aletargado al borde del pozo. Ocurriósele de pronto una hipótesis: acaso la viajera fuese una miss inglesa o norteamericana, provista de rodrigón y paje con llevar en el bolsillo un revólver de acero de seis tiros. Pero aunque era Lucía fresca y mujerona como una Niobe, tipo muy común entre las señoritas yankees, mostraba tan patente en ciertos pormenores el origen español, que hubo de decirse a sí mismo el que la consideraba: «no tiene pizca de traza de extranjera.» Mírola aun buen rato, como buscando en su aspecto la solución del enigma; hasta que al fin, encogiéndose levemente de hombros, como el que exclamase: «¿Qué me importa a mí, en resumen?», tomó de su maletín un libro y probó a leer; pero se lo impidió el fulgor vacilante que a cada vaivén del coche jugaba a embrollar los caracteres sobre la blanca página. Se arrimó nuevamente entonces el viajero a los helados cristales, y se quedó así, inmóvil, meditabundo.

El tren seguía su marcha retemblando, acelerándose y cuneando a veces, deteniéndose un minuto solo en las estaciones, cuyo nombre cantaba la voz gutural y melancólica de los empleados. Después de cada parada volvía, como si hubiese descansado, y con mayores bríos, a manera de corcel que siente el acicate, a devorar el camino. La diferencia de temperatura del exterior al interior del coche, empañaba con un velo de tul gris la superficie del vidrio; y el viajero, cansado quizá de fundirlo con su hálito, se dedicó nuevamente a considerara la dormida, y cediendo a involuntario sentimiento, que a él mismo le parecía ridículo, a medida que transcurrían las horas perezosas de la noche, iba impacientándole más y más, hasta casi sacarle de quicio, la regalada placidez de aquel sueño insolente, y deseaba, a pesar suyo, que la viajera se despertara, siquiera fuese tan solo por oír algo que orientase su curiosidad. Quizá con tanta impaciencia andaba mezclada buena parte de envidia. ¡Qué apetecible y deleitoso sueño; qué calma bienhechora! Era el suelto descanso de la mocedad, de la doncellez cándida, de la conciencia serena, del temperamento rico y feliz, de la salud. Lejos de descomponerse, de adquirir ese hundimiento cadavérico, esa contracción de las comisuras labiales, esa especie de trastorno general que deja asomar al rostro, no cuidadoso ya de ajustar sus músculos a una expresión artificiosa, los roedores cuidados de la vigilia, brillaba en las facciones de Lucía la paz, que tanto cautiva y enamora en el semblante de los niños dormidos. Con todo, un punto suspiró quedito, estremeciéndose. El frío de la noche penetraba, aun cerrados los cristales, a través de las rendijas. Levantose el viajero, y sin mirar que en la rejilla había un envoltorio de mantas, abrió su propio maletín y sacó un chal escocés, peludo, de finísima lana, que delicadamente extendió sobre los pies y muslos de la dormida. Volviose ésta un poco sin despertar, y su cabeza quedó envuelta en sombra.

Fuera, los postes del telégrafo parecían una fila de espectros; los árboles sacudían su desmelenada cabeza, agitando ramas semejantes a brazos tendidos con desesperación pidiendo socorro; una casa surgía blanquecina, de tiempo en tiempo, aislada en el paisaje como monstruosa testa de granítica esfinge; todo confundido, vago, sin contornos, flotante y fugaz, a imitación de los torbellinos de humo de la máquina, que envolvían al tren cual envuelve a la presa el aliento de fuego de colérico dragón. Dentro del coche silencio religioso; dijérase que era un recinto encantado. El viajero corrió el transparente azul, cubriendo la lámpara; recostose en una esquina cerrados los ojos, y, estirando las piernas, las apoyó en el asiento fronterizo. Así pasaron estaciones y estaciones. Dormitaba él un poco, y después, asombrado del silencio y largo sopor de Lucía, levantábase, receloso de que la hubiese sobrecogido un síncope. Iba a ella, inclinándose, y otra vez tornaba a su rincón, habiendo percibido el ritmo acompasado del pacífico respirar de la niña.

Difusa y pálida claridad comenzaba a tenderse sobre el paisaje. Ya se discernía la forma de montañas, árboles y chozas; la noche se retiraba barriendo las tembladoras estrellas, como una sultana que recoge su velo salpicado de arabescos argentinos. El estrecho segmento de círculo de la Luna menguante se difumaba y desvanecía en el cielo, que pasaba de oscuro a un matiz de azul opaco de porcelana. Glacial sensación corrió por las venas del viajero, que subió el cuello de su americana y llegó los pies instintivamente al calorífero, tibio aún, en cuyo seno de metal danzaba el agua, produciendo un sonido análogo al que se oye en la cala de los buques. De improviso se abrió bruscamente la puerta del departamento, y saltó dentro un hombre ceñudo, calada la gorra de dorado galón, en la mano una especie de tenacilla o sacabocados de acero.

—¡Los billetes, señores! —gritó en voz seca e imperiosa.

El viajero echó mano a su chaleco y entregó un trozo de cartón amarillo.

—¡Falta uno! El billete de la señora. ¡Eh, señora!, ¡señora! ¡El billete!

Agitábase ya Lucía en su asiento, y echando abajo el chal escocés e incorporándose, se frotaba asombrada los ojos con los nudillos, a la manera de las criaturas soñolientas. Tenía revuelto y aplastado el pelo, y muy encendido el lado del rostro sobre que reposara; una trenza suelta le descendía por el hombro, y, destrenzándose por la punta, ondeaba en tres mechones. Arrugada la blanca enagua, se insubordinaba bajo el vestido de paño; un lazo de un zapato se había desatado, flotando y cubriendo el empeine del pie. Lucía miraba en derredor con ojos vagos e inciertos; estaba seria y atónita.

—¡El billete, señora! ¡Su billete de usted! —seguía gritándole el empleado, con no muy afable tono.

—El billete... —repitió ella. Y de nuevo tendió la vista en torno, sin lograr sacudir totalmente el estupor del sueño.

—Sí, señora, el billete —reiteró más desapaciblemente aún el empleado.

—¡Miranda... Miranda! —exclamó Lucía por fin, enlazando sus dispersos recuerdos de la víspera. Y registró con los ojos todo el departamento, estupefacta al no ver a Miranda allí.

—El señor de Miranda tendrá mi billete —dijo dirigiéndose al empleado, como si éste hubiese de conocer forzosamente a Miranda.

El empleado, desorientado, se volvió hacia el viajero, tendida la diestra.

—No me llamo Miranda —murmuró éste.

Y como viese al empleado furioso, dispuesto a interpelar a Lucía con grosero ademán, añadió:

—¿Venía alguien con usted, señora?

—Sí, señor... —contestó Lucía, atribulada ya—. Pues claro está que venía... venía don Aurelio Miranda, mi marido... —y al decirlo, sonriose involuntariamente, de lo nueva y peregrina que se le figuraba tal expresión en su boca.

—Muy niña parece para casada —pensó el viajero; pero recordando el anillo que había visto lucir en el meñique, añadió en alta voz:

—¿De dónde venían ustedes?

—De León. Pero qué, ¿no está? ¡Virgen Santa! Caballero... dígame usted... permítame...

Y olvidando que el tren andaba, iba a abrir la portezuela rápidamente, cuando el empleado la detuvo asiéndola del brazo con vigor.

—Eh, señora —dijo en voz ruda—, ¡pues no ve usted que se mata! No se puede salir ahora. ¿Está usted loca? Y acabemos, que yo necesito el billete.

—No lo tengo; ¡cómo he de hacer, si no lo tengo! —pronunció Lucía acongojada, preñándosele de lágrimas los ojos.

—Tendrá usted que tomarlo en la primera estación, y pagar multa.

Y el empleado gruñó más fuerte.

—No moleste usted más a la señora —dijo el viajero terciando muy a tiempo, que ya empezaban a rodar por las mejillas de Lucía lagrimones como avellanas—. ¡So desatento! —prosiguió con cólera—, ¿no ve usted que ha ocurrido a esta señora un suceso que no podía prever? Ea, márchese usted, o por mi nombre...

—Ya ve usted, caballero, que tenemos nuestra obligación... nuestra responsabilidad...

—Váyase usted noramala. Tome usted para el billete de la señora.

Diciendo esto, introdujo la diestra en el bolsillo de su americana, y sacó unos papeles grasientos y verdosos, cuya vista despejó al punto el perruno entrecejo del empleado, que al recibir el billete bajó dos o tres tonos el diapasón de su bronca voz.

—Perdone usted —dijo al cogerlo y guardárselo en su sucia y desflorada cartera... La palabra de usted bastaba. Al pronto le desconocí; pero ahora recuerdo muy bien de su fisonomía, y caigo en la cuenta de que le conozco mucho, y también he conocido a su padre, señor de Artegui...

—Pues si me conoce —repuso severamente el viajero—, sabrá que gasto pocas palabras ociosas... Abur.

Y empujando al importuno hacia fuera, cerrole la portezuela en las narices. Pero súbitamente la abrió otra vez, y ceceando al empleado, que ya corría con no vista agilidad por la angosta plataforma de los estribos, gritole en voz sonora:

—¡Psit... psit... eh!, que si hay por esos vagones algún señor de Miranda, avísele usted que aquí está su señora.

Hecho lo cual, se sentó en el rincón, y bajando el vidrio, respiró con ansia el vivificante fresco matinal. Lucía, secando sus ojos del segundo llanto vertido en el curso de tan pocas horas, sentía extraordinaria inquietud de una parte, de otra inexplicable contentamiento. La acción del viajero le causaba el gozo íntimo que suelen los rasgos generosos en las almas no gastadas aún. Moríase por darle las gracias, y no osaba hacerlo. Él, entretanto, miraba amanecer, con la misma atención que si fuese el más nuevo y entretenido espectáculo del mundo. Al fin se resolvió la niña a atreverse, y con balbuciente labio dijo la mayor tontería que en aquel caso decir pudiera (como suele suceder a cuantos piensan mucho y preparan anticipadamente un principio de diálogo).

—Caballero... es que yo no podré pagarle a usted lo que le debo hasta que encontremos a Miranda. Él llevaba los fondos...

—Yo no presto dinero, señora —contestó apaciblemente el viajero, sin volver la faz ni dejar de mirar el alba, que rompía por los cielos envuelta en leves vapores de rosa y nácar.

—Bien... pero no es justo que usted, así, sin conocerme...

El viajero no contestó.

—Y dígame usted, por Dios —añadió Lucía con inflexiones infantiles en su voz pura—, ¿qué será de Miranda? ¿Qué le parece a usted de mi situación? ¿Qué hago yo ahora?

Giró el viajero en su asiento, y quedó frente a Lucía, con aspecto de hombre a quien obligan a ocuparse en lo que no le importa y que se resigna a ello. El timbre fresco de la voz de Lucía le volvió a sugerir la misma reflexión de antes.

—Imposible parece que esté casada. Cualquiera pensará que sale de un colegio. —Y, de recio, preguntó:

—Vamos a ver, señora; ¿dónde dejó usted a su marido? ¿Lo recuerda usted?

—¿Qué sé yo? Si me dormí...

—¿Y dónde se durmió usted? ¿No lo sabe usted tampoco?

—En la estación donde cenamos... En Venta de Baños. Miranda se bajó a facturar el equipaje, y me dijo que descansase un rato, que procurase dormir...

—¡Y lo ha procurado usted bien! —murmuró con una media sonrisa el viajero—. Duerme usted desde allá... cinco horas seguidas, de un tirón...

—Pero... es que ayer madrugué tanto... Estaba rendida.

Y Lucía se frotó los ojos, cual si otra vez sintiese en ellos la comezón del sueño. Después buscó en su moño dos o tres horquillas, recogiéndose con ellas la rebelde trenza.

—¿Me ha dicho usted —interrogó el viajero— que venían ustedes de León?

—Sí, señor... La boda fue a las once de la mañana; pero yo tuve que madrugar para disponer el refresco... —refirió Lucía con su sencillez de niña no hecha al trato social—. Las tres y media eran cuando salimos de León...

El viajero la miraba, empezando a comprender el enigma. La niña le daba la clave de la mujer.

—Debí figurármelo —dijo para su sayo—. ¿Llegaron ustedes juntos hasta Venta de Baños? —preguntó a Lucía después.

—Sí, sí... allí cenamos. Miranda se quedó sin duda facturando...

—No puede ser... La operación de facturar termina siempre a tiempo suficiente para que los viajeros tomen el tren... Algún incidente imprevisto, algún contratiempo debió de ocurrirle.

—¿No le parece a usted... diga usted con franqueza... lo habrá hecho a propósito, eso de dejarme?

Tan pueril y sincera congoja revelaba el semblante de Lucía al pronunciar esto, que la seria boca del viajero hubo de sonreírse nuevamente.

—¡Mire usted! —añadió ella meneando grave y reflexiva la cabeza—; ¡y yo que pensaba que una mujer en casándose tenía quien la acompañase y defendiese! ¡Quien la diese protección y sombra! Pues si esto sucede a las veinticuatro horas no completas... No completas. ¡Bien estamos!

—De seguro... de seguro que su marido de usted está más disgustado por lo ocurrido que usted misma. Crea usted que algo sucede que no sabemos, y que explicará la conducta de ese señor... Miranda. ¿O tendría usted algún antecedente, algún motivo para sospechar que... que la quiso abandonar?

—¡Motivo! ¡Quiá! Ninguno. Si el señor de Miranda es una persona formal.

—¿Usted le llama el señor de Miranda?

—No... él ya me advirtió ayer que le llamase Aurelio... Pero como aún no adquirí confianza... y él tiene más edad... En fin, no se me venía a la boca.

El viajero puso dique a una marea de preguntas indiscretas que se asomaban a sus labios, y volviose hacia la ventanilla para no perder la hermosa decoración que le ofrecía la Naturaleza. El Sol, apareciendo sobre la cumbre de una montañuela cercana, disipaba la bruma matutina, que descendía al valle en jirones de encaje gris, y, brillando en un espacio azul clarísimo, alumbraba con luz naciente, fresca y suave. Por los flancos de granito de la montaña, sembrados de mica que relucía, bajaba desatado un torrente espumoso; y entre el matiz sombrío de los encinares asomaba un pradillo, de tonos pálidos de hierba temprana, donde pacía un rebaño de ovejas, cuyos blancos cuerpos constelaban la alfombra verde como enormes copos de algodón. Al través del ruido ensordecedor del tren, dijérase que se oían en aquella pintoresca solana remotos gorjeos de aves y argentino repiquetear de esquilas.

Cuando el viajero hubo mirado largamente el lindo paisaje, que ya se perdía en lontananza, dejose caer, como hombre fatigado, en la esquina, y sus brazos exhaustos pendieron a ambos lados de su cuerpo, mientras se le escapaba del pecho leve suspiro, que más que a pesares sonaba a cansancio.

El Sol subía y sus rayos comenzaban a travesear en los cristales del coche, y en las frentes de los dos que lo ocupaban, como invitándoles a contemplarse el uno al otro. Midiéronse, en efecto, instintivamente con la vista, procurando que su mutua curiosidad no fuese advertida, de lo cual resultó una escena muda y expresiva, representada por ella con infantil desenfado, y con reserva ceñuda por él.

Era el viajero un hombre en la fuerza de la edad y en la edad de la fuerza. Veintiocho, treinta o treinta y dos años podían haber corrido sobre él, sin que fuese dable decir si los representaba. El descolorido semblante lo tenía aún más pálido en los pómulos, allí donde suelen estar las que en verso se llaman rosas. Con todo esto no parecía de endeble salud, y era bien proporcionado de cuerpo, la barba negra y hermosa, el cabello rebelde a las artes del peluquero, flexible y libre, ondulante por aquí y por acullá, sin simetría ni compás, mas no sin cierta colocación propia que caracterizaba y embellecía la cabeza.

Tenía las facciones bien dispuestas, pero encapotadas por unas nubes de melancolía y padecimiento, no del padecimiento físico que destruye el organismo, pega la piel a los huesos, amojama las carnes y empaña o vidria el globo ocular, sino del padecimiento moral, o mejor dicho, intelectual, que solo hunde algo la ojera, labra la frente, empalidece las sienes y condensa la mirada, comunicando a la vez descuido y abandono a los movimientos del cuerpo. Esto último era lo que en el viajero se notaba más.

Eran todas sus actitudes y ademanes como de hombre rendido y exánime. Algo había descompuesto y roto en aquel noble mecanismo, algún resorte de esos que al saltar interrumpen las funciones de la vida íntima. Hasta en su vestir percibíase la languidez y desaliento que tan a las claras revelaba la fisonomía. No era negligencia, era indiferencia y caimiento de ánimo lo que manifestaba aquel traje oscuro de mezclilla, aquella cadena de oro, impropia para un viaje, aquella corbata atada sin esmero y al caer, aquellos guantes nuevos, de fina piel de Suecia, de color delicado, que no iban a durar limpios ni diez minutos. Faltábale al viajero la elegancia primorosa e inteligente que cuida de los detalles, que hace ciencia del tocador; veíase en él al hombre que es superior a la propia elegancia porque no la ignora, pero la desdeña: grado de cultura por donde se ingresa en una esfera más alta que el buen tono, que al fin y al cabo es categoría social, y quien se eleva por cima del buen tono, exímese también de categorías. Miranda vestía la librea del buen gusto, y por eso, antes de reparar en Miranda, se fijaban las gentes en su ropa, al paso que lo que en Artegui atraía la atención, era Artegui mismo. Ni la irregularidad del vestir encubría, antes bien, patentizaba, la distinción de la persona: cuantas prendas componían su traje eran ricas en su género; inglés el paño, holanda la tela de la camisa, de primera el calzado y guantes. Todo esto lo notó Lucía, más con el instinto que con el entendimiento, porque, inexperta y bisoña, no había llegado aún a dominar la filosofía del traje, en que tan maestras son las mujeres.

A su vez la consideraba Artegui como aquel que, volviendo de países nevados y desiertos, mira a un vallecillo alegre que por casualidad encuentra en el camino. Jamás había visto reunidas en nadie tanta juventud, robustez y frescura. A pesar de la noche pasada en ferrocarril, estaba el rostro de Lucía más lozano que unas hierbas de San Juan, y sus cabellos revueltos y a trechos aplastados, le prestaban cierto aspecto de ninfa que sale del baño, destocada y húmeda. Reíansele los ojos, las facciones todas, y el Sol, indiscreto cronista de los cutis marchitos, jugaba sin temor entre el dorado imperceptible vello que tapizaba las mejillas de la niña, tiñéndolas con tonos calientes de rancio mármol.

Lucía esperaba que la hablasen, y su mirada lo pedía. Pero como el viajero no pareciese dispuesto a realizar sus esperanzas, se resolvió ella, pasado algún tiempo, a volver a la carga, exclamando:

—Bien, ¿y qué hago yo? Usted no me dice cómo voy a salir del paso.

—¿Adónde iba usted, señora, con su marido?

—Íbamos a Francia... a las aguas de Vichy, que le habían recetado los médicos.

—¿A Vichy directamente? ¿No pensaban ustedes detenerse en alguna parte?

—Sí tal, en Bayona. Allí descansaríamos.

—¿Está usted bien segura?

—Segurísima. Me lo explicó cien veces el señor de Miranda.

—Pues en ese caso, diré a usted lo que opino. Indudablemente, su marido de usted, detenido por una circunstancia cualquiera, que no hace al caso, se quedó en Venta de Baños anoche. Por medida de precaución, le haremos, si usted quiere, un telegrama desde Hendaya; pero lo que yo supongo es que tomará el primer tren que vea salir para Francia, corriendo en busca de usted. Si retrocedemos, se expone usted a cruzarse con él en el camino, y a perder tiempo, y a molestarse más. Si se queda usted en la primera estación que encontremos, para esperarle allí...

—Eso, eso sería lo mejor.

—No, porque como él no lo sabe, y como han pasado horas y ya estará andando quizá para unirse a usted, y no podremos avisarle, y el tren se detiene brevísimos momentos en esas estaciones... no me parece acertado. Además, que tendrían ustedes acaso que quedarse los dos en una estación mezquina, esperando otro tren... Ese recurso no es aceptable.

—Pues discurra usted... —dijo la niña con empeño y confianza, animada por el «si retrocedemos...» del viajero, que le prometía implícitamente asistencia y auxilio.

—Seguir a Bayona, señora: es lo único que cabe. Creo que su marido de usted se dirigirá desde luego allí. Nosotros llegamos en el tren de la tarde y él en el de la noche. Cuando no ha telegrafiado avisando a usted de que se vuelva (cosa que pudo hacer), es que sigue.

No puso Lucía objeciones. Ignorante de la ruta, sintió placer singular en entregarse a la ajena experiencia. Callada, se inclinó a la ventanilla y siguió la línea escabrosa de la sierra, que se recortaba en el cielo despejado. El tren andaba más despacio cada vez: estaban llegando a una estación.

—¿Qué es esto? —dijo volviéndose a su compañero.

—Miranda de Ebro —contestó él lacónicamente.

—¡Qué sed tengo! —murmuró Lucía—. Diera por un vaso de agua...

—Bajémonos: beberá usted en la fonda —respondió Artegui, a quien el imprevisto suceso comenzaba a sacar de su abstracción. Y saltando el primero, ofreció el brazo a Lucía, que se apoyó sin ceremonias, y a impulsos de la sed, echó a correr hacia la cantina, donde algunas botellas empezadas, naranjas a medio exprimir, tarros de horchata y jarabe, frasquitos de azahar, se disputaban un mostrador cubierto de zinc y unos estantes pintados de amarillo. Sirviéronle el agua, y sin dar tiempo a que se disolviese el bolado, la bebió a sorbetones, de prisa; sacudió los mojados dedos, limpiándose después con su pañolito.

Artegui pagó.

—Muchas gracias —dijo ella mirando a su taciturno acompañante—. A gloria me ha sabido. Cuando hay sed... Muchas gracias, señor don... ¿cómo se llama usted?

—Ignacio Artegui —pronunció él con visos de extrañeza.

La ingenuidad suele parecerse al descaro, y solo el candor de aquellos ojos límpidos que se clavaban en él pudo hacer que el viajero distinguiese entre ambas cosas.

—¿No quiere usted algo más? —murmuró—. ¿Desayunarse? ¿Café o chocolate?

—No, no... lo que es por ahora, no siento apetito.

—Pues espéreme en el coche. Voy a arreglar el asunto de su billete de usted.

Volvió en breve, y el tren comenzó de nuevo su marcha, que de noche parecía vertiginosa y fatigosa de día. El Sol iba ascendiendo a su cenit, y el calor se anunciaba por ráfagas tibias y pesadas, alientos de fuego que encendían la atmósfera. Ligero polvillo de carbón, procedente de la máquina, entraba por las ventanas, depositándose en los blanquecinos cojines y en el velo de percal que preservaba el respaldo de los asientos. A veces, contrastando con el tufo penetrante del carbón de piedra, venía una bocanada del agreste perfume de los encinares y las praderías, extendidas a uno y otro lado del tren. Tenía el país mucho carácter: eran las Vascongadas, rudas y hermosas. Por todas partes dominaban el camino amenazantes alturas, coronadas de recias casamatas o fuertes castillos recientemente construidos allí para señorear aquellos indomables cerros. En los flancos de la montaña se distinguían anchas zanjas de trincheras o líneas de reductos, como cicatrices en un rostro de veterano. Altos y elegantes chopos ceñían las bien cultivadas llanuras, verdes e iguales, a manera de un collar de esmeraldas. De entre el blanco y limpio caserío se destacaban las torres de los campanarios. Lucía se signaba al verlas.

Al pasar por delante de Vitoria un recuerdo acudió a su mente. Se lo trajeron las largas alamedas que adornan y cercan la ciudad.

—Parecen los árboles de León —murmuró suspirando.

Y añadió en voz más baja, como hablándose a sí misma:

—¡Qué hará ahora el pobre papá!

—¿Se ha quedado su padre de usted en León? —preguntó Artegui.

—Sí, en León... Si él supiese lo que pasa, tendría un terrible disgusto. ¡Él, que me hizo tantos cientos de encargos y advertencias! Que tuviésemos cuidado con los ladrones... con las enfermedades... con no tomar Sol... con no mojarnos... Vamos, cuando lo pienso...

—¿Es anciano su padre de usted?

—Viejecito, viejecito... pero muy guapo y bien conservado, más hermoso que un oro para mí. Yo logré la suerte de tener el mejor padre de toda España... no ve sino por mis ojos el pobre.

—¿Es usted única, acaso?

—Sí, señor... y huérfana de madre desde que era así —explicó Lucía bajando la extendida mano y colocándola a la altura de sus rodillas—. ¡Qué! ¡si aún mamaba cuando se murió mi madre! Y mire usted, esa fue la única desgracia que yo tuve; porque por lo demás, personas habrá felices, pero más de lo que yo lo fui...

Artegui posó en ella sus ojos dominadores y profundos.

—¡Era usted feliz! —repitió, como un eco del pensamiento de la niña.

—¡Vaya! Sí que lo era. El Padre Urtazu me decía a veces: cuidado, chiquilla; mira que Dios te lo está pagando todo adelantado, y después, cuando te mueras, ¿sabes tú lo que va a decir? Que no te debe nada.

—¿De suerte que usted —preguntó Artegui— nada echaba de menos en su tranquila existencia de León? ¿No deseaba usted nada?

—Deseaba, sí... algunas veces, sin saber qué. Ahora pienso que lo que deseaba era esto: salir, variar algo de vida. Pero no me impacientaba, porque me parecía que, tarde o temprano, llegaría a lograrlo; ¿no es cierto? El Padre Urtazu solía reírse de mí, exclamando: paciencia, que cada otoñillo trae su frutillo.

—El Padre Urtazu... ¿es jesuita?

—¡Jesuita... y más sabio! Entiende de cuanto Dios crió. Yo algunas veces, por desesperar a doña Romualda, que es la directora de mi colegio, le decía: De mejor gana aprendería con el Padre Urtazu, que con usted.

—¡Y ahora —pronunció Artegui, con la brutal curiosidad de unos dedos que abren a viva fuerza un capullo de flor—, sería usted más feliz que nunca! ¡Digo! ¡Casarse nada menos!

No percibió Lucía el tono irónico que dieron a aquella frase los labios de su acompañante, y respondió con sinceridad:

—Le diré a usted... Siempre deseé casarme a gusto del viejecito, y no afligirlo con esos amoríos y esas locuras con que otras muchachas desazonan a sus padres... Mis amigas, digo algunas, veían pasar por delante de su ventana a un oficial de la guarnición... ¡zas! ya estaban todas derretidas, y carta va y carta viene... Yo me asombraba de eso de enamorarse así, por ver pasar a un hombre... Y como al fin nada se me daba de los que pasaban por la calle, y al señor de Miranda ya le conocía, y a padre le gustaba tanto... calculé: ¡mejor! así me libro de cuidados, ¿no es verdad? cierro los ojos, digo que sí y ya está hecho... Padre se pone muy contento y yo también.

Artegui se quedó mirándola tan fijamente, que Lucía sintió, digámoslo así, el peso y el calor de aquellos ojos en sus mejillas, y encendiose toda en rubor, murmurando:

—¡Le cuento a usted cada tontería! Como no tenemos de qué hablar...

Seguía él escudriñando con la vista el franco y juvenil semblante, como una hoja de acero registra la carne viva. Harto sabía que el desahogo y libertad revelan quizá más ausencia de malicia que la cautelosa reserva; mas con todo eso, le maravillaba la extremada sencillez de aquella criatura. Era preciso, para entenderla, observar que la salud poderosa del cuerpo le había conservado la pureza del espíritu. Nunca enlanguideciera la fiebre aquellos ojos de azulada córnea; nunca secara aquellos fresquísimos labios la calentura que consume a las niñas en la difícil etapa de diez a quince. La imagen más adecuada para representar a Lucía, era la de un cogollo de rosa muy cerrado, muy gallardo, defendido por pomposas hojas verdes, erguido sobre recio tronco.

Agobiaba el calor, cada vez más sofocante. Al llegar a Alsasua, quejose nuevamente Lucía de sed, y Artegui, ofreciéndole el brazo, la condujo al comedor de la fonda, recordándole que era razón tomar algo, puesto que tantas horas habían transcurrido desde la cena.

—Dos almuerzos —gritó al mozo, palmoteando para que le atendiesen.

El mozo se acercó, servilleta al hombro; tenía una cara tostada, amilita-rada, que reñía con los escarpines de charol y el pelo atusado con bando-lina, librea que el público impone a sus servidores en tales lugares. Hacíale aún más marcial ancha cicatriz, que naciendo en la guía izquierda del bigote, iba a perderse en el cuello. Miraba el mozo fijamente a Artegui, con ojos muy abiertos; hasta que dando un grito, o más bien una especie de alegre latido perruno, exclamó:

—¡Él o el diablo en su figura! ¡Señorito Ignacio! ¡¡Dichosos los ojos!!...

—¿Tú por aquí, Sardiola? —murmuró reposadamente Artegui. Almorza-remos bien, porque pondrás cuidado en servirnos.

—Pues sí, señorito, yo por aquí... Después —dijo recalcando la frase y bajando la voz—, como todo lo mío lo encontré arrasado... la casa hecha cenizas, y el campo perdido... me di a ganar la vida como pude... Y usted, señorito... ¿Sigue usted a Francia?

—A Francia voy; pero con tu charla nos vamos a quedar sin comer.

—No faltaría más...

Sardiola dirigió a uno de sus compañeros de servilleta algunas palabras en eúskaro, erizadas de zetas, kas y tes. Fueron al punto servidos Artegui y Lucía, mientras el mozo se apoyaba en el respaldo de la silla del primero.

—¡Con que a Francia! ¿Y la señora doña Armanda? ¿Se conserva bien?

—No muy bien... —contestó Ignacio, nublado más que de costumbre el ceño—. Padece mucho... Cuando la dejé estaba, sin embargo, más aliviada.

—Con su vuelta de usted se pone buena del todo.

Y mirando a Lucía y dándose una razonable puñada en la frente, gritó de pronto Sardiola:

—Cuanto más, que... ¡Bobo de mi!; pues claro que va a sanar la señora doña Armanda, cuando vea la alegría que se le entra por las puertas. ¡Ay qué gusto verle a usted casado, señorito! ¡Y con tan linda muchacha! ¡Para bien sea!

—Majadero —dijo Ignacio, bronco y desapacible—; esta señora no es mi mujer.

—Pues es lástima —contestó el vasco, mientras Lucía le miraba risueña—. Harían ustedes una pareja, que ya, ya... Ni escogidos. Solo que la señorita...

—Acabe usted —suplicó Lucía, divertida hasta lo sumo y ocupada en quitar a una mandarina su cubierta de papel de seda.

—¿Lo digo, señorito Ignacio?

Artegui se encogió de hombros. Sardiola, creyéndose autorizado, se explayó.

—La señorita tiene cara de estar de buen humor siempre... y usted.., ¡Usted siempre está así, como si le hubiesen dado cañazo! En eso no emparejarían ustedes bien.

Soltó Lucía la carcajada y miró a Artegui, que sonreía complaciente, lo cual aún la animó a reír más. El almuerzo prosiguió en el mismo tono cordial, alegrado por la charla de Sardiola, por el infantil regocijo de Lucía. Hasta la misma puerta del departamento les siguió el mozo cuando se volvieron a su coche; y a ser Lucía dueña de los brazos de Artegui, los hubiera echado al cuello de Sardiola, a tiempo que éste repetía, entornados los ojos y en el tono con que se reza, si se reza de veras:

—La Virgen de Begoña vaya con usted, señorito..., que encuentre usted bien a doña Armanda... Mándeme usted como si fuese un perro, un perro suyo... Mire usted, que estoy aquí...

—Bien, bien —dijo Artegui, vuelto ya a su displicente reserva.

Rompió el tren a andar, y quedose Sardiola de pie en el andén, agitando la servilleta en señal de despedida, sin mudar de actitud hasta que el humo de la chimenea se borró en el horizonte. Lucía miraba a Artegui, y hervíanle las preguntas en los labios.

—Mucho le quiere a usted ese pobre hombre —murmuró al fin.

—He tenido la desgracia de hacerle un favor —contestó Ignacio—, y desde entonces...

—¡Oiga! ¿A eso llama usted desgracia? Pues muy desgraciado está usted siendo desde esta mañana, porque me hizo usted cien favores ya.

Sonriose Artegui de nuevo y miró a la niña.

—No consiste la desgracia —dijo— en hacer el favor, sino en que se lo agradezcan a uno tanto.

—Pues yo también padezco del achaque de Sardiola... ¡y a mucha honra! —declaró Lucía—; ¡ya verá usted!

—¡Bah!... ¡Solo falta que también me salgan agradecidos sin causa! —respondió Artegui en el mismo tono festivo—. Pase aun cuando hay algún motivo, como con ese infeliz de Sardiola...

—¿Qué hizo usted por él? —preguntó Lucía, incapaz de sellar sus labios preguntones.

—Poca cosa: curarle una herida, bastante grave.

—¿Aquella cicatriz que tiene que le cruza la mandíbula?

—Justamente.

—¿Es usted médico?

—De afición... Y por casualidad.

Calló Artegui, y no osó inquirir más Lucía. El calor iba en aumento, más pegajoso cada vez. Parecía el día de otoño sofocante jornada estival, y el polvillo del carbón, disuelto en la candente atmósfera, ahogaba. Intrincábase el país, haciéndose cada vez más montañoso y quebrado. De cuando en cuando penetraban en un túnel, y entonces la oscuridad, el crujido fuerte del tren, un aire húmedo de subterráneo, colándose en el departamento, consolaban algo de la tórrida temperatura.

Lucía se abanicaba con un periódico dispuesto por Artegui en forma de concha, y leves gotitas transparentes de sudor salpicaban su rosada nuca, sus sienes y su barbilla: de cuando en cuando las embebía con el pañuelo: los mechones del cabello, lacios, se pegaban a su frente. Desabrochose el cuello almidonado, se quitó la corbata, que la estrangulaba, y se recostó, dando indicios de gran desmadejamiento, en la esquina. A fin de refrescar un poco el interior, corrió Artegui las cortinillas todas ante los bajos vidrios, y una luz vaga y misteriosa, azulada, un sereno ambiente, formaban allí, algo de gruta submarina, añadiendo a la ilusión el ruido del tren, no muy distinto del mugir del Océano. Insensible al cálido día, Artegui levantaba la cortina un poco, se asomaba, miraba el país, los robledales, la sierra, los valles profundos. Una vez acertó a ver pintoresca romería. Fue rápido y fugaz el cuadro, pero no tanto que no distinguiese a la gente siguiendo el sendero angosto, escapulario al cuello, a pie o en carretas de bueyes, cubiertos con boina roja o azul los hombres, las mujeres tocadas con pañolitos blancos. Parecía el desfile la bajada de los pastores en un Nacimiento; el Sol claro, alumbrando plenamente las figuras, les daba la crudeza de tonos de muñecos de barro pintado. Artegui llamó a Lucía, que alzando la cortina a su vez, echó el cuerpo fuera, hasta que una revuelta del camino y la rapidez del tren borraron el cuadro.

Acontecía que los pícaros de los túneles se solazaban en taparles adrede los mejores puntos de vista de la ruta. Que aparecía un otero, risueño, un grupo de frondosos árboles, una amena vega, ¡paf! el túnel. Y se quedaban inmóviles al vidrio, sin osar hablar, ni moverse, cual si de pronto entrasen en una iglesia. Algo familiarizada Lucía ya con el calor, interesábanle mucho los accidentes de paisaje que a uno y otro lado del tren se extendían. Le agradaron las fábricas de fósforos, altas, enyesadas, limpias, con su gran letrero en la frente; y en *Hernani* batió palmas al divisar a la izquierda un magnífico parque inglés, con sus macizos de flores resaltando sobre el verde césped, y sus coníferas elegantes, de ramaje simétrico y péndulo. En Pasajes, tras de la monotonía fatigosa de las montañas reposaron al fin los ojos, viendo extenderse el mar azul, un tanto rizado, mientras los buques, fondeados en la bahía, se columpiaban con oscilación imperceptible, y una brisa marina, acre y salitrosa, estremecía las cortinillas de tafetán del coche, aventando el sudor de la frente de los cansados viajeros. Lucía se quedó embobada ante el Océano, nunca de ella visto hasta entonces, y cuando el túnel –de sopetón y sin pedir permiso– cubrió el espectáculo con negro velo, permaneció de codos en la ventanilla, absorta, las pupilas dilatadas, entreabiertos de admiración los labios.

A medida que corrían las horas y la jornada avanzaba iba Artegui perdiendo un poco de su estatuaria frialdad, y cada vez más comunicativo, explicaba a Lucía las vistas de aquel panorama móvil. Escuchaba la niña con el género de atención que tanto agrada y cautiva a los profesores: la del discípulo entusiasta y sumiso a la vez. Artegui era elocuente, cuando a hablar se resolvía; detallaba las costumbres del país, contaba pormenores de los pueblecitos, hasta de los caseríos entrevistos al paso. A su voz, respondían unas pupilas fijas y atentas, un rostro que escuchaba todo él, mudando de expresión según el narrador quería. Fue de suerte, que al bajarse en Irún y oír las primeras sílabas pronunciadas en idioma extraño, Lucía murmuró como con pena:

–¿Pero qué? ¿Hemos llegado ya?

–A Francia, casi –respondió Artegui–; pero aún nos falta un trecho regular hasta Bayona. Aquí se registran los equipajes: es la aduana de Irún. No nos molestarán mucho: los que vienen de Francia a España, son víctimas de los carabineros, de nosotros, que vamos de España a Francia, nadie supone que llevemos contrabando, ni ropa nueva...

–Pues yo sí la llevo –exclamó Lucía–. Mis galas... ¿Ve usted aquel mundo grande que han puesto sobre el mostrador? Es el mío... y aquel otro, el de Miranda... y la sombrera...

–Déme usted el talón y las llaves para que registren.

–¿Cómo? ¿El recibo dice usted y las llaves? ¡Si todo lo llevaba consigo Miranda! No tengo nada de eso.

–En tal caso, está usted sin equipaje. Tendrá que quedarse aquí hasta que su marido de usted lo recoja.

Lucía miró a Artegui, el rostro un tanto compungido, y casi instantáneamente soltó la risa.

—¡Sin equipaje! —repitió.

Y redoblaba el arpegio de sus carcajadas, pareciéndole donosísimo incidente el de quedarse sin equipaje alguno. Hallábase, pues, como una criatura que se pierde en la calle, y a la cual recogen por caridad hasta averiguar su domicilio. Aventura completa. Niña como era Lucía, así pudo tomarla a llanto como a risa; tomola a risa, porque estaba alegre, y hasta Hendaya no cesó la ráfaga de buen humor que regocijaba el departamento. En Hendaya prolongó la comida aquel instante de cordialidad perfecta. El elegante comedor de la estación de Hendaya, alhajado con el gusto y esmero especial que despliegan los franceses para obsequiar, atraer y exprimir al parroquiano, convidaba a la intimidad, con sus altos y discretos cortinajes de colores mortecinos su revestimiento de madera oscura, su enorme chimenea de bronce y mármol, su aparador espléndido, que dominaba una pareja de anchos y barrigudos tibores japoneses, rameados de plantas y aves exóticas; fulgurante de argentería Ruolz, y cargado con montones de vajillas de china opaca. Artegui y Lucía eligieron una mesa chica para dos cubiertos, donde podían hablarse frente a frente, en voz baja, por no lanzar el sonido duro y corto de las sílabas españolas entre la sinfonía confusa y ligada de inflexiones francesas que se elevaba de la conversación general en la mesa grande. Hacia Artegui de maestresala y copero, nombraba los platos, escanciaba y trinchaba, previniendo los caprichos pueriles de Lucía, descascarando las almendras, mondando las manzanas y sumergiendo en el bol de cristal tallado lleno de agua, las rubias uvas. En su semblante animado parecía haberse descorrido un velo de niebla y sus movimientos, aunque llenos de calma y aplomo, no eran tan cansados y yertos como antes.

Al subir ellos al tren, caía la tarde y el Sol descendía con la rapidez propia de los crepúsculos del otoño. Cerraron las ventanillas de un lado, y los rayos del Poniente vinieron a reflejarse un instante en el techo del departamento, retirándose después como niños que acaban de hacer alguna jugarreta. Las montañas se ennegrecían, los celajes más remotos eran de color de brasa; luego se apagaban unos tras otros como una rosa de fuego que fuese soltando sus pétalos encendidos. Languideció la conversación entre Artegui y Lucía, y ambos se quedaron silenciosos y mustios, él con su acostumbrado aspecto de fatiga, ella sumida en profundo recogimiento, dominada por la melancolía del anochecer. Crecía la sombra, y de uno de los vagones, venciendo el ruido de la lenta marcha del tren, brotaba un coro apasionado y triste en lengua extraña, un zortzico, entonado a plena voz, por multitud de jóvenes vacos, que, juntos, iban a Bayona. A veces una cascada de notas irónicas y risueñas cortaba el canto, después la estrofa volvía, tierna, honda, cual un gemido, elevándose hasta los cielos, negros ya como la tinta. Lucía escuchaba, y el convoy, despacioso, hacía el bajo, sosteniendo con su trepidación grave, las voces de los cantores.

La llegada a Bayona sorprendió a Artegui y Lucía como el despertar de prolongado sueño. Artegui retiró aprisa su mano de la asilla del vidrio, donde la apoyaba, y la niña miró atónita a su alrededor. Notó que hacía fresco, y abrochó su cuello y anudó su corbata. Hombres con boina, mozas con el pañolito atado tras del moño, una marea de viajeros de diversa catadura y condición social, se empujaba, se codeaba y bullía en la ancha estación. Artegui dio el brazo a su compañera por no perderla en aquel remolino.

—¿Había elegido su marido de usted algún hotel en Bayona? —le preguntó.

—Me parece... —murmuró Lucía recordando— que le oí hablar de una fonda de San Esteban. Me fijé porque yo tengo de ese santo una estampa muy bonita en mi libro de misa.

—Saint Etienne —dijo Artegui al cochero del ómnibus que, desde el pescante, vuelta la cabeza, aguardaba la orden.

Arrancaron los caballos a su pesado trote percherón, y fueron rodando por las calles bien enlosadas, hasta detenerse ante un portal estrecho, con sus tiestos de plantas raquíticas, su escalerilla de mármol y sus claros faroles de gas.

Una mujer alta, rubia, limpia, de gorra planchada y encañonada, acudió solícita a la puerta, apresurándose a dar el maletín de Artegui a un mozo.

—Los señores querrán una habitación —murmuró en francés con su voz melosa y complaciente.

—Dos —contestó Artegui lacónico.

—Dos —repitió ella en español, si bien con acento transpirenaico—. ¿Y las quierren los señoress cuntas?

—Independientes del todo.

—Tout a fait... Serrán servidos.

La dueña llamó a una camarera, no menos que ella pulcra y servicial, y tomando ésta dos llaves de la tabla numerada en que colgaban todas las del hotel, echó delante por las escaleras enceradas, y la siguieron Artegui y Lucía.

En el tercer piso se detuvo, no sin algún sobrealiento, y abriendo las puertas de dos gabinetes contiguos, pero independientes, encendió con pajuelas las bujías colocadas, sobre la chimenea, y fuese. Artegui y Lucía permanecieron unos segundos callados, de pie, en la puerta de las habitaciones. Al fin pronunció él:

—Es natural que quiera usted lavarse y quitarse el polvo, y descansar un rato. La dejo a usted. Llame usted a la camarera, si necesita algo; aquí todas hablan su poco de español.

—Hasta luego —contestó mecánicamente ella.

Así que el batir de la puerta hubo anunciado a Lucía que estaba sola del todo, y que sus ojos se fijaron en la habitación desconocida, mal alumbrada por las bujías, desvaneciósele la especie de mareo del viaje; recordó su cuartico de León, sencillo, pero primoroso como una taza de plata, con su pila, sus santos, sus matas de reseda, su costurero y su armario de cedro, monumental y atestado de ropa limpia. Vinósele también a la memoria su padre, Carmela, Rosarito, todo el dulce pasado. Sintiose entonces triste, muy triste; la asaltaron miedos y terrores indefinibles, pero fortísimos; pareciole su situación extraña y peligrosa, preñado de amenazas el presente, oscuro el porvenir. Dejose caer en una butaca y clavó en las luces la mirada fija y vacía de los que se absorben en penosa meditación.

V

Sería pasada una hora, o quizás hora y media, cuando oyó Lucía herir con los nudillos a la puerta de su cuarto, y abriendo, se halló cara a cara con su compañero y protector, que en los blancos puños y en no sé qué leves modificaciones del traje, daba testimonio de haber ejercido ese detenido aseo, que es uno de los sacramentos de nuestro siglo. Entró, y sin sentarse, tendió a Lucía un portamonedas, amorcillado de puro relleno.

—Aquí tiene usted —dijo— dinero suficiente para cuanto pueda ocurrírsele, hasta la llegada de su marido. Como estos días suelen los trenes sufrir mucho retraso, creo que no vendrá hasta la madrugada; pero de todas suertes, aunque no llegase en diez días o en un mes, le alcanza a usted para esperar.

Mirábale Lucía cual si no comprendiese, y no alargaba la mano para tomar el portamonedas. Él se lo introdujo en el hueco del puño.

—Yo tengo que salir ahora a unos asuntos... Después cogeré el primer tren que salga. Adiós, señora —añadió ceremoniosamente: y dio dos pasos hacia la puerta.

Entonces ya la niña, comprendiendo, y descolorida y turbada, le asió de la manga de la americana, exclamando:

¿Pero qué... cómo? ¿Qué quiere decir eso del tren?

—Lo natural, señora —pronunció con su ademán cansado el viajero—. Que sigo mi ruta; que voy a París.

—¡Y me deja usted así... sola! ¡Sola aquí, en Francia! —gimió Lucía con el mayor desconsuelo del mundo.

—Señora... esto no es ningún desierto, ni corre usted el riesgo menor, tiene usted dinero, es lo único que hace falta en tierra francesa; estará usted muy bien servida y atendida, yo se lo fío...

—Pero... ¡Jesús, sola, sola! —repetía ella sin soltar la manga de Artegui.

—Dentro de breves horas estará aquí su marido de usted.

—¿Y si no viene?

—¿Por qué no ha de venir? ¿De dónde saca usted que no vendrá?

—Yo no digo eso —balbució Lucía—; solo digo que si tardase...

—En fin —murmuró Artegui—, yo tengo también mis ocupaciones... Es fuerza que me vaya.

No contestó Lucía cosa alguna; antes le soltó, y desplomándose otra vez en el sillón, ocultó el rostro entre ambas manos. Artegui se llegó a ella, y vio que su seno se alzaba a intervalos desiguales, como si sollozara. Entre sus dedos saltaban gotitas de agua, cual saltan de la esponja al comprimirla.

—Alce usted esa cara —mandó Artegui.

Lucía enderezó el rostro sofocado y húmedo, y a pesar suyo, sonriose al hacerlo.

—Es usted una niña —pronunció él en grave tono—, una niña que no tiene obligación de saber lo que acontece en el mundo. Yo, que lo he visto... más de lo que quisiera, sería imperdonable en no desengañarla. El mundo es un conjunto de ojos, oídos y bocas, que se cierran para lo bueno y se abren para lo malo gustosísimas. Mi compañía le hace a usted ahora más daño que provecho. Si su marido de usted no tiene un criterio excepcional —y no hay razón para que lo tenga—, maldita la gracia que le hará encontrarla a usted tan acompañada.

—¡Ay, Dios mío! ¿Y por qué? ¿Qué sería de mí si no le hubiese hallado a usted tan a tiempo? Puede que el bárbaro del empleado me metiese en la cárcel. Yo no sé lo que hará el señor de Miranda; pero lo que es el pobre papá... besaría en donde usted pisa. Estoy segura de ello.

Y Lucía, con un movimiento de apasionada y popular gratitud, hizo ademán de inclinarse ante Artegui.

—Un marido no es un padre... —contestó éste—. Lo racional, lo sensato, señora, es que me vaya. Ya telegrafié a Miranda de Ebro para que, en el caso de hallarse allí su esposo, le digan que está usted aquí en Bayona esperándole. Pero de fijo estará en camino.

—Márchese usted, pues.

Y Lucía volvió a Artegui la espalda, reclinándose en la ventana de codos.

Permaneció Artegui un rato indeciso, de pie en mitad de la estancia, mirando a la niña, que sin duda se estaba sorbiendo las lágrimas silenciosamente. Al fin se acercó a ella, y hablándole casi al oído:

—Después de todo —murmuró—, no hay para qué se apure usted tanto. ¡Guarde usted sus lágrimas, que si vive, tiempo y ocasión tendrán de correr!

Bajando aún más su voz timbrada, añadió:

—Me quedo.

Volviose Lucía con la rapidez de un muñeco de resorte, y batiendo palmas, gritó como una loca:

—Muchas gracias, muchas gracias, señor de Artegui. ¡Ay!, ¿pero se queda usted de veras? Estoy fuera de mí de contenta. ¡Qué gusto, Dios mío! Pero... —dijo de pronto reflexionando—, ¿puede usted quedarse? ¿No le cuesta ningún sacrificio? ¿No le molesta?

—No —respondió Artegui con faz sombría.

—Aquella señora... aquella Doña Armanda que le aguarda a usted en París... ¿le necesitará también?

—Es mi madre —pronunció Artegui.

Y la respuesta pareció a Lucía satisfactoria, aun cuando realmente no resolviese la duda que acababa de expresar.

Artegui, entretanto, rodando un sillón hasta tocar con la mesa, se sentó, y acodándose sobre el tapiz, escondió el rostro entre las manos, meditabundo. Lucía, desde el hueco de la ventana, observaba sus movimientos. Cuando vio que eran corridos hasta diez minutos sin que Artegui diese indicios de menearse ni de hablar, fuese aproximando quedito, y con voz tímida y pedigüeña, balbuceó:

—Señor de Artegui...

Alzó él el rostro. El velo de niebla cubría otra vez sus facciones.

¿Qué quiere usted? —dijo broncamente.

—¿Qué tiene usted? Me parece que se ha quedado usted así..., muy cabizbajo y muy triste... supongo que será por... lo de antes... Mire usted, si ha de estar usted tan afligido... creo que prefiero que usted se vaya, sí, señor.

No estoy afligido, estoy... como suelo. ¡Ah!, como usted apenas me conoce, le cogerá de nuevo mi modo de ser.

Y viendo a Lucía que permanecía de pie y con aire contrito, le señaló el otro sillón. Trájolo Lucía arrastrando hasta ponerlo frente al de Artegui, y tomó asiento.

—Hable usted de algo —prosiguió Artegui—; hablemos... Necesitamos distraernos, charlar... como esta tarde.

—¡Ah!, ¡esta tarde estaba usted de tan buen humor!

—¿Y usted?

—El calor me agobiaba. Nuestra casa de León es muy fresca: yo soy mucho más sensible al calor que al frío.

—Habrá usted tomado con gusto el lavatorio y las palanganas... Parece que se revive, al lavarse después de un viaje.

—Sí, pero... —Lucía se interrumpió—. Me faltaba una cosa muy esencial.

—¿Qué cosa? Colonia, de fijo... ¡yo me olvidé de traerla a usted mi neceser!

—No, señor... el baúl, donde viene la ropa blanca... No pude mudarme.

Artegui se levantó.

—¿Por qué no lo dijo usted antes?, ¡justamente estamos en el pueblo donde se equipan las novias españolas! Vuelvo pronto.

—Pero... ¿adónde va usted?

—A traerla a usted un par de mudas... Debe usted de estar en un potro con esa ropa.

—¡Señor de Artegui, por Dios!, yo abuso de usted; aguarde...

—¿Por qué no se viene usted conmigo a elegirlas?

Y Artegui presentó a Lucía su toca.

Los escrúpulos de la niña se volaron como un bando de asustadas codornices, y algo vergonzosa, pero más contenta, se colgó del brazo de Artegui prontamente.

—Veremos las calles, ¿verdad? —exclamó entusiasmada.

Y al bajar despacio los encerados y resbaladizos escalones, dijo con un resto de encogimiento y meticulosidad provinciana:

—Por supuesto, señor de Artegui, que mi marido le abonará a usted todos estos gastos...

Artegui, sonriendo, la sostuvo mejor en el brazo, y diéronse a andar por Bayona tan cordiales como si en toda su vida otra cosa hubiesen hecho. La noche era digna del día: en el cielo de aterciopelado azul centelleaban claras y vivas las estrellas; el gas de las innumerables tiendas con que Bayona explota la vanidad de los españoles pudientes y trashumantes, ponía a las oscuras manzanas de casas un collar de luz, y en los escaparates se lucían, con todos los tonos de la escala cromática, telas ricas, porcelanas y bronces caprichosos, opulentas joyas. Caminaba la pareja silenciosa, a paso igual y rítmico, midiendo Artegui su andar largo y varonil por el paso más corto de

Lucía. En las calles la gente circulaba de prisa, animada, como el que va a algo que le interesa: no con esa lentitud de los españoles que se pasean por tomar el aire y matar el tiempo. Ante los cafés, las mesas al aire libre tenían mucho parroquiano, porque la templada atmósfera lo consentía; y bajo la claridad fuerte de los reverberos bullían los mozos sirviendo cerveza, café o bavaresa de chocolate, y el humo de los cigarros, y el crujir de los periódicos que desdoblaban, y las conversaciones, y el sonido seco de las fichas del dominó dando contra el mármol, llenaban de vida aquel trozo de acera. De pronto Artegui, al volver una esquina, se metió en una tienda no muy ancha, cuyo escaparate ocupaban casi por entero dos luengos peinadores salpicados de cascadas de encaje y lazos de cinta azul el uno, rosa el otro. Dentro, era una exhibición de cuantos objetos componen el tocado íntimo del niño y la mujer. Las camisas presentaban coquetonamente el adornado escote, ocultando la lisa falda; los pantalones estiraban, simétricas y unidas, una y otra pierna; las chambras tendían los brazos, las batas inclinaban el cuerpo con graciosa laxitud.

El blanco suave y ebúrneo de las puntillas contrastaba con el candor de yeso del madapolán. Alguna cofia de mañana, colocada sobre un pie de palo torneado, lanzaba un toque de colores vivos, de seda y oro, entre las alburas que cubrían aquel recinto como una capa de nieve.

Hablaba español la dueña de la tienda, semejante en esto a la mayoría de los comerciantes de Bayona; y al pedirle Lucía dos juegos de ropa blanca, aprovechó sus conocimientos en la lengua de Cervantes para tratar de embarcarla en más compras. Tomando a Lucía y a Artegui por recién casados, se puso lisonjera, insinuante, pesadísima, y se empeñó en enseñarles un equipo completo, barato, de lo más distinguido; echó sobre el mostrador brazadas de prendas, una marea de randas, de bordados, de cintas y de batista. No contenta con lo cual, y viendo que Lucía, semianegada en olas de lino, hacía signos negativos con cabeza y manos, tocó otro resorte y trajo enormes cajas de cartón, que, destapadas, mostraron encerrar gorritas microscópicas, pañales de franela festoneados menudamente, capas de merino y de piqué, faldones inverosímilmente largos, y otras menudencias que arrebataron a Lucía la sangre al rostro.

Artegui puso fin al ataque pagando los juegos elegidos y dando las señas del hotel para que se enviasen.

Libres ya, salieron; pero Lucía, enamorada de la hermosura y sosiego de la noche, se mostró deseosa de prolongar algo más el paseo.

Volvieron a cruzar ante los iluminados cafés, bordearon el teatro y tomaron hacia el puente, a tales horas casi solitario. Las luces de la ciudad se reflejaban trémulas en el dormido seno del Adour.

—¡Cómo brillan las estrellas! —exclamó Lucía.

Y tirando repentinamente del brazo a Artegui para que se detuviese:

—¿Cuál es —preguntó— aquella que brilla tanto?

—Se llama Júpiter. Es un planeta de nuestro sistema.

—¡Qué bonita y qué resplandeciente! Algunas parece que tienen frío, que tiemblan al brillar, y otras se están quietas, como si nos mirasen.

—Son, en efecto, las estrellas fijas... ¿Ve usted esa faja de luz que cruza el cielo?

—¿Eso que parece una cinta de gasa de plata, muy ancha?

—Es la Vía Láctea: un conjunto de estrellas, tantas en número, que la imaginación no puede concebirlas siquiera. Nuestro Sol es una hormiga de ese hormiguero, una de esas estrellas.

—¿El Sol... es una estrella? —interrogó asombrada la niña.

—Una estrella fija. Nosotros damos vueltas en torno de ella como locos.

—¡Ay, qué gusto es saber todo esto! En el colegio no nos enseñan ni jota de esas cosas, y se reía de mí Doña Romualda cuando le dije que iba a preguntarle al Padre Urtazu (que siempre está mirando al cielo con un catalejo muy largo) lo que son las estrellas y el Sol y la Luna.

Artegui torció a la derecha, siguiendo el malecón, mientras explicaba a Lucía esas nociones elementales astronómicas, que parecen novela celeste, cuento fantástico escrito con letras de lumbre sobre hojas de zafiro. La niña, embelesada, miraba tan pronto a su acompañante, como al firmamento apacible. Sobre todo, la magnitud y cantidad de los astros la confundía.

—¡Qué grande es el cielo! Santo Dios de bondad; si así es el material, el visible, ¡cómo será el Empíreo, donde están la Virgen, los ángeles y los santos!

Artegui sacudió la cabeza, e inclinándose hacia Lucía, murmuró:

—¿Qué le parece a usted del aspecto de esas estrellas? Cualquiera diría que están tristes. ¿No es verdad que su centellear las hace muy semejantes a una pupila que vierte lágrimas?

—No están tristes —respondió Lucía—; están pensativas, que es cosa muy diferente. Meditan ¡y no les falta en qué! sin ir más lejos, en Dios, que las crió.

—¡Meditar! Lo mismo meditan ellas que ese puente o esos barcos. El privilegio de la meditación —Artegui subrayó amargamente la palabra privilegio— está reservado al hombre, rey de los seres. Y si en esas estrellas existen —como no puede menos— hombres dotados de todas las inmunidades y franquicias humanas ¡esos sí que meditarán!

—¿Usted cree que habrá hombres en esos luceros? ¿Serán como nosotros, señor de Artegui? ¿Comerán? ¿Beberán? ¿Andarán?

—Lo ignoro. Una sola cosa puedo asegurarle a usted de ellos; pero esa, con pleno conocimiento y entera certeza.

—¿Cuál? —interrogó la niña curiosamente, mirando, a la vaga luz de los astros, el rostro descolorido de Artegui.

—Que sufrirán como nosotros sufrimos —contestó él.

—¿Cómo lo sabe usted? —murmuró ella impresionada por aquel hondo acento—. Pues a mí se me figura que en las estrellas, que son tan bonitas y lucen tanto, no ha de haber penas, ni riñas, ni muertes, como acá... ¡Si allí debe de ser la gloria! —afirmó alzando la mano, para señalar al refulgente globo de Júpiter.

—El dolor es la ley universal, aquí como allí —dijo Artegui, mirando fijamente al Adour, que corría, negro y silencioso, a sus pies.

Poco más departieron, hasta volverse al hotel. Hay conversaciones que despiertan pensamientos profundos y tras de las cuales pega mejor el silencio que palabras frívolas. Lucía, quebrantados los huesos, sin saber por qué, se afianzaba fuertemente en el brazo de Artegui, y él andaba despacio, con su aire de indiferencia. Las últimas frases del diálogo fueron casi desapacibles, casi hostiles.

—¿A qué hora llega el tren de mañana? —preguntó Lucía de pronto.

—El primero, a las cinco o cosa así.

La voz de Artegui era seca y dura.

—¿Iremos a esperarlo, a ver si viene el señor de Miranda?

—Irá usted si gusta, señora; en cuanto a mí, permítame usted que me niegue.

Tan agrio era el tono de la respuesta, que Lucía se quedó sin saber qué decir.

—Van mozos del hotel —añadió Artegui— con usted, o sin usted, a esperar a los trenes. No necesita darse el madrugón... a no ser que su ternura conyugal sea tan viva...

Lucía bajó la frente y se le encendió la faz, como si un hierro hecho ascua le aproximasen. Al entrar en el hotel, la dueña se acercó a ellos; su sonrisa, avivada por la curiosidad, era aún más complaciente y obsequiosa que antes. Les explicó que había olvidado un requisito: preguntar el nombre del señor y de la señora y su país, para apuntarlo en la lista de viajeros.

—Ignacio Artegui, madame de Miranda, españoles —declaró Artegui.

—Si el señor tuviese una tarjeta —osó decir la hostelera.

Artegui entregó el pedazo de cartulina, y la fondista se deshizo en cortesías y cumplimientos, cual si implorase perdón por aquella fórmula.

—Hará usted —ordenó Ignacio— que al esperar mañana al tren de España, pregunten por monsieur Aurelio Miranda... ¡no se olvide usted! que le digan que madame está aquí en este hotel, sin novedad, y que le aguarda... ¿Entendido?

—Parfait —contestó la francesa.

Diéronse las buenas noches Lucía y Artegui en el umbral de sus respectivos cuartos. Lucía, al desnudarse, vio sobre la mesa los paquetes de sus compras de ropa blanca. Se mudó con delicia, y acostose creyendo dormir como una bienaventurada, a semejanza de la noche anterior. Mas no gozó de tan regalado reposo, sino de un sueño inquieto y desigual. Acaso la novedad del lecho, su propia blandura, hicieron en Lucía el efecto que suelen hacer en las personas habituadas a la vida monástica, de quienes se puede decir con paradójica exactitud que la comodidad les incomoda.

VI

Al despertar a Lucía con un bol de café con leche, diole la camarera, por primer noticia, la de que monsieur Miranda no había venido en el tren de España. Saltó del lecho, y se vistió en un decir Jesús, tratando de reanudar sus dispersos recuerdos, y mirando la habitación con la sorpresa que suelen los que, no habiendo viajado nunca, amanecen en lugar desacostumbrado y nuevo. Miró al reloj de sobremesa: eran las ocho. Salió al pasillo, y tecleó suaves golpecitos en la puerta del cuarto de Artegui.

Estaba éste en mangas de camisa, terminando sus operaciones de tocador, y al oír que llamaban, enjugose aprisa manos y rostro, se echó por los hombros la americana y fue a abrir.

—Don Ignacio... buenos días. ¿Estorbo?

—No por cierto. Entre usted, si gusta.

—¿Está usted vestido ya?

—O poco menos.

—Sabe usted que no vino el señor de Miranda?

—Ya me lo han advertido.

—¿Qué me dice usted de eso? ¿No es una cosa muy rara?

Ignacio no contestó. Comenzaba, en efecto, a parecerle algo y aun algos extraña la conducta de aquel recién casado, que así abandonaba a su mujer la noche de novios, dejándola en un vagón de ferrocarril. Por fuerza algún incidente desagradable, imprevisto, había ocurrido al Miranda incógnito, cuyo destino, por singular caso, influía así en el suyo de cuarenta y ocho horas acá.

—Voy —dijo— a telegrafiar a todas partes, a las principales estaciones de la línea, a Alsasua, a... ¿quiere usted que telegrafíe a León, a su padre de usted?

—¡Dios nos libre! —exclamó Lucía—; capaz es de tomar el tren para venir a buscarme, y de ahogarse en el camino con el asma... y con el disgusto. No, no.

—De todas suertes, voy a dar los pasos..

Y Artegui embutió los brazos en los de su americana, y echó mano al sombrero.

—¿Va usted a salir? —preguntó Lucía.

—¿Quiere usted algo más?

—¿Sabe usted... sabe usted que ayer era sábado y que hoy es domingo?

—Así suele suceder todas las semanas —contestó Artegui con afable burla.

—No me entiende usted.

—Pues explíquese. ¿Qué se le ocurre?

—¿Qué se me ha de ocurrir sino ir a misa como todo el mundo?

—¡Ah! —exclamó Artegui. Y después añadió—: Pues es cierto. Y quiere usted...

—Que usted me acompañe. No he de ir sola a misa, me parece.

Sonriose Artegui una vez más, y la niña reparó cuán de perlas caía la sonrisa en aquel rostro, apagado y tétrico de ordinario. Era como la aurora cuando pinta de rosa los pardos montes; como el rayo del Sol cuando rasga los crespones de un día brumoso. Vivían los ojos, vivían las mejillas sumidas y pálidas, renacía la juventud en aquel semblante marchito por tribulaciones misteriosas, y empañado por perpetuos celajes oscuros.

—Debía usted estar siempre risueño, Don Ignacio —exclamó Lucía—. Aunque —añadió reflexionando— del otro modo se parece usted más a usted.

Artegui, risueño y solícito, le ofreció el brazo, pero ella no quiso cogerse. Al llegar a la calle anduvo muy callada, con los ojos bajos, echando de menos la protectora sombra del negro velo de su manto de encaje, que le cubría las mejillas, dándole tan modesto porte, cuando en León cruzaba bajo las bóvedas medio derruidas y llenas de andamiaje de la catedral. La de Bayona le pareció linda como un dije de filigrana; pero no pudo oír en ella tan devotamente la misa: se lo estorbaba la pulcritud esmerada del templo, semejante a caja primorosa; los colores vivos de las figuras neobizantinas pintadas sobre oro en el crucero, o la novedad de aquel coro descubierto, de aquel tabernáculo aislado y sin retablo, el moverse de los reclinatorios, el circular de las alquiladoras de sillas. Parecíale estar en un templo de culto diverso del que ella profesaba. Una Virgen blanca, con filetes de oro en el manto, que presentaba el divino infante en una de las capillas de la nave, la tranquilizó algo. Allí rezó buena porción de salves, deshojó las rosas sangrientas del rosario, los místicos lirios de la letanía. Salió del templo con ligero paso y alegre corazón. Lo primero que vio a la puerta fue a Artegui, contemplando con interés la gótica forma de la portada.

—Ya he puesto cantidad de telegramas a las diversas estaciones, señora —dijo descubriéndose cortésmente al verla—. En especial a la más importante, Miranda de Ebro. Me he tomado la libertad de firmar con su nombre de usted.

—Gracias... pero ¿qué? ¿no oyó usted misa? exclamó la niña mirándole atenta al rostro.

—No, señora. Vengo, como le he dicho a usted, de la oficina de telégrafos —contestó él evasivamente.

—Pues dese usted prisa si quiere alcanzarla. En este mismísimo instante salía el sacerdote revestido...

Contrajose levemente la faz de Artegui.

—No oigo misa —repuso entre grave y chancero—. A menos que usted manifestase formal empeño... en cuyo caso...

—¡No oír misa! —pronunció la niña, y veló sus pupilas el asombro, y turbose toda—. ¿Y por qué no oye usted misa? ¿No es usted cristiano?

—Supongamos que no lo fuese —balbució él muy quedo, como reo que confiesa su crimen ante el juez, y meneando melancólicamente la cabeza.

—¡Pues qué es usted... Dios mío!

Y Lucía cruzó acongojada las manos.

—Lo que el Padre Urtazu llamaría... un incrédulo.

¡Ah! —gritó ella con ímpetu—. El Padre Urtazu diría que son unos malvados los incrédulos todos.

—Pudiera añadir el Padre Urtazu que todavía son más infelices.

—Es verdad —replicó Lucía trémula aún, como arbusto sacudido por el cierzo—. Es verdad: todavía más infelices. El Padre Urtazu no diría, de seguro, otra cosa. ¡Y tan infelices como son! ¡Madre mía del Rosario!

Inclinó la niña la pensativa frente, y quedose anodada, aturdida por el golpe repentino. El sentimiento religioso, dormido hasta entonces, con todos los demás, en el fondo de su alma plácida y serena, despertábase potente al impensado choque. Iban mezcladas dos sensaciones: de punzante lástima la una, de terror y repulsión la otra. Quería apartarse espantada de Artegui, y aun se derretían de compasión sus entrañas solo al mirarlo. La gente salía de misa; vertía el pórtico ondas y ondas humanas, y Lucía, en pie, no acertaba a separarse de aquella catedral, erguida y blanca como una mártir cristiana en el circo. Le presentó Artegui en silencio el brazo, y ella, dudosa al pronto, aceptó por fin, caminando ambos automáticamente en dirección al hotel. La mañana, un tanto encapotada, prometía temperatura menos cálida y más grata que la de la víspera. Corría regalado fresquecillo, y tras del celaje brumoso adivinábase la sonrisa del Sol, como suele columbrarse el amor al través del enojo.

—Está usted triste, Lucia —dijo Artegui a la niña afectuosamente.

—Un poco, Don Ignacio —y Lucía arrancó del pecho doliente suspiro—. Y usted tiene la culpa —añadió en blando son de amenaza.

—¿Yo?

—Usted, sí. ¿Por qué dice usted esas tonterías que no pueden ser?

—¿Que no pueden ser?

—Sí, señor. ¿Cómo es posible que no sea usted cristiano? Vamos, que no dice usted lo que siente.

—¿Qué le importa a usted eso, Lucía? —exclamó él, llamándola segunda vez por su nombre—. ¿Es usted acaso el Padre Urtazu? ¿Soy yo alguien que a usted le interese o le importe? ¿Le han de pedir a usted cuenta de mi alma en algún tribunal? ¡Niña!, eso a usted no le va ni le viene.

—¡No que no! ¡Vaya, Don Ignacio, que hoy está usted de lo más... de lo más desatinado! ¡Que no me ha de importar a mí que usted se condene o se salve, que usted sea cristiano o judío!

—Judío... lo que es judío no lo soy —respondió Artegui, tratando de dar al diálogo giro festivo.

—Es lo mismo... renegar de Cristo es ser judío en suma.

—Dejémonos de eso, Lucía; no quiero verla a usted con ese gesto; ¡se pone usted fea! —dijo en tono desahogado él, aludiendo por vez primera a las condiciones físicas de Lucía—. ¿Qué desea usted ahora? ¿Quiere usted que la lleve a ver alguna curiosidad de este pueblo? ¿El hospital? ¿Los fuertes?

Hablaba afable cual nunca, y Lucía se aplacó, como las crespas olas al cubrirlas capa de aceite.

—¿No podríamos salir a dar una vuelta por el campo? Me muero por los árboles.

Artegui torció hacia el teatro, ante cuyo pórtico aguardaban dos o tres cochecillos de los llamados cestos. Hizo breve seña al más próximo, y el auriga vasco, alzando su fusta, halagó con ella el anca de las tarbesas jaquitas, que, la cerviz enhiesta, se prepararon a arrancar. Saltó Lucía, recostándose en el ligero vehículo, y Artegui se acomodó a su lado, ordenando:

—Camino de Biarritz.

Salió el carruaje veloz como un dardo, y Lucía cerró los ojos, gozando en no pensar, en sentir las rápidas caricias del viento, que echaba atrás las puntas de su corbata, los undívagos mechones de su cabellera. Pintoresco y ameno, el camino merecía, no obstante, una mirada. Eran cultivadas tierras, casas de placer con picudos techos, parques ingleses de fresco césped y menuda grama, amarillenta ya, como de otoño. Al divisar torcida vereda que, desviándose de la carretera, culebreaba por entre los sembrados, detuvo Artegui con un grito al cochero, y dio a Lucía la mano para que descendiese. Buscó el vasco el abrigo de unas tapias donde parar sin riesgo el sudoroso tronco, y Artegui y Lucía se internaron a pie siguiendo el senderito, ella delante, recobrada su alegría infantil, su gozar inocente en el cansancio del cuerpo. La cautivaba todo, las flores del trébol, que salpicaban de una lluvia de pintas carmesíes el verdinegro campo; las manzanillas tardías y los acianos pálidos en las lindes, las digitales que cogía risueña haciéndolas estallar con las dos manos, los rizados airones del apio, las acogolladas coles, puestas en fila, separada cada fila por un surco, semejante a una trinchera. La tierra, de puro labrada, abonada, removida, tenía no sé qué aspecto de decrepitud. Sus poderosos flancos parecían gemir, sudando una humedad viscosa y tibia, mientras en los linderos incultos, al borde del caminillo, quedaban aún rincones vírgenes, donde a placer crecían las bellas superfluidades campestres, las gramíneas vaporosas, las florecillas multicolores, los agudos cardos.

No cabiendo juntos por la angosta senda, iban Lucia y Artegui uno tras otro, si bien Artegui a veces se echaba a campo traviesa, sin gran respeto de la ajena propiedad. Detuvo al fin la niña su indisciplinada carrera al pie de espesos mimbrales, que, creciendo al borde de un pantano, sombreaban pendiente ribazo muy mullido de hierba, y desde el cual se oteaba todo el paisaje recorrido. Dejáronse caer en el natural diván, y vieron tenderse ante ellos la vega, como remendada de varios colores, según eran los de las verduras que en cada heredad se cultivaban. En la blanca cinta de la carretera distinguieron un punto negro: el cesto con las jacas. No picaba el Sol; su luz se cernía por un velo de nubes, y la campiña tenía tonos mates, verdes glaucos, amarilleces areniscas, lejanías delicadamente cenicientas, suaves matices que se copiaban en la ciénaga tranquila.

—Esto es muy hermoso, Don Ignacio —dijo Lucía por decir algo, pues pesaba sobre su alma el silencio, la soledad profunda del lugar—. ¿No le gusta a usted?

—Sí que me gusta —contestó Artegui distraídamente.

—Bien que a usted parece que no le gusta nada... Siempre está usted como cansado... es decir, cansado no, es más bien triste. Mire usted —siguió la niña, asiendo de un flexible mimbre y divirtiéndose en coronarse con la obediente rama—, ia que no es usted capaz de creer que su tristeza se me va pegando, y que también yo me hallo así... no sé cómo, preocupada, vamos! Diera... lo que no sé por verle contento y... natural, como son todos los hombres. Usted no tiene el mirar ni la cara como los demás, Don Ignacio.

—Pues viceversa —respondió él—; a mí se me comunica su alegría de usted, y a veces aún gasto mejor humor del que usted misma gastaría. También el júbilo es contagioso.

Díjolo atrayendo a sí otra rama de mimbre que descortezó con las uñas, arrojando las tiras de película tierna al pantano, y mirando fijamente los círculos que en el agua abrían al caer.

—Claro está que sí —afirmó Lucía—. Y si usted quisiera ser franco, si usted se decidiese a... confiarme lo que así le aflige, vería cómo en un santiamén le disipaba yo esa sombra que tiene en la cara. No sé por qué se me figura que tanta seriedad, tanto ceño, tanto caimiento de animo, no nace de que usted sea desdichado de veras, sino allá de... iqué sé yo!, de niñerías, de ideas sin ton ni son que le bullen a usted en los cascos. ¿A que acerté?

—Tan plenamente —exclamó Artegui soltando la rama de mimbre y asiendo la mano de la niña—, que ahora me confirmo en creer que los seres puros poseen cierta presciencia, cierta intuición maravillosa y singularísima, negada a los que conocemos, en cambio, el triste misterio del vivir.

Lucía, seria e inmutada, miraba a su compañero de viaje.

—¡Lo ve usted! —acertó a pronunciar por fin, buscando en los ángulos de su boca la sonrisa, y hallándola a duras penas—. De modo que ya pasaron todas esas ideas sin fundamento, que son como los castillos de naipes que me hacía padre siendo yo chiquita; soplaba, y, ¡patatás!, al suelo.

—En eso yerra usted, hija —dijo Artegui soltándole la mano con uno de sus lánguidos movimientos de autómata—. Es lo contrario lo que sucede. Cuando nace y se engendra la tristeza de alguna causa, puede desaparecer si la causa cesa; pero si la tristeza brota espontáneamente como esas malas hierbas y esos juncos que usted ve al borde del pantano; si está en nosotros; si forma la esencia de nuestro ser mismo; si no se encuentra aquí ni allí solamente, sino en todas partes; si ninguna cosa de la tierra alcanza a darle alivio, entonces... créame usted, niña, el enfermo está desahuciado. No hay esperanza.

Hablaba sonriente, pero era su sonrisa semejante a la luz que alumbra un nicho.

—Pero, sepamos... —interrogó Lucía a pesar suyo con angustiosa y febril curiosidad—. ¿Pesa sobre usted alguna desdicha? ¿Alguna pena grande?

—Ninguna de las que el mundo llama tales.

—¿Tiene usted familia... que le quiera?

—Mi madre me adora... ¡y si no fuese por ella! —declaró Artegui abandonándose, como mal de su grado, a la dulce corriente de la confianza.

—¿Y su padre de usted?

—Murió años ha. Era vascongado, emigrado carlista, hombre de grande energía, de muchos ánimos: internáronle en Francia, viose pobre y solo, trabajó como se había batido... como un león, hasta llegar a poder establecer una vasta agencia de comercio, enriquecerse, adquirir en París casa propia, y casarse con mi madre, que es de una familia distinguida de Bretaña, legitimista también. No tuvieron más hijo que yo: me adoraron, sin descuidar mi educación ni excederse en mimos y locuras; estudié, vi mundo; dije que quería viajar, y me abrió mi madre su bolsa anchamente; tuve, hombre ya, algún capricho, muchos caprichos, y se cumplieron. He visto los Estados Unidos y el Oriente, sin hablar de Europa; paso los inviernos en París, y los veranos suelo visitar España; mi salud es buena y no soy viejo. Ya ve usted que soy lo que suele la gente denominar... un mimado de la fortuna, un hombre feliz.

—Es cierto —dijo Lucía—; pero ¡quién sabe si por eso mismo estará usted así! He oído decir que para que el pan sepa bien hay que ganarlo: verdad que yo no lo gano, y hasta ahora no me amargó.

—Tiempo hubo —murmuró Artegui como respondiéndose a sí mismo— en que creí provenía mi indiferencia de la seguridad de mi vida, y en que deseé deberme a mí mismo, a mí solo, el subsistir. Dos años rehusé los auxilios de mis padres, y, entrando en calidad de socio industrial en una gran empresa, dime a trabajar con ardor. Gané más de lo necesario; me seguía, como rendida amante, la suerte; pero aquella especulación sin tregua ni entrañas me provocaba náuseas, y quise probar alguna labor en que entendimiento y cuerpo fuesen unidos, y en que la ganancia no alcanzase más que a no dejarme morir de hambre. Estudié la medicina, y, aprovechando la guerra que a la sazón ardía en el Norte de España, vine al cuartel de Don Carlos. El nombre de mi padre me abrió todas las puertas y me dediqué a ejercer en los hospitales...

—¿Fue entonces cuando curó usted a Sardiola?

—Exactamente. Tenía el pobre diablo un metrallazo horrible: partida la mejilla, interesada la mandíbula, y desangrándose a más andar por la arteria. Una cura difícil, pero afortunadísima. Muchas hice entonces, y fue aquel el tiempo en que menos me acosó el cansancio moral. Pero en cambio...

Artegui se detuvo, temeroso de proseguir.

—Diga usted, diga usted —interrogó Lucía ansiosamente.

—¡Para qué, señora! ¿para qué? Ni sé por qué le he contado a usted ya tantas cosas ridículas, y para usted, probablemente, ininteligibles... como son los sueños del demente para los cuerdos.

—No, señor —declaró Lucía ofendida—; le entiendo a usted muy bien, y en prueba de ello voy a adivinar eso que se calló. ¡Verá usted que sí! —gritó, cuando Artegui hubo meneado sonriendo la cabeza—. Usted se aburrió menos en esa temporada en que fue médico de afición; pero en cambio... con ver tanto muerto, y tanta sangre, y tanta barbaridad, aún se volvió usted más... más judío que antes. ¿No es así? ¿Di o no di en ello?

Artegui la miró, y con mudo asombro frunció el entrecejo sin replicar.

—¿Y quiere usted que le diga? Pues eso, eso es lo que usted tiene, y por lo que está usted tan a mal con la suerte y consigo mismo. Si usted fuese buen cristiano podría usted estar triste, pero... de otra manera, vamos, de otra manera; con tristeza más dulce y más resignada. Porque quien espera irse al cielo, sabe sufrir acá y no se desespera.

Y como Artegui, silencioso y apretados los labios volviese a otra parte la cabeza, murmuró la niña, en voz suave como una caricia:

—Don Ignacio, el padre Urtazu me ha dicho que había unos hombres que no querían admitir lo que la Iglesia enseña y creemos nosotros, pero que allá... a su manera, a su capricho, en fin, adoraban a un Dios que ellos se forjaban... y creían en la otra vida también, y en que el alma no muere al morir el cuerpo... ¿Es usted de esos?

Él no respondió palabra, y doblando violentamente dos o tres ramas de mimbre, hízolas estallar. Cayeron inertes los tronchados troncos; pero unidos aún por la corteza, quedaron colgando como rotos miembros de inválido.

—¿Tampoco es usted de esos? —siguió la niña volviéndose hacia él, con las manos juntas, semiarrodillada en el ribazo—. ¿Tampoco así cree usted? Don Ignacio, de veras, ¿no cree usted en nada? ¿En nada?

Levantose Ignacio de un brinco, y, quedándose en pie sobre la parte más elevada del ribazo, dominando el paisaje todo, pronunció lentamente:

—Creo en el mal.

De lejos, era escultural el grupo. Lucía, anonadada, casi de hinojos, Cruzadas las manos, imploraba: Artegui, alzado el brazo, erguido el cuerpo, mirando con doloroso reto a la bóveda celeste, pareciera un personaje dramático, un rebelde Titán, a no vestir el traje llano y prosaico de nuestros días. Más entoldado cada vez el celaje, se acumulaban en él nubarrones plomizos, como enormes copos de algodón en rama, hacia la parte donde caían Biarritz y el Océano. Ráfagas sofocantes cruzaban, muy bajas, casi a flor de tierra, doblegando los tallos de los juncos y estremeciendo el agudo follaje de los mimbrales a su hálito de fuego. Poderoso gemido exhalaba la llanura al percibir los signos precursores de la tormenta. Dijérase que el mal, evocado por la voz de su adorador, acudía, se manifestaba tremendo, asombrando a la naturaleza toda con sus anchas alas negras, a cuyo batir pudieran achacarse las exhalaciones asfixiantes que encendían la atmósfera.

Lóbrego y oscuro, como la Luna de un espejo de acero, el pantano dormía, y las florecillas acuáticas se desmayaban en sus bordes. La voz de Artegui, más intensa que elevada, resonaba entre el pavoroso silencio.

—En el mal —repetía—, que por todas partes nos cerca y envuelve, de la cuna al sepulcro, sin que nunca se aparte de nosotros. En el mal, que hace de la tierra vasto campo de batalla, donde no vive cada ser sin la muerte y el dolor de otros seres; en el mal, que es el eje del mundo y el resorte de la vida.

—Señor de Artegui... —balbució débilmente Lucía—, usted, según creo, dará culto al demonio, negándoselo a Dios.

—¡Culto! no, ¿he de dar culto al poder inicuo que, guarecido en la sombra, conspira al daño común? Luchar, luchar con él quiero ahora y siempre. Usted le llama demonio: yo el mal, el dolor universal. Yo, sé cómo se le vence.

—Con fe y buenas obras —exclamó la niña.

—Muriendo —respondió él.

Quien de lejos divisara aquella pareja, mancebo galán y lozana doncellita, departiendo solos en la vega frondosa, tomáralos, a buen seguro, por enamorados novios; y no creyera que hablaban de dolor y muerte, sino de amor, que es la vida misma. Artegui, de pie, se veía claramente en los garzos ojos que hacia él alzaba Lucía, ojos que, a pesar de la oscuridad del cielo, parecían salpicados de pajuelas luminosas.

—¡Muriendo! —repitió ella, como el árbol repercute el sonido del golpe que le hiere.

—Muriendo. El dolor no concluye sino en la muerte: solo la muerte burla a la fuerza creedora que goza en engendrar para atormentar después a su infeliz progenitura.

—No le entiendo a usted —murmuró Lucía—; pero tengo miedo—. Y su cuerpo temblaba todo como los mimbrales.

Artegui no contestó palabra: mas una voz grave y poderosa, retumbando en los cielos, se unió de pronto al extraño dúo. Era el trueno, que estallaba a lo lejos, solemne y terrible. Lucía exhaló un gemido de pavor, cayendo con la faz contra la hierba. Desgarráronse las nubes, y anchas gotas de agua cayeron, sonando como goterones de plomo líquido en la crujiente seda de las frondas de mimbre. Bajose rápidamente Artegui, y tomando con nervioso vigor a Lucía en sus brazos, dio a correr sin mirar por dónde, saltando zanjas, atravesando barbechos, pisando apios y coles, hasta llegar, azotado por la lluvia, perseguido por el trueno que se acercaba, a la carretera. El cochero renegaba del mal tiempo enérgicamente cuando Artegui depositó a Lucía casi exánime en el asiento, subiendo a toda prisa el hule, para guarecerla algo. Las jacas, espantadas, salieron sin aguardar la caricia de la fusta, y, aguzadas las orejas y ensanchando las fosas nasales, arrancaron hacia Bayona.

VII

Lucía acababa de secarse ante la chimenea encendida por Artegui en su cuarto. Los cabellos, antes empapados y pegados a la frente, comenzaban a revolar ligeros en torno de sus sienes; su ropa humeaba aún, pero ya el benéfico calorcillo, penetrándola, le restituía la acostumbrada soltura. Solo la pluma del sombrero, lastimosamente alicaída, atestiguaba los estragos de la arroyada, a despecho de la prolijidad con que su dueña, aproximándola a las llamas, intentaba devolverle las gráciles roscas.

En una butaca yacía Artegui, cual siempre, yerto, abandonado a la inercia de sus ensueños. Reposaba sin duda la fatiga de haber prendido fuego a los cepos que tan regocijadamente ardían, y pedido té y servídolo, mezclándole unas gotas de ron. Silencioso y quieto ahora, posaba los ojos en Lucía y en el fuego, que daba móvil fondo rojo a su cabeza. Mientras Lucía sintió el peso de la mojada ropa y la prensión del calzado húmedo, mantúvose también muda y encogida, tiritando, creyendo escuchar aún el redoble de los truenos y sentir los picotazos de las múltiples agujas de la lluvia en sus mejillas.

Poco a poco la suave influencia del calor fue desatando sus miembros entumecidos y paralizada lengua. Adelantó los pies, luego las manos, hacia la hoguera; sacudió las enaguas, con objeto de enjugarlas por igual, y finalmente, sentose en el suelo a la turca para mejor gozar del fuego, que contempló fija y absorta, oyéndole crujir y viendo los troncos pasar de color de brasa al negro.

—¿Don Ignacio? —dijo de pronto

—¿Lucía?

—¿A que no sabe usted lo que estoy pensando?

—Usted dirá.

—Son tan raras las cosas que desde anteayer me suceden; está tan fuera de sus naturales caminos mi vivir desde estos días; tan singular e inaudito me parece lo que usted dijo allá... junto al pantano, que imagino si me quedaría dormida en Miranda de Ebro, y no habré despertado aún. Yo debo estar todavía en el vagón, es decir, allí estará mi cuerpo, pero mi alma se escapó y sueña tales tonterías... a la fuerza.

—No sé qué tenga de particular cuanto a usted acontece: antes tiene mucho de vulgar y sencillo. Se queda atrás su marido de usted; y yo, que por casualidad la encuentro entonces, la acompaño hasta que él venga. Ni más ni menos. No hagamos novela.

Artegui hablaba con su entonación lenta y desdeñosa de costumbre.

—No —insistió Lucía—, si lo extraño no es lo que me ha sucedido. Lo que hallo inusitado, es usted. Vamos, Don Ignacio, que usted bien lo conoce. Yo nunca vi a nadie que pensase lo que usted piensa, ni que lo dijese; y por eso a veces —murmuró cogiéndose la frente con ambas manos— suele pasarme por acá la idea de que estoy soñando aún.

Levantose Artegui del sillón y acercose al fuego. Su gallarda estatura crecía al reflejo de la lumbre, y a Lucía, sentada en el suelo, pareciole más alto que de ordinario.

—Importa —dijo él inclinándose— que le pida a usted perdón. Yo no acostumbro decir ciertas cosas al primero que llega; pero a personas como usted todavía menos. He soltado mil necedades, que con razón asustaron a usted. Sobre ser inconveniente, es de mal gusto y hasta cruel, lo que hice. Procedí como un necio y me pesa de ello: créalo usted.

Lucía, levantando el rostro, le miraba. El resplandor de la lumbre doraba su cabello castaño, y teñía de rosa toda su carne: brillábanle los ojos, que alzaba, obligada por la postura.

—Tengo —prosiguió Artegui— dos temperamentos, y suelo obedecerles irreflexivamente, como un niño. Por lo regular, soy como era mi padre, muy firme de voluntad, muy reservado y dueño de sí mismo; pero a veces domina en mí el temperamento materno. Mi pobre madre padeció siendo muy joven, allá en su castillote de Bretaña, ataques de nervios, melancolías y trastornos que nunca ha logrado curar del todo, si bien se aliviaron algo después de mi nacimiento. Ella soltó parte del mal, y yo le recogí; ¡qué mucho que en ocasiones obre y hable, no como hombre, sino como niño o mujer!

—Eso es, Don Ignacio —exclamó Lucía—, que en sana razón no pensaría usted lo que... lo que dijo allí.

—Yendo con usted —prosiguió él—, con una criatura joven y leal, que ama la vida y siente, y cree, ¿quién me metía a mí a hablar de nada triste, ni exponer desvaríos abstrusos, convirtiendo el paseo en cátedra? ¡Ridiculez igual! soy un majadero. Lucia —añadió con naturalidad y sin la menor expresión de amargura—, usted dispensa mi falta de tino, ¿no es cierto?

—Sí, Don Ignacio —murmuró ella bajo.

Artegui arrastró el sillón, y sentose cerca del fuego también, alargando manos y pies hacia la llama.

—¿No siente usted frío ya? —preguntó a Lucía.

—No, señor. Un calor muy agradable, al contrario.

—¿A ver esas manos?

Lucía, sin levantarse, entregó sus manos a Artegui, que las halló tibias y suaves, y las soltó presto.

—Con la lluvia —añadió—, no pude llevarla a usted un poco más lejos, hacia la parte de Biarritz, donde hay tan bonitas quintas y parques al estilo inglés. Ni hemos disfrutado casi de la hermosa campiña. ¡Qué bien olían los henos y los tréboles! Y la tierra. El olor de la tierra labrada es algo acre, pero muy grato.

—Lo que olía bien, eran unas mentas que vi al borde del pantano. Siento no haberme traído ramas.

—¿Quiere usted que vaya por ellas? Pronto estaría de vuelta...

—Jesús, María y José! ¡Qué disparate, Don Ignacio! ¡ir ahora por las mentas! —dijo Lucía; pero el placer de la oferta tiñó de púrpura su rostro.

—¿Oye usted cómo diluvia? —agregó por mudar de asunto.

—La mañana no anunciaba este turbión —repuso Artegui—. Es muy húmeda toda Francia en general, y esta cuenca del Adour no desmiente la regla. ¡Lástima no haber podido recorrer Biarritz! Hay allí palacios y comercios monísimos. La llevaría a usted a ver la Virgen que, desde una roca, parece que sosiega el Océano... Más hermosa idea artística no se puede dar.

—¿Cómo? ¿la Virgen? —preguntó muy interesada Lucía.

—Una estatua erigida sobre unos peñascos... Al ponerse el Sol, es un efecto maravilloso: la estatua parece de oro, y la rodea un mar de fuego... Es una aparición.

—¡Ay, Don Ignacio! ¿me llevará usted mañana? —gritó Lucía, dilatados los ojos con el afán y alzando sus manos suplicantes.

—Mañana... —Artegui se quedó otra vez pensativo—. Pero, señora —pronunció ya con diverso tono—, ¡hoy debe llegar su marido de usted!

—Es verdad.

Cesó de suyo el diálogo, y ambos interlocutores miraron el fuego, y aún Artegui le añadió leña, porque menguaba. Crujieron los inflamados tizones, y algunos se abrieron, hendiéndose como la granada madura; saltaron mil chispas, y medio se desmoronó el ígneo edificio bajo el peso de los nuevos materiales. Lamió suavemente la llama el reciente pasto que le ofrecían, y al fin comenzó a clavarle sus lenguas de áspid, arrancando con cada beso ardiente un chasquido de dolor. Aunque no fuese todavía muy remota la hora meridiana, estaba el aposento casi oscuro, tal era al exterior el aguacero y el negror del cielo.

—No ha almorzado usted, Lucía —recordó de pronto Artegui, levantándose—. Voy a decir que le traigan a usted el almuerzo aquí.

—¿Y usted, Don Ignacio?

—Yo... almorzaré también, abajo, en el comedor. Es ya muy hora.

—Pero ¿por qué no almuerza usted aquí, conmigo?

—No, abajo —replicó él avanzando hacia la puerta.

—Como usted quiera... pero yo no tengo ganas. No me traiga usted nada. Estoy... así, vamos, no sé cómo.

—Tome usted algo... ha cogido usted frío y le conviene entrar en reacción.

—No... aún si usted almorzase aquí, me animaría tal vez—, insistió ella con tenacidad de niña voluntariosa.

Encogiose Artegui de hombros como aquel que se resigna, y tiró del cordón de la campanilla. Cuando un cuarto de hora después entró el camarero con la bandeja, ardía el fuego más que nunca claro y regocijado, y las dos butacas, colocadas a ambos lados de la chimenea, y el velador cubierto de níveo mantel, convidaban a la dulce intimidad del almuerzo. Brillaban las limpias copas, las garrafas, la salvilla, las vinagreras, el aro de plata del mostacero: los rábanos, nadando en fina concha de porcelana, parecían capullos de rosa; el lenguado frito presentaba su dorado lomo, donde se destacaba el oro pálido de las ruedas de limón, y el verde chamuscado de las ramas de perejil; los bisteques reposaban sangrientos en lago de líquida manteca; y en las transparentes copas de muselina destellaba el intenso granate del Borgoña y el rubio topacio del Chateau-Iquem. Al entrar y salir; al dejar cada plato, o recogerlo, reíase el camarero, para su sayo, de la enamorada pareja española, que quería habitación aparte, para luego almorzar así, mano a mano, al halago de la lumbre. A fuer de francés de raza, el sirviente aprovechaba la situación, subiendo el gasto. Había presentado a Artegui la lista de los vinos, y se permitía indicaciones y consejos.

—El señor querrá Champagne helado... Se lo traeré en garrafa, es más cómodo... Las ananas que hay en la casa son excelentes: voy a traer... El Málaga nos llega directamente de España: ¡oh! el vino de España... ¡clac! no hay como la España para vinos...

Y fueron viniendo botellas, aumentándose copas a la ya formidable batería que cada convidado tenía ante sí; anchas y planas, como las de los relieves antiguos, para el espumante Champagne; verdes y angostas, finísimas, para el Rhin; cortas como dedales, sostenidas en breve pie, para el Málaga meridional. Apenas llegó Lucía a catar dos dedos de cada vino; pero los iba probando todos por curiosidad golosa; y, un tanto pesada ya la cabeza, olvidando deliciosamente las peripecias del paseo matinal, se recostaba en la butaca, proyectando el busto, enseñando al sonreír los blancos dientes entre los labios húmedos, con risa de bacante inocente aún, que por vez primera prueba el zumo de las vides. La atmósfera de la cerrada habitación era de estufa: flotaban en ella espirituosos efluvios de bebidas, vaho de suculentos manjares, y el calor uniforme, apacible de la chimenea, y el leve aroma resinoso de los ardidos leños. Lindo asunto para una anacreóntica moderna, aquella mujer que alzaba la copa, aquel vino claro que al caer formaba una cascada ligera y brillante, aquel hombre pensativo, que alternativamente consideraba la mesa en desorden, y la risueña ninfa, de mejillas encendidas y chispeantes ojos. Sentíase Artegui tan dueño de la hora, del instante presente, que, desdeñoso y melancólico, contemplaba a Lucía como el viajero a la flor de la cual aparta su pie. Ni vinos, ni licores, ni blando calor de llama, eran ya bastantes para sacar de su apático sueño al pesimista: circulaba lenta en sus venas la sangre, y en las de Lucía giraba pronta, generosa y juvenil. Hermoso era, sin embargo, para los dos el momento, de concordia suprema, de dulce olvido; la vida pasada se borraba, la presente era como una tranquila eternidad, entre cuatro paredes, en el adormecimiento beato de la silenciosa cámara. Lucía dejó pender ambos brazos sobre los del sillón; sus dedos, aflojándose, soltaron la copa, que rodó al suelo, quebrándose con cristalino retintín en el bronce del guardafuego.

Riose la niña de la fractura, y, entreabiertos los ojos y clavados en el techo, se sintió anonadada, invadida por un sopor, un recogimiento profundo de todo su ser. Artegui, en tanto, mudo y sereno, permanecía enhiesto en su butaca, orgulloso como el estoico antiguo: acre placer le penetraba todo, el goce de sentirse bien muerto, y cerciorarse de que en vano la traidora Naturaleza había intentado resucitarle.

Y así se estuvieran probablemente hasta sabe Dios cuándo, a no abrirse de golpe la puerta, apareciendo en ella un hombre; no el camarero, ni menos el esperado Miranda, sino un mozalbete de algunos veinticuatro o veinticinco años, mediano de estatura, pronto y desenfadado de modales. Traía el sombrero puesto, y lo primero que se veía de su persona era el reluciente alfiler de la corbata, y las botas de caña clara, atrevidas, cortas, un tanto manolescas. Causó la entrada de este nuevo personaje una transformación a vista en la escena: mientras Artegui se levantaba furioso, Lucía, vuelta a la conciencia de sí misma, pasó las manos por las sienes, enderezose en el sillón adoptando actitud reservada, pero con las pupilas vagas aún, perdidas en el espacio.

—Hola, Artegui... ¿Usted por aquí? Lo veo, lo veo ahora mismo en la tablilla, y vengo a escape... —pronunció imperturbable el recién venido. Y de pronto, haciendo como que reparaba en Lucía, inclinose con soltura, descubriéndose, sin añadir otra palabra.

—Señor Gonzalvo —respondió Artegui recatando el enojo bajo un tono glacial—, muy amigos nos habremos vuelto desde que no nos vemos. En Madrid...

—¡Usted siempre tan inglés, tan inglés! —pronunció sin turbación ni encogimiento el mancebo—. Mire usted; ya sabe usted que soy franco, franco; en Madrid andábamos cada cual a nuestro negocio y a nuestro gusto; pero en el extranjero, en el extranjero agrada encontrar paisanos. En fin, dispense usted; dispense usted; veo que vine a molestarle; lo siento por la señora...

Nueva reverencia, mientras sus ojos entornados se cosían cínicamente al rostro de Lucía, alumbrado por los moribundos tizones.

—No, espere usted —gritó Artegui levantándose y asiéndole de una manga sin ceremonia, al ver que volvía la espalda. Ya que ha entrado usted aquí sin más ni más, es preciso que sepa usted que no me coge en ninguna aventura escandalosa, ni de eso nace mi enojo por su importunidad.

—Hombre, hombre, hombre; si yo no pregunto... —dijo él encogiéndose de hombros.

—Me importa un bledo lo que creyese usted de mí... Pero esta señora es... una mujer honrada; por incidentes que no son del caso viene sola, y la acompaño hasta entregársela a su esposo...

Y viendo la media sonrisa de su interlocutor, añadió:

—Le aconsejo a usted que me crea, porque mi reputación de verídico es quizás la única que en el mundo aprecio...

—Le creo a usted; le creo a usted... —dijo sencilla y sinceramente el mozo—; usted pasa por algo raro, raro; pero muy franco también... Además, yo soy práctico, práctico, práctico en la materia, y bien distingo las verdaderas señoras...

Díjolo haciendo tercera vez venia a Lucía, con gentil desembarazo. Levantose ella, instintivamente digna, y serio y compuesto el rostro le devolvió el saludo. Artegui se adelantó entonces, y soltó la fórmula sacramental:

—El señor don Pedro Gonzalvo, la señora de Miranda.

Miranda... Sí, sí, lo he visto, lo he visto abajo escrito en la tablilla también... conozco un Miranda que se habrá casado estos días... solterón, solterón...

—¿Don Aurelio? —preguntó Lucía a pesar suyo.

—Justo... Le trato mucho, mucho.

—Es mi marido —murmuró ella.

Encendiéronse rápidamente en una llamarada de curiosidad las mejillas del mancebo, y clavó de nuevo en Lucía sus ojos chicos examinándola implacablemente.

—Miranda... ¡Ah! ¡Conque es usted la señora, la señora de Aurelio Miranda! —repitió, sin ocurrírsele decir más. Pero, discretamente indicadas, le bullían en los labios las preguntas de tal modo, que Artegui se impuso la penitencia de narrarle todo la acaecido de pe a pa. Escuchaba él, refrenando con su práctica del mundo, la risa maliciosa que le asomaba a las facciones. Era evidente que al mozo calaverilla le divertía infinito el cómico percance conyugal del calaverón rancio. Un rayo de Sol vergonzante rompía las pardas nubes, y recortaba sobre el fondo oscuro la cabeza linfática, rubia, la tez pecosa, las facciones delicadas, pero no exentas de rasgos característicos, del mancebo. Sus manos blancas y femeniles atormentaban la cadena de acero del reloj, y en el meñique de una de ellas rojeaba grueso carbunclo, al lado de otro aro inocente, sortija de colegiala, sobrado estrecha para el dedo, una crucecica de perlas sobre un círculo de oro.

—Y, en resumen, ¿de Miranda, no se sabe nada, nada? —preguntó oído el relato.

—Nada hasta hoy —afirmó gravemente Artegui.

—Hombre, es divino ¡es divino! —masculló el mozalbete entre dientes, riéndose más bien con los ojos que con la boca—. ¡Lance igual! Estará chistoso Miranda; estará chistoso.

Artegui le miraba fijamente, sorprendiendo en sus pupilas la risa indiscreta. Con solemne seriedad, le interrogó:

—¿Es usted amigo de Don Aurelio Miranda?

—Sí, mucho, mucho... —ceceó rápidamente Gonzalvo, que solía al pronunciar comerse dos o tres letras de cada palabra, repitiendo en cambio la palabra misma dos o tres veces, lo que hacía galimatías peregrino, sobre todo cuando hablaba colérico, barajando o suprimiendo vocablos enteros:

—Mucho, mucho —prosiguió—. En todas partes, hombre, en todas partes, me lo encontraba en Madrid... Fue una temporada del, ¿cómo se llama?, del Veloz Club, del Veloz Club, y estaba abonado con nosotros, con los muchachos, a ése, vamos... a Apolo, a Apolo.

—Me felicito —exclamó Artegui sin menguar un ápice en seriedad—. Pues, señora —siguió volviéndose a Lucía—, ya tiene usted aquí lo que tanto le hubiera convenido encontrar dos días hace: un amigo de su esposo, que con harta más razón, motivo y derecho que yo, puede servirla de rodrigón hasta que el señor Miranda aparezca.

A esta inesperada salida, Gonzalvo sonrió inclinándose cortésmente, como hombre de mundo acostumbrado a todo género de situaciones; pero Lucía, con el rostro atónito, encendido aún, se echó atrás, en ademán de rehusar la nueva escolta que se le brindaba.

Interrumpió la escena muda el camarero, entrando y presentando a Artegui en una bandejilla un sobre azul, que encerraba un telegrama. No era dable en Artegui palidecer, y, sin embargo, visiblemente se tornaron aún más descoloridos sus pómulos al leer, roto el sobre, lo que el parte decía. Nubláronse sus ojos, y por instinto buscó el apoyo de la chimenea, en cuya tableta de mármol se recostó. A este punto, Lucía, vuelta ya de su asombro primero, se lanzaba a él, y poniéndole las dos manos en los brazos, le suplicaba ansiosamente:

—Don Ignacio, Don Ignacio... no me deje usted así... Para lo que falta ya... ¿qué trabajo le cuesta a usted quedarse? Yo no conozco a este señor... en mi vida le he visto...

Artegui oía maquinalmente, como oyen los catalépticos. Al fin se desató su lengua. Miró a Lucía sorprendido, cual si la viese por primera vez, y con voz debilitada pronunció:

—Me voy a París ahora mismo... Mi madre se muere.

Sintió ella en el cráneo otro golpe de maza, y quedose sin voz, sin aliento, sin pulsos. Cuando pudo exclamar:

—Pero... su madre de usted... ¡Dios mío, qué desgracia tan grande! —estaba Artegui ya en la puerta, sin oír las ceceosas ofertas de servicio que le prodigaba Gonzalvo.

—¡Don Ignacio! —gritó la niña al ver poner la mano en el pestillo.

Cual si a aquella voz vibrante se despertase la memoria del desdichado hijo, volvió pies atrás, fue derecho a Lucía, y sin pronunciar palabra cogiole las dos manos, y las prensó entre las suyas, con enérgico y mudo apretón. Así se estuvieron breves segundos sin acertar a decirse una frase de despedida. Lucía quiso hablar; pero parecíale que un dogal muy suave, de seda, se ceñía a su garganta, estrangulándola cada vez más. De improviso la soltó Artegui; ella respiró, adosándose a la pared, aturdida... Cuando miró en torno, no estaba en la habitación sino Gonzalvo, que leía entre dientes el telegrama, olvidado por su dueño sobre la mesa.

—Pues es verdad, pues es verdad... Y está en castellano, murmuraba: «La señora bastante grave. Desea venga señorito... Engracia.» ¿Quién será esta Engracia, esta Engracia?¡Ah! ya sé: el ama de cría de Artegui... el ama, de fijo. ¡Hombre, hombre! pues no sé si cogerá el expreso, el expreso (esta palabra en labios de Gonzalvo sonaba así: epés). Las dos y media... hace poco llegó el de España... aún tiene tiempo.

Guardó otra vez el lindo reloj esqueleto con cifras grabadas en ambos cristales, y volviendo los ojuelos a Lucía, añadió:

—Lo siento por usted; por usted, señora; ahora soy yo su escolta... Lo mejor es que se venga usted conmigo; aquí tengo a mi hermana, a mi hermana, y las pondré a ustedes juntas... No está... No está bien una señora así, sola en una fonda...

Gonzalvo tendió el brazo, y Lucía, pasivamente, iba a apoyarse en él; pero se abrió de nuevo la puerta, y el camarero, con actitud teatral, anunció:

—Monsieur de Miranda.

Era, en efecto, el asendereado novio, cojeando de la pierna derecha, pudiendo apenas sentar el pie, porque los agudos dolores de la luxación, consecuencia ingrata del salto a la vía, se renovaban al apoyar la planta en el suelo. Perdida así la gallardía del andar, los cuarenta y pico se asomaban implacables a todas las líneas del rostro: la triste raya de tinta de los bigotes resaltaba sobre la marchita tez; el párpado caído, hundidas las sienes y desaliñado el cabello, parecía el ex buen mozo una de esas desmanteladas torres, bellas a la luz crepuscular, pero que a mediodía todas se vuelven grietas, ortigas, zarzales y lagartos. Y como Lucía se quedase dudosa, indecisa, sin acertar ni a darle los buenos días, ni a arrojarse en sus brazos, Gonzalvo, censor eterno y sempiterno del matrimonio, desenlazó la extraña situación disparando la risa, y adelantándose a dar un abrazo jocoserio a aquella lamentable caricatura del esposo que llega.

VIII

Pocos días en Bayona bastaron para que Miranda se aliviase notablemente de la dolorosa luxación, y a que Pilar Gonzalvo y Lucía se conociesen y tratasen con cierta confianza. Pilar hacía rumbo, como Miranda, a Vichy; solo que mientras Miranda quería que las aguas enseñasen a su hígado a elaborar el azúcar en justas y debidas proporciones para no dañar a la economía, la madrileñita iba a las saludables termas en demanda de partículas férreas que coloreasen su sangre y devolviesen el brillo a sus apagados ojos. Hambrienta como toda persona débil, como todo organismo pobre, de excitaciones, novedades y acontecimientos, divirtiole en extremo la relación nueva de Lucía, y las raras peripecias de su viaje, y el registro de sus galas de novia, que visitó sin perdonar una, examinando los encajes de cada chambra, los volantes de cada traje, las iniciales de cada pañuelo. Además, la simplicidad franca de la leonesa le brindaba campo virgen e inculto donde plantar todas las flores exóticas de la moda, todas las plantas ponzoñosas de la maledicencia elegante. Tenía Pilar, de edad entonces de veintitrés años, la malicia precoz que distingue a las señoritas que, con un pie en la aristocracia por sus relaciones y otro en la clase media por sus antecedentes, conocen todos los lados de la sociedad, y así averiguan quién da citas a los duques, como quién se cartea con la vecina del tercero. Pilar Gonzalvo era tolerada en las casas distinguidas de Madrid; ser tolerado es un matiz del trato social, y otro matiz ser admitido, como su hermano lo era: más allá del tolerar y del admitir queda aún otro matiz supremo, el festejar; pocos gozan del privilegio de que los festejen, reservado a las eminencias, que no se prodigan y se dejan ver únicamente de año en año, a los banqueros y magnates opulentos, que dan bailes, fiestas y misas del gallo con cena después, a las hermosuras durante un breve y deslumbrador período de plena florescencia, a los políticos que están en puerta como los naipes. Personas hay admitidas, que un día, de repente, se hallan festejadas por cualquier motivo, por un peinado nuevo, por un caballo que ganó en las carreras, por un escándalo que las gentes susurran bajito y piensan leer en el rostro del feliz mortal. De estos éxitos efímeros Perico Gonzalvo tuvo muchos: su hermana, ninguno, a despecho de reiterados esfuerzos para obtenerlos. Ni logró siquiera subir de tolerada a admitida. El mundo es ancho para los hombres, pero angosto, angosto para las mujeres. Siempre sintió Pilar la valla invisible que se elevaba entre ella y aquellas hijas de grandes de España, cuyos hermanos tan familiar e íntimamente frisaban con Perico. De aquí nació un rencor sordo, unido a no poca admiración y envidia, y se engendró la lenta irritación nerviosa que dio al traste con la salud de la madrileña. El paroxismo de un deseo no saciado, las ansias de la vanidad mal satisfecha, alteraron su temperamento, ya no muy sano y equilibrado antes. Tenía, como su hermano, tez de linfática blancura, encubriendo el afeite las muchas pecas: los ojos no grandes, pero garzos y expresivos, y rubio el cabello, que peinaba con arte. A la sazón, sus orejas parecían de cera, sus labios apenas cortaban, con una línea de rosa apagado, la amarillez de la barbilla, sus venas azuladas se señalaban bajo la piel, y sus encías, blanquecinas y flácidas, daban color de marfil antiguo a los ralos dientes. La primavera se había presentado para ella bajo malísimos auspicios; los conciertos de Cuaresma y los últimos bailes de Pascua, de los cuales no quiso perder uno, le costaron palpitaciones todas las noches, cansancio inexplicable en las piernas, perversiones extrañas del apetito: derivaba la anemia hacia la neurosis, y Pilar masticaba, a hurtadillas, raspaduras del pedestal de las estatuitas de barro que adornaban sus rinconeras y tocador. Sentía dolores intolerables en el epigastrio; pero por no romper el hilo de sus fiestas, calló como una muerta. Al cabo, hacia el estío, se resolvió a quejarse, pensando acertadamente que la enfermedad era pretexto oportuno para un veraneo conforme a los cánones del buen tono. Vivía Pilar con su padre y con una tía paterna; ni uno ni otro se resolvieron acompañarla; el padre, magistrado jubilado, por no dejar la Bolsa, donde a la chita callando realizaba sus jugaditas modestas y felices; la tía, viuda y muy dada a la devoción, por horror de los jolgorios que sin duda le preparaba su sobrina como método curativo. Recayó, pues, la comisión en Perico Gonzalvo, que, cargando con su hermana, hubo de llevársela al Sardinero, contando con que no faltarían amigas que allí le relevasen en su oficio de rodrigón. Así fue: sobraban en la playa familias conocidas que se encargaron de zarandear a Pilar, y de llevarla de zeca en meca. Mas desgraciadamente para Perico, los baños de mar, que al pronto aliviaron a su hermana, concluyeron, cuando abusó de ellos y quiso nadar y meterse en dibujos, por abrir brecha en su débil organismo, y comenzó a cansarse otra vez, a despertar bañada en sudor, a sentir desgano, al par que comía vorazmente raros manjares. Lo que más la asustó fue ver que se le caía el pelo a madejas. Al peinarse, se enfurecía, y llamaba a gritos a Perico, pidiéndole un remedio para no quedarse calva. Un día el médico que la visitaba llamó aparte a su hermano, y le dijo:

—Es preciso que tenga usted tino con su hermanita. Que no tome más baños.

—¿Pero está de cuidado, de cuidado? —interrogó el mozo abriendo cuanto podía sus ojos chicos.

—Podrá estarlo muy en breve.

—¡Diablo, diablo, diablo! ¿usted cree que tiene una tisis, una tisis? —(tiziz pronunciaba Perico).

—No digo tanto: opino que aún no se halla interesado el pulmón, pero en el momento menos pensado la sangre se agolpa allí, la congestión sobreviene, y... a cada instante se dan casos de ese género. Hay en ella un terrible empobrecimiento de la sangre: está con el pulso de un pollo: hay además una sobreexcitación nerviosa que se acentúa periódicamente, y una honda perturbación gástrica... Si valiese mi parecer, aprovecharían ustedes el otoño para tomar unas aguas...

—¿Panticosa, Panticosa?

—En este caso tengo, por preferibles los manantiales ferruginosos de Vichy... La anemia es el primer enemigo que hay que combatir, y la indicación gástrica está también atendida en esas aguas... En segundo término, Aguas-Buenas o Puertollano... pero no se descuide usted: en esta quincena ha perdido terreno, y la alopecia y el sudar son síntomas muy característicos...

Y como Perico se retirase cabizbajo, añadió el doctor:

—Sobre todo pocas excitaciones... nada de bailar, ni de nadar... reposo moral... ni música, ni novelas... Las aldeanas que padecen el mal de su hermana de usted se curan con agua, donde echan un manojo de clavos, o escoria de fragua... La civilización hace artificioso todo: si quiere sanar, que no trasnoche, que no ande en funciones... el corsé flojo, los tacones anchos...

—Sí, sí, pide peras al olmo, al olmo —ceceaba Perico por lo bajo—. Cualquier día se pone mi señora hermana un alfiler menos, un alfiler menos, aunque se la lleve pateta.

Cuando Pilar supo la decisión del Esculapio, colgárse del cuello de Perico, en un arranque de amor fraternal no manifestado hasta entonces. Hizo mil monerías felinas, se volvió dulce, obediente, prudentísima en todo, prometiendo cuanto se le exigía y más aún.

—Periquín, reprecioso, anda, mono, ¿verdad que me llevas? Anda, di que sí, bobo, anda. ¡Si vales tú más que todas las cosas! Anda, ¿qué Puertollano ni qué...? Vamos a Francia, ¡qué gusto, señor! ¡parece mentira! ¡Qué dirán cuando lo sepan Visitación y las de Lomillos! No, ya ves tú, cuando el médico lo dice, hay que hacerlo... ¿Qué te voy a estorbar siempre cosida a ti? Hombre, yo encontraré amigas: ¿no ha de estar allí nadie conocido? Yo me ingeniaré, verás. Voy a hacerme un traje de tela cruda, que hasta allí... Bueno, bueno, hombre, no te pongas hecho una sierpe... Si ya sé que tengo que guardar método, y acostarme temprano... a las ocho con las gallinitas: ¿qué más pides? ¡Ay, qué rico hermano me dio Dios! ¡Así todas se me mueren por él!

—¿Si pensarás, si pensarás tú que me la das con tus lagoterías? Anda, déjame en paz... te llevo porque es preciso, preciso, si no ¿quién te aguanta en invierno? Pero a ver cómo somos formales, formales... o te quemo esos moños malditos... al fin nunca vas sino hecha una cursi, una cursi...

Devoró la injuria Pilar, como devoraría en tales circunstancias otra más fuerte aún, y solo pensó en el elegante viaje que con tanto lucimiento coronaba sus expediciones veraniegas. Gonzalvo padre, que amén de la jubilación no carecía de bienes, aflojó los cordones de la bolsa, no sin recomendar la parsimonia y economía a su hija: en los asuntos de Perico no se metía nunca, pasábale una pensión mensual, y hacía como si no viese que Perico, recibiendo como uno, gastaba como diez, la daba de príncipe y jamás pedía aumento de sueldo.

Con esto, los dos hermanos salieron en triunfo del Sardinero para Francia y detuviéronse en Bayona, en el hotel de San Esteban, donde tuvimos la honra de conocerles. Vio el cielo abierto Perico cuando supo que Miranda y su mujer seguían a Vichy, y comprendió que Lucía era la persona más a propósito para relevarle en acompañar a Pilar, y aún para hacer de enfermera en caso de necesidad. Desde luego fomentó el trato de las dos, y concertaron salir reunidos para Vichy.

Las noticias dadas por su hermano acerca de Lucía y Miranda lograron aguzar singularmente la hambrienta curiosidad de la anémica, y su olfato fino percibía no sé qué emanaciones novelescas en los sucesos acaecidos al matrimonio. El hermano y la hermana habían conferenciado largamente acerca del asunto, a medias palabras, atreviéndose a veces a lanzar una expresión más viva y cruda, riéndose entrambos. Era uno de los goces mayores de Lucía las conversaciones que a veces pasaba con Perico cuando él se dignaba tratarla, no como a una chiquilla, sino como a mujer hecha, y le comunicaba detalles, anécdotas y sucesos de lo que por lo regular no llegan a oídos de las doncellitas educadas con cierta severidad y recato. Perico y su hermana, no muy tiernos y afectuosos entre sí, se entendían a maravilla en el terreno de las picardigüelas, y a veces la hermana completaba la frase picante, detenida en labios del hermano por unas miajas de la reserva que inspira la mujer aún al hombre menos capaz de tenerla. Experimentaba Pilar malsana fruición en recorrer aspectos del cosmorama de la vida, donde nunca fijaban sus ojos las hijas de los grandes de España por ella tan envidiadas, y que, por entonces, viviendo en la claustral atmósfera de sus palacios, vigiladas siempre por la institutriz rígida, llevan en la frente, a los veinticinco años, el sello de su altiva inocencia.

—Pues yo —decía Perico a Pilar— subí al cuarto de Artegui, porque la verdad, la verdad, me dio curiosidad cuando me dijeron que tenía una chica muy guapa, muy guapa, consigo.

—Claro que era para dar curiosidad a la mismísima estatua de Mendizábal, hombre... Ese Artegui, a quien nunca se le conoció un mal trapicheo...

—No, si es un raro, un raro. Riquísimo, y hace vida de fraile. Si yo tuviese sus onzas, sus onzas... ¡ole con ole!

—Pero di, ¿y te parece a ti, que no hay gato encerrado en lo de Artegui y Lucía?

—¡Pch! no —silbó Perico, que a diferencia de su hermana, no era maldiciente, sino cuando se irritaba contra alguno—. Ese Artegui tiene sangre de horchata, de horchata, y estoy segurísimo de que ni esto, ni esto le ha dicho. (Y chasqueó la uña del pulgar contra uno de sus paletos.)

—La verdad es que ella es una cursi destemplada... Pero vamos a cuentas, Periquín: ¿no me dijiste tú que se quedó muy triste, y toda turulata, cuando él se fue y entró Miranda después?

—Pero ponte en el caso, ponte en el caso... Miranda parecía la estampa de la herejía...

—No, no quisiera verme en el caso —exclamó Pilar riendo a carcajadas.

—Luego el muy papanatas, hizo lo que todos los gallos, lo que todos los gallos que están de mal humor... —siguió Perico riendo a su vez—. Si había de ponerse agradable, de decirle algo a la pobre chica... le soltó una filípica como para ella sola, para ella sola, porque no se había vuelto a Miranda de Ebro, de Ebro, a cuidarle la pata desencolada... También solo a él se le ocurre desmayarse por una torcedura, y no telegrafiar a su mujer avisándola... Y le preguntó con un aire trágico, trágico: «¿dónde anda tu solícito acompañante?» Estaba el hombre celestial.

—¿Ves? Pues tiene celos el marido. Lo decía yo... Si tú eres un inocentón.

—¡Hija, hija, hija! ¡Cualquiera me la pega a mí, a mí, en esas cuestiones! Te digo, te digo, que no tenían nada Artegui y Lucía, y Lucía... Ahora mismo apuesto cuatro onzas, cuatro onzas...

—Pues yo —recalcó Pilar con su insistencia de enfermo lúcido—, aseguro que lo que es ella... ella... a él no le he visto, que si le viese, sabría... Pero ella... cada suspiro le oí... y esos no son por Miranda. Está a veces tan pensativa.. aunque otras se alegra y ríe, y es una chiquilla...

—¡Bah, bah, bah! no digo yo que a ella, allá en sus adentros, sus adentros... pero tú no entiendes de esto... yo te afirmo que lo que es tener, no han tenido nada, nada... si sabré yo...

—Y yo también... —afirmó cínicamente Pilar—. Bueno, los dos acertamos... no hubo nada... pero está... ¿cómo dicen de las palomas en el tiro? Tocada en el ala.

—¡Bah! ¡Bah! —silbó de nuevo Perico, indicando su desdén hacia todo sentimentalismo, ensueño o análoga nimiedad amorosa—. Eso no vale nada, nada... como no le esperen a Miranda peores ratos... tiene bemoles, bemoles, eso de torcerse una pata, y esperarse dos días a que la enderecen,

enderecen... dejando a su novia andar por esos mundos... Es divino, divino. Lo que le carga a él, es que se sepa, que se sepa... yo le doy cada solo...

—No, mira, no le enfades... Ya sabes que nos vinieron como llovidos del cielo...

—No te ocupes, hija, no te ocupes... Si lo cierto es que Miranda no vive, no vive sin mí, porque se aburre, se aburre, y solo yo le quito el esplín, el esplín, el esplín, hablándole de sus conquistas... Y está hecho una plasta... Falta le hace beberse medio Vichy... meterse ahora en floreos, a su edad, a su edad...

No era aburrimiento lo que tenía Miranda: era su mal del hígado, furiosamente exacerbado con el despecho de la ridícula aventura que cortó el viaje de novios. Sus sienes verdeaban, sus ojeras se teñían de matices amoratados, la bilis se infiltraba bajo la piel, y así como una casa nueva hace parecer más vetustas las que están a su lado, así la lozana juventud de Lucía acentuaba el deterioro del marido. Verificábase en Lucía la encantadora transición de niña a mujer; sus movimientos, más lentos y reposados, tenían mayor gracia; al paso que en él, la madurez se trocaba en vejez, más bien que por los años, por la ruina de la organización. Mostrábase Lucía con él tanto más afectuosa, cuanto más le veía roído por los achaques, y cuanto más notaba en su rostro las huellas del padecimiento cruel. No la arredraban ciertos despegos, ciertas durezas inexplicables de Miranda; servíale piadosa y filialmente, hablábale con dulzura, hacíale ella misma los remedios y le vendaba el pie lastimado, con la devoción con que vestiría a una santa imagen. Era feliz y hasta se conmovía, cuando él hallaba bien colocado el apósito. Al fin Miranda pudo andar sin riesgo. Las lujaciones duran poco, aunque en la edad de Miranda sean más tenaces. Diéronle de alta, y todos se dispusieron a tomar la ruta de Vichy. La estación adelantaba: estaban casi a mediados de septiembre, y esperar más era exponerse a las persistentes lluvias de aquel clima. Por encargo de Miranda el ama del hotel escribió a la villa termal, encargando hospedaje. Con verbosidad enteramente francesa convenció a Miranda y a Perico de que debían alojarse en un chalet, por evitar a las damas la enojosa promiscuidad de la mesa redonda de hotel, y para que se encontrasen como en su propia casa. Repartido entre las dos familias, no sería exorbitante el coste y las ventajas muchas. Conviniéronse en ello, y Miranda hubo de pedir la cuenta del gasto hecho en el hotel, que le trajeron escrita en casi indescifrables garrapatos. Cuando logró entenderlos llamó al ama.

—Aquí —dijo apoyando el dedo sobre las patas de mosca— hay un error; se equivoca usted en contra suya. A la señora le pone usted los mismos días de estancia que a mí, y en realidad tiene dos más.

—Dos más... contestó el ama reflexionando.

—Sí, señora; ¿no llegó dos días antes?

—¡Ah! tiene el señor razón... pero es que Monsieur Artegui, los dejó pagados.

Lucía, que a la sazón doblaba algunas prendas de ropa para colocarlas en su baúl, volvió repentinamente la cabeza, como ave al reclamo. Sus mejillas estaban encendidas.

—¡Pagados! —repitió Miranda, en cuya pupila mortecina y térrea se encendió breve chispa—. ¡Pagados! ¿Y con qué derecho, señora? Quisiera saberlo.

—Señor, eso no me concierne... (ce n'est pas mon affaire) —exclamó la fondista, acudiendo, para mejor explicarse, a su idioma natal—. Yo recibo viajeros, ¿no es eso? Viene una dama con un caballero, ¿no es eso? Me paga la estancia de esa dama al marcharse, y yo no le pregunto si tiene o no derecho para pagar, ¿no es eso? Él paga, y basta (voilá tout).

—Pues —pronunció Miranda, alzando la voz— lo de la señora lo pago yo, y nada más; y usted me hará merced de girar una letra a... ese señor, devolviéndole lo cobrado.

—El señor será bastante amable de dispensarme... —protestó la fondista, despedazando sin compasión, en su aturdimiento, la sintaxis castellana—. Yo me rehúso a lo que el señor propone, yo soy verdaderamente desolada, pero esto, no se hace, esto no se hizo jamás en nuestras casas... Sería una falta, una grave falta, Monsieur Artegui tendría razón de quejarse... Yo demando bien perdón al señor...

—Váyase usted al demonio —contestó en castizo castellano Miranda, volviendo las espaldas a su interlocutora, y olvidando, como solía, sus postizas finuras de salón ante la herida de su amor propio.

Lucía aun vendó aquella noche el pie, casi sano ya, de Miranda. Hízolo con el tino y delicadeza que acostumbraba; pero al apoyar en su rodilla la planta de su marido para mejor poder colocar la compresa y ceñir las tiras de goma elástica a la articulación, no sonreía como las demás veces. Silenciosa llenó el caritativo deber, y al levantarse del suelo, exhaló leve suspiro, como el que desahoga, cumplida alguna tarea de que cuerpo y espíritu por igual recibieron cansancio.

IX

El chalet alquilado en Vichy por las dos familias, Miranda y Gonzalvo, llevaba el poético letrero de Chalet de las Rosas. A fin de justificar el nombre, sin duda, corrían por todos sus calados balaústres airosos festones de rosal enredadera, al extremo de cuyas ramas oscilaban las cabecitas lánguidas de las últimas rosas de la estación. Habíalas color barquillo bajo, realzadas por la nota de fuego de las bengalas, y las rosas enanas, de matiz de carne, parecían rostros microscópicos, que miraban curiosos a las vidrieras del chalet. En el jardinete, ante el peristilo, era una gentil confusión de rosas de todos los tonos y tamaños. Las Maimaison descollaban rosadas y turgentes, como un hermoso seno; las té se deshacían, dejando pender sus desmayados pétalos; las de Alejandría, erguidas y elegantes, vertían su copa de esencia embriagadora; las musgosas reían irónicas con sus labios de carmín, al través de una barba tupida y verde; las albas desafiaban a la nieve con su fría y cándida belleza, con su rigidez púdica de flores de batista. Y entre sus lindas hermanas, la exótica viridiflora ocultaba sus capullos glaucos, como avergonzándose del extraño color alagartado de sus flores de su fealdad de planta rara, interesante tan solo para el botánico.

Tenía el chalet los dos pisos de rigor; el entresuelo repartido en comedor, cocina, salita y un angosto recibimiento; el principal dedicado a dormitorios y cuartos de aseo. A la altura del principal corría una balconada, calada como finísimo encaje, que se repetía en el entresuelo, cubierta casi por las enredaderas. Delgada verja de hierro aislaba el chalet por la parte que daba a la vía pública, avenida plantada de árboles; por donde confinaba con otras casas y jardines, hacían el mismo oficio unas breves tapias. A la entrada de la verja, sobre sendas columnas de mármol gris, dos niños de bronce alzaban sus bracitos gordezuelos para sostener una bomba de cristal mate, que protegía un mechero de gas. Comprendíase a primera vista que el chalet, con sus delgadas paredes de madera, mal defendería a sus habitantes del frío del invierno y los calores del verano; pero en la estación de otoño, templada y benigna, aquella caprichosa construcción, orlada de franjas de menuda crestería, trabajada como un juguete de sobremesa, engalanada de fresca guirnalda de rosales, era el albergue más coquetón y donoso que puede imaginar la mente, el nido más adecuado para una pareja de enamoradas tórtolas. Yo siento tener que dar a tan lindos edificios, que en Vichy abundan, el nombre extranjerizo de chalet; pero ¿qué hacer si en castellano no hay vocablo correspondiente? Lo que aquí denominamos choza, cabaña o casa rústica, no significa en modo alguno lo que todo el mundo entiende por chalet, que es una concepción arquitectónica peculiar a los valles helvéticos, donde el arte, inspirándose en la Naturaleza, reprodujo las formas de los alerces y pinabetes, y los delicados arabescos del hielo y la escarcha, bien como los egipcios tomaron de la flor del loto los capiteles de sus pilones, En Vichy los chalets se construyen con el exclusivo objeto de alquilarlos amueblados a los extranjeros. La conserje del chalet se encarga del gobierno de casa, de la compra y aun de guisar: el conserje atiende a la limpieza, corta las ramas del jardinete, guía las enredaderas, barre las calles enarenadas, sirve a la mesa y abre la puerta. Instaláronse, pues, los Miranda y los Gonzalvo si más cuidado que el de entregar al conserje sus abrigos de viaje y sentarse en sus respectivos puestos en el comedor.

Aunque Lucía, y sobre todo Pilar, se sentían un tanto fatigadas del largo trayecto en ferrocarril, no dejaron de entusiasmarse con la belleza de la morada que les deparaba el destino. El balcón, sobre todo, les parecía delicioso para hacer labor y para leer. Acordábase Pilar de cuantas acuarelas, países de abanico y estampas sentimentales había visto, que representasen el ya trivial asunto de una joven cuya cabeza asoma por entre un marco de follaje. Lucía, a su vez, comparaba su casa de León, antigua, maciza, y lóbrega, con aquella vivienda, donde todo era flamante y gentil, desde los encerados relucientes pisos hasta las cortinas de cretona azul rameadas de campanillas rosa. Al otro día de la llegada, cuando Lucía saltó del lecho, fue su primer cuidado salir al balcón, de allí al jardín, recogiéndose la bata con unos alfileres para no mojarla en el húmedo piso. Halló a las rosas acabaditas de salir del baño de rocío, tersas, muy ufanas, adornadas cada cual con su collar de perlas o de diamantes. Fue oliéndolas una por una, pasándoles los dedos por las hojas sin atreverse a cortarlas; dábale mucha lástima pensar cómo se quedaría la mata, huérfana de su flor. A aquella hora apenas olían las rosas: era más bien un aroma general de humedad y frescura, que se elevaba del césped de las plantas, y del conjunto de árboles vecinos. Haylos en Vichy por todas partes; a la tarde, cuando Lucía y Pilar recorrieron las calles de la villa termal para informarse de su traza, lanzaron exclamaciones de contento al dar a cada instante con una sombra, una alameda, un parque. Pilar opinaba que Vichy tenía aspecto elegante; Lucía, menos entendida en elegancias y modas, gustaba sencillamente de tanto verdor, de tanta Naturaleza, que reposaba sus ojos, moviéndola a veces a imaginar que, a despecho de sus calles concurridas, de sus tiendas brillantes, era Vichy una aldea, dispuesta a propósito para contentar sus exigencias secretas e íntimas de soledad. Aldea formada de palacios, adornada con todo el refinamiento de comodidad y lujo inteligente que caracteriza a nuestro siglo; pero al fin aldea.

A un tiempo comenzaron Pilar y Miranda la temporada termal, si bien con método tan distinto como lo requería la diferencia de sus males. Miranda hubo de beber las aguas hirvientes y enérgicas de la Reja-Grande, sometiéndose a la vez a un complicado sistema de afusiones locales, baños y duchas, mientras la anémica absorbía a pequeñas dosis la picante linfa, gaseosa y ferruginosa del manantial de las Señoras. Estableciose desde entonces una lucha perenne entre Pilar y los que la acompañaban. Eran necesarios esfuerzos heroicos para contenerla e impedir que hiciese la vida de las bañistas del gran tono, que ocupaban el día entero en lucir trajes y divertirse. Desde este punto de vista, fue funesta a Pilar la presencia en Vichy de seis u ocho españolas conocidas que aún aprovechaban allí el fin de la estación. Era pasado ya lo mejor y más brillante de ésta; las corridas, el tiro de pichón, las grandes excursiones en calesas y ómnibus al Borbonés, comenzadas en agosto, concluían en los primeros días de septiembre. Pero quedaban aún los conciertos en el Parque, el gran paseo por la avenida pavimentada de asfalto, las fiestas nocturnas en el Casino, el teatro, que, próximo a cerrarse, se veía más concurrido cada vez. Pilar se moría por reunirse a la docena de compatriotas de distinción que revoloteaban en el efímero torbellino de los placeres termales. El médico de consulta a quien se habían dirigido en Vichy, al par que recomendaba las distracciones a Miranda, prohibía severamente a la anémica todo género de excitación, encargándole mucho que procurase aprovechar el carácter semi rural de la villa para hacer vida de campo en lo posible, acostándose con las gallinas y madrugando con el Sol. Exigía este régimen mucha constancia y, sobre todo, una persona que, continuamente al lado de la rebelde enferma, no descuidase ni un segundo el obligarla a seguir las prescripciones del facultativo. Ni Miranda ni Perico servían para el caso. Miranda cubría las formas sociales exhortando a Pilar a «cuidarse» y «no hacer tonterías», todo ello dicho con el calor ficticio que muestran los egoístas cuando se trata de la salud ajena. Perico se enojaba de ver a su hermana echando en saco roto las advertencias del doctor, cosa que podía alargar la cura, y por ende la estancia en Vichy, pero no era capaz de vigilarla y de atender a que cumpliese las órdenes recibidas. Decíale a veces:

—Me alegraré de que te lleven los demonios, los demonios, y de que estés este invierno color de limón seco, de limón seco... Tú lo quisiste, pues aguántalo...

La única persona que se consagró a que Pilar observase el régimen saludable, fue, pues, Lucía. Hízolo movida de la necesidad de abnegación que experimentan las naturalezas ricas y jóvenes, a quienes su propia actividad tortura y han menester encaminarla a algún fin, y del instinto que impulsa a dar de comer al animal a quien todos descuidan, o a coger de la mano al niño abandonado en la calle. Al alcance de Lucía solo estaba Pilar, y en Pilar puso sus afectos. Perico Gonzalvo no simpatizaba con Lucía, encontrándola muy provinciana y muy poco mujer en cuanto a las artes de agradar. Miranda, ya un tanto rejuvenecido por los favorables efectos de la primer semana de aguas, se iba con Perico al Casino, al Parque, enderezando la espina dorsal y retorciéndose otra vez los bigotes. Quedaban pues frente a frente las dos mujeres. Lucía se sujetaba en todo al método de la enferma. A las seis dejaba pasito el lecho conyugal y se iba a despertar a la anémica, a fin de que el prolongado sueño no le causase peligrosos sudores. Sacábala presto al balcón del piso bajo, a respirar el aire puro de la mañanita, y gozaban ambas del amanecer campesino, que parecía sacudir a Vichy, estremeciéndole con una especie de anhelo madrugador. Comenzaba muy temprano la vida cotidiana en la villa termal, porque los habitantes, hosteleros de oficio casi todos durante la estación de aguas, tenían que ir a la compra y apercibirse a dar el almuerzo a sus huéspedes cuando éstos volviesen de beber el primer vaso. Por lo regular, aparecía el alba un tanto envuelta en crespones grises, y las copas de los grandes árboles susurraban al cruzarlas el airecillo retozón. Pasaba algún obrero, larga la barba, mal lavado y huraño el semblante, renqueando, soñoliento, el espinazo arqueado aún por la curvatura del sueño de plomo a que se entregaran la víspera sus miembros exhaustos. Las criadas de servir, con el cesto al brazo, ancho mandil de tela gris o azul, pelo bien alisado —como de mujer que solo dispone en el día de diez minutos para el tocador y los aprovecha—, iban con paso ligero, temerosas de que se les hiciese tarde. Los quintos salían de un cuartel próximo, derechos, muy abotonados de uniforme, las orejas coloradas con tanto frotárselas en las abluciones matinales, el cogote afeitado al rape, las manos en los bolsillos del pantalón, silbando alguna tonada. Una vejezuela, con su gorra muy blanca y limpia, remangado el traje, barría con esmero las hojas secas esparcidas por la acera de asfalto; seguíala un faldero que olfateaba como desorientado cada montón de hojas reunido por la escoba diligente. Carros se veían muchísimos y de todas formas y dimensiones, y entreteníase Lucía en observarlos y compararlos. Algunos, montados en dos enormes ruedas, iban tirados por un asnillo de impacientes orejas, y guiados por mujeres de rostro duro y curtido, que llevaban el clásico sombrero borbonés, especie de esportilla de paja con dos cintas de terciopelo negro Cruzadas por la copa: eran carros de lechera: en la zaga, una fila de cántaros de hojalata encerraba la mercancía. Las carretas de transportar tierra y cal eran más bastas y las movía un forzudo percherón, cuyos jaeces adornaban flecos de lana roja. Al ir de vacío rodaban con cierta dejadez, y al volver cargados, el conductor manejaba la fusta, el caballo trotaba animosamente y repiqueteaban las campanillas de la frontalera. Si hacía Sol, Lucía y Pilar bajaban al jardinete y pegaban el rostro a los hierros de la verja; pero en las mañanas lluviosas quedábanse en el balcón, protegidas por los voladizos del chalet, y escuchando el rumor de las gotas de lluvia, cayendo aprisa, aprisa, con menudo ruido de bombardeo, sobre las hojas de los plátanos, que crujían como la seda al arrugarse.

Mas el tiempo se empeñó en festejar a las viajeras, y poco después de su llegada a Vichy brindoles los más espléndidos y apacibles días que quepan en otoño, estación de serenidad, sobre todo cuando comienza.

Despejada y clara la atmósfera, el calor benigno, las plantas en la plenitud de su coloración y riqueza, las tardes entrelargas y las mañanas alegres, aprovechose Lucía de tan buenas circunstancias para resolver a Pilar a salir al campo, según lo dispuesto por el doctor. Entraba en la medicación el que Pilar anduvíese a lomos de borrico, a fin de que el trotecillo desigual le sirviera de ejercicio moviendo su sangre, sin causarle fatiga; y aunque la enferma aborrecía con toda su alma semejante cabalgadura, y hasta salir del pueblo iba a pie a costa de arrastrarse trabajosamente, consentía en montar, apenas se hallaba fuera de poblado. El sacudimiento la agitaba, y sonroseábanse unas miajas sus mejillas. Lucía hallaba en ello ocasión de bromas.

—¿Ves cómo es bueno montar en caballos briosos? Estás muy reguapa: pareces otra: mira, para hacer una conquista, no tenías más que darte una vueltecita así, por delante del Casino, cuando está tocando la orquesta.

—¡Qué horror! —exclamaba la anémica dando un grito—. Si me viesen las de Amézaga... ¡ellas, que nunca van sino en charabán o en milor!

Dirigíanse las dos amigas, ya hacia la Montaña Verde, ya hacia el camino de las Señoras o hacia el manantial intermitente de Vesse. La Montaña Verde es el punto más elevado de las inmediaciones de Vichy. Está la montañuela cubierta de vegetación, pero de vegetación baja, a flor de tierra, de suerte que, vista de lejos, se les figuraba cabeza de gigante con cabellera corta y espesísima. Ya en la cúspide, subían al mirador y manejaban el gran anteojo, registrando el inmenso panorama que se extendía en torno. Las suaves laderas, tapizadas de viñas, bajaban hasta el Allier, que culebreaba a lo lejos como enorme sierpe azul. En lontananza, la cadena del Forez erguía sus mamelones donde la nieve refulgía cual una caperuza de plata; los gigantes de Auvernia, vaporosos y grises, parecían fantasmas de neblina; el castillo de Borbón Busset surgía de las brumas con sus torreones señoriales, avergonzando al pacífico palacio de Randán, con todo el desdén de un Borbón legítimo hacia la rama degenerada de los Orleáns. El camino de las Señoras era la excursión favorita de Lucía. Estrecha vereda, sombreada por espesos árboles, sigue dócil el curso del Sichón, deteniéndose cuando al río se le antoja formar un remanso y torciéndose en graciosas curvas como la tranquila corriente. A cada paso corta la monotonía de las hileras de chopos y negrillos algún accidente pintoresco: ya un lavadero, ya una casita que remoja los pies en el río, ya una presa, ya un molino, ya una charca de patos. El molino, en particular, parecía dispuesto por un pintor efectista para algún lienzo de naturaleza perfeccionada. Vetusto, comido de húmeda y verdegueante lepra, sustentado en postes de madera que iba pudriendo el agua, brillaba sobre el edificio la rueda, como el ojo disforme sobre la morena y rugosa frente de un cíclope. Eran destellos de la enorme pupila las gotas de refulgente argentería líquida que saltaban de rayo a rayo, a cada vuelta; y el quejido penoso que la pesada rueda exhalaba al girar, completaba el símil, remedando el hálito del monstruo. Un puente lanzado con osadía sobre el mismo arco de la catarata que formaba la presa dejaba ver, al través de su tablazón mal junta, el agua espumante y rugiente. En la presa bogaban con pachorra hasta media docena de patos, e infinitos gorriones revolaban en el alero irregular del tejado, mientras en el oscuro agujero de una de las desiguales ventanas florecía un tiesto de petunias. Quedábase Lucía muchos ratos mirando al molino, sentada en el ribazo opuesto, arrullada por el ronquido cadencioso de la rueda y por el blando chapaleteo del agua batida. Pilar prefería el manantial intermitente que le proporcionaba las emociones de que era tan ávido su endeble organismo. Llegábase al manantial por un ameno sendero; ya desde el puente se cogía bella perspectiva. El Allier es vasto y caudaloso, pero muy mermado a la sazón por los calores estivales; solo en los puntos más anchos del cauce llevaba agua, y el resto descubría el álveo formado de arena en prolongadas zonas blancas. A lo más rápido de la corriente, oscuros peñascos se interponían, originando otros tantos remolinos; saltaba el agua, espumaba un punto colérica, y después seguía mansa y sesga como de costumbre. En lontananza se descubría extensa vega. Dilatadas praderías, donde pacían vacas y borregos, estaban limitadas al término del horizonte por una línea de chopos verde pálido, muy rectos y agudos, a la manera de los árboles contrahechos de las cajas de juguetes; los mimbrales, en cambio, eran rechonchos y panzones, como bolas de verdor sombrío rodantes por la pradera. Completaba la lejanía la cima de la Montaña Verde, recortándose sobre el cielo con cierta dureza de paisaje flamenco en sus contornos exactos y marcados, de un verde oscuro límpido. A la margen del río se veía bajar y subir el brazo derecho de las lavanderas, como miembro de marioneta movido por resortes, y se oía el plas acompasado de la paleta con que azotaban la ropa. Por el agrio talud de la ribera ascendían lentos carros cargados de arena y casquijo, y cruzaban después el puente, bañado en sudor el tiro, muy despacio, sonando a largos intervalos las campanillas. Pasaban las aldeanas auvernesas, vestidas de colores apagados, la esportilla de paja puesta sobre la blanca escofieta, conduciendo sus vacas, cuyos ubres henchidos de leche se columpiaban al andar, y que, posando una mirada triste en los transeúntes, solían pegar una huida de costado, un trote de diez segundos, tras de lo cual recobraban la resignación de su paso grave. En la esquina del puente, un pobre, decentemente vestido y con trazas de militar, pedía limosna con solo una inflexión suplicante de la voz y un doliente fruncimiento de cejas.

Conforme dejaban atrás el puente, llegando a internarse en la frondosa alameda que a Vesse conduce, dilatábasele el corazón a Lucía, creyendo hallarse de veras en el campo. Estaban allí los árboles menos simétricos, limpios y derechos que en Vichy; más desigual el suelo de la ruta; más virgen la hierba de los linderos; menos barnizadas, pulidas y flamantes las quintas y hoteles que ambos lados del camino guarnecían. Ninguna mano celosa barriera las hojas secas que hacían natural y blanca alfombra, ni los parches de boñiga de vaca caídos a trechos como descomunales obleas negras. De tiempo en tiempo veíase algún cobertizo, en cuya sombra relucían los aperos de labranza y el rústico y potente olor de la fecunda tierra labradía penetraba en los pulmones, sano y fuerte como las robustas hortalizas que vegetaban en los huertos próximos. Corta distancia había desde el puente al manantial intermitente. Cruzaban el zaguán de la casita, entraban en el jardín y se dirigían al cenador cubierto de viña virgen, que el pilón resguardaba. Hallábase el pilón vacío, y el tubo de bronce del surtidor no despedía ni gota de agua. Pero Pilar sabía de antemano la hora del singular fenómeno, y calculaba con exactitud. El tiempo que tardaba en presentarse estábase ella inclinada sobre el pilón, palpitante, muda, haciendo un embudo al oído con la diestra.

—Ya viene: lo he sentido, ya silbó —decía Lucía como si de algún dragón se tratase.

—Verás cómo no viene por cinco minutos —respondía con seguridad Pilar.

—Te digo que sí, mujer... si ya borbotea.

—¿A ver? No, no. Es el ruido del viento que sacude los arbustos. Tú ves visiones.

Seguíase breve pausa y completo silencio. Una espera trágica.

—¡Chist! Ahora, ahora —gritaba la anémica palmoteando—. ¡Ahora sí que viene! ¡Y con alma!

115

En efecto, oíase un borboteo extraño, después un silbido agudo, y un chorro de agua hirviente, que despedía intolerable olor sulfuroso, se lanzaba, espumante, recto y rápido, hasta la cúpula misma del alto cenador. Vaho espeso cubría el pilón, enturbiando la atmósfera, que apestaban las emanaciones del azufre. Así ascendía impetuoso el raudal hasta que comenzaba a menguar su fuerza. Entonces la furia de la impotencia le hacía dar saltos desiguales, convulsiones de epiléptico en que se torcía irritado, espumarajeando, con desesperada proyección al fin, caía domado y exánime, despidiendo solo a intervalos un escaso chorro, separado por largos espacios, como las llamaradas postrimeras de la luz que se extingue. Terminaba su agonía con dos o tres hipos del surtidor, a cuyo orificio se asomaba el chorro, sin conseguir lanzarse fuera. No volvería ya el manantial a correr en diez horas lo menos.

Disputaban frecuentemente Lucía y Pilar sobre la conclusión del fenómeno, como sobre su comienzo.

—Ya paró. Va a dormir. Buenas noches, caballero —exclamaba Lucía saludándole con la mano.

—¡No, mujer, quia! Aún ha de asomar tres o cuatro veces las narices.

—Qué, si no puede.

—Que sí puede. Verás tú si todavía echa unas salivillas, como dice el asistente de un primo mío artillero. ¡Chist! Oye, oye cómo aún ronca. Una, dos, tres... Ahora escupe.

—Cuatro, cinco, seis... vaya, ya no vuelve; está el pobre muy cansado.

—Ahora no: ya dio las boqueadas.

A la vuelta solían las amigas hallar el puente más animado que a la ida. Era el momento en que tornaba de sus expediciones campestres la gente de Vichy y los bañistas, y abundaban los jinetes, llevando sus monturas al paso, luciendo los pantalones de punto y las abrochadas polainas, sobre las cuales relucía la nota brillante del estribo y del espolín. Algún sociable, semejante a ligera canoa, corría arrastrado por su gallardo tronco de jacas bien iguales, bien lustrosas de pelo y lucias de cascos, y ufano de su elegante tripulación; entreveíanse un instante anchas *Pamela*s de paja muy florecidas de filas y amapolas, trajes claros, encajes y cintas, sombrillas de percal de gayos colorines, rostros alegres, con la alegría del buen tono, que está siempre a diapasón más bajo que la de la gente llana. Esta gozaban los expedicionarios de a pie, en su mayor parte familias felices, que ostentaban satisfechas la librea de la áurea mediocridad, y aun de la sencilla pobreza: el padre, obeso, cano, rubicundo, redingote gris o marrón, al hombro larguísima caña de pescar; la hija, vestido de lana oscura, sombrerillo de negra paja con una sola flor, en la izquierda el cestito de los anzuelos y demás enseres piscatorios, y llevando de la diestra al hermanito, a quien pantalones y chaqueta quedaron ya muy cortos, y que luce la caña de las botinas, y levanta orgulloso el cubo donde flotan los simples peces víctimas del mortífero pasatiempo de su padre.

Tanto agradaban a Lucía el puente y el río, que a propósito andaba despacio al pasarlos. La cortina de verdor del parque nuevo se tendía ante su vista. Un tiempo fueron pantanos todo aquel hermoso jardín, hasta que los potentes diques, colocados por Napoleón III para evitar la inundación que seguía a cada crecida del Allier, y el saneamiento del terreno, lo habían transformado en un lugar paradisíaco. Los árboles selectos, bien nutridos, tenían en su mayor parte tonos de felpa verde, intensos y aterciopelados; pero algunos amarilleando ya, se encendían al Sol poniente como pirámides de filigrana de oro. Otros eran rojizos, de un rojo teja, que en las partes heridas por el Sol se hacía carmín. La anémica solía manifestar, al volver del paseo, el capricho de ir un rato a sentarse en los bancos del parque. Por lo regular, allí había gente, y alguno de los españoles de la colonia, conocidos de Perico o de Miranda, hacíase acaso el encontradizo, y las saludaba y dirigía algunas frases de ritual. A veces se aparecían también, a guisa de sorprendentes cometas, las ricas cubanas de Amózaga, con sus sombreros extraordinarios, sus sombrillas monumentales y sus atavíos caprichosos, destilados siempre a la quinta esencia de la moda. Pilar las distinguía de cien leguas, por sus famosos sombreros, imposibles de confundir con otro tocado alguno. Eran como dos budineras grandes, cubiertas todas de finísimas y menudas plumas encarnadas: un pájaro natural, una especie de faisán disecado con primor, contorneaba el ala, torciéndose con gracia a un lado de la cabeza. Tan singular adorno, semi-indostánico sentaba bien a la palidez tropical y a los ojos de fuego de las dos cubanitas. Cuando se aproximaban, Lucía daba un codazo a Pilar, diciéndole sin asomo de malicia:

—Mira... ahí vienen los pajarracos de esas amigas tuyas.

La presencia de las Amézagas, como les llamaba Perico, determinaba siempre en Pilar una especie de fiebrecilla que la dejaba postrada después para dos horas. Al divisarlas a lo lejos, se componía instintivamente el pelo, sacaba el pie calzado con zapatito Luis XV de tafilete, y paseaba su mano nerviosa por los morenos encajes de su pañoleta, haciendo destacar la flechilla de turquesas que la prendía. Trababan conversación, y las de Amézaga hablaban como con pereza y desdén, mirando al cielo o a los transeúntes, e hiriendo la arena con el cuento de las sombrillas. Respuestas cortas e indolentes «hija, qué quieres»; y «estuvo magnífico», «gente, como nunca»; «pues ya se ve que estaba la sueca»; «raso crema y granadina heliotropo combinados»; «como siempre, dedicadísimo a ella»; «sí, sí, calor»; «vaya, me alegro que lo pases bien, hija»; contestaban a las afanosas preguntas de Pilar. Luego se alejaban las cubanas, con carcajadillas discretas, con medias palabras, taconeando firme y moviendo un ruge-ruge de telas frescas y de ropa fina. Un cuarto de hora lo menos quedaba Pilar murmurando de las petimetras y de alguien más también.

—¡Cada día más exageradas y más estrepitosas! Vamos, ¿te gusta a ti ese traje tan raro, con una cabeza de pájaro igual a la del sombrero, en el remate de cada frunce? Parecen un escaparate del Museo de *Historia natural*... ¡Hasta en el abanico una cabeza de pájaro! No se concibe que Worth haya ideado ese mamarracho... Yo creo que los hacen en casa, con la doncella, y después dicen que se los mandó Worth...

—No, si aseguran que su padre es un banquero riquísimo de La Habana...

—Sí, sí, tiene más ingenios que ingenio —pronunció Pilar repitiendo un chiste que todo el invierno había rodado por Madrid a propósito de las Amézagas.

—Ello no cabe duda que los pájaros son un adorno bien extraño... Yo también tengo uno en un sombrero.

—Sí, en una toca; pero es diferente. Además, una señora casada puede permitirse ciertas cosas, que en el traje de las solteras...

—Por eso hizo bien Perico en no comprarte aquel abrigo bordado de cuentas de colores que se te antojó. Era muy llamativo.

—No hay nada de eso... era distinguidísimo... ¿qué entiendes tú de esas cosas?

—Yo, nada —respondía Lucía risueña.

—¡El traje de la sueca sí que sería bonito... crema y heliotropo! ¡me gusta la combinación!... ¡Pero qué escándalo está dando con Albares... un hombre casado! Buena necesidad que tendrán los dos de las aguas...

—Mujer, yo le oí decir a tu hermano que ella no le hace maldito el caso.

—¡Bah!, no parece sino que no están dando un cuarto al pregonero desde que llegaron. Albares es un tonto, forrado de lo mismo, que se muere por apariencias... El caso es que todo el mundo en Vichy habla de ellos.

Lucía se quedaba pensativa, fija la pupila en las canastillas de flores del parque, que parecían medallones de esmalte prendidos en una falda de raso verde. Formábanlas diversas variedades de colios; los del centro tenían hojas lanceoladas y brillantes, de un morado oscuro, rojo púrpura, rojo ladrillo, rojo de cresta de pavo, rojo rosa. Al borde, una hilera de ruinas de Italia destacaba sus medallitas azuladas sobre el verde campesino, gayo, húmedo, de la hierba. Los alerces y los pinos lárices formaban en algún rincón del parque un grupo nemoroso, suizo, dejando caer sus mil brazos desmadejados, hasta besar lánguidamente el suelo. Las catalpas, majestuosas, filtraban entre su claro follaje los últimos rayos del poniente, y manchillas movedizas y prolongadas de oro danzaban a trechos sobre la fina arena de la avenida. Era un recogimiento de iglesia, impregnado de misterio, un silencio grave, poético, solemne, y parecía sacrilegio turbarlo con una frase o un ademán.

Los paseantes comenzaban a retirarse, y el leve crujido de la arena revelaba sus pasos lejanos. Pero ambas amigas acostumbraban, como suele decirse, llevarse las llaves del parque, porque justamente a la puesta del Sol era cuando Lucía lo encontraba más hermoso, en aquella melancólica estación otoñal. Bajos ya y moribundos los rayos solares, caían casi horizontalmente sobre los pradillos de hierba, inflamándolos en tonos ardientes como de oro en fusión. Los oscuros conos del alerce cortaban este océano de luz, en el cual se prolongaban sus sombras. Deshojábanse los plátanos y castaños de Indias, y de cuando en cuando caía, con golpe seco y mate, algún erizo, que, abriéndose, dejaba rodar la reluciente castaña. En las grandes canastillas, que se destacaban sobre el fondo de césped, las pálidas eglantinas, a la menor brisa otoñal, soltaban sus frágiles pétalos, las verbenas se arrastraban lánguidas, como cansadas de vivir, descomponiendo con sus caprichosos tallos la forma oval del macizo; los ageratos se erguían, todos llovidos de estrellas azules y los peregrinos colios lucían sus exóticos matices, sus coloraciones metálicas y sus hojas atigradas, semejantes a escamas de reptil, ya blancas con manchas negras, ya verdes con vetas carne, ya amaranto oscuro cebradas de rosa cobrizo. Profundo estremecimiento, precursor del invierno, atravesaba por la Naturaleza toda, y dijérase que antes de morir, quería vestirse sus más ricas galas: así la viña virgen tenía tan espléndido traje de púrpura, y el álamo blanco elevaba con tal coquetería el penacho de cándidos airones de su copa; así la coralina se adornaba con innumerables sartas y zarcillos de sangriento coral, y las cinias recorrían toda la escala de los colores vivos con sus festoneadas enaguas. El maíz listado sacudía su brial de seda verde y blanca a rayas, con melodioso susurro, y allá en las lindes de la pradera bañada por el Sol, unos arbolillos tiernos inclinaban su joven copa. De tal suerte mullían las hojas secas el piso de las calles, que se enterraba Lucía hasta el tobillo, con placer. El roce de su traje producía en ellas un ruido continuo, rápido, parecido a la respiración jadeante de alguien que la siguiera; y presa de pueril temor, volvía a veces el rostro atrás, riéndose al convencerse de su ilusión. Hojas había muy diferentes entre sí: unas, oscuras, en descomposición, vueltas ya casi mantillo: otras secas, quebradizas, encogidas; otras amarillas, o aun algo verdosas, húmedas todavía, con los jugos del tronco que las sustentara. Hacíase la alfombra más tupida al acercarse a los parajes sombríos del borde del estanque, cuya superficie rielaba como cristal ondulado, estremeciéndose al leve paso del aura vespertina, y rizándose en mil ondas chiquitas en choque continuo las unas con las otras.

Grandes sauces se inclinaban, llorosos y desconsolados, hacia el agua, que reproducía el blando columpiar de las ramas trémulas, entre las cuales se veía el disco del Sol, y sus rayos, concentrados por aquella especie de cámara oscura, herían la pupila como saetas. En un remanso del estanque, enorme macizo de malangas ostentaba su vegetación exuberante y tropical, y sus gigantescas hojas, abiertas como abanicos de tafetán verde, se mantenían inmóviles. Cisnes, patos y ánades bogaban, aquéllos con su acostumbrada fantástica suavidad, balanceando el largo cuello, éstos graznando desapaciblemente, todos con rumbo a la orilla apenas Lucía y Pilar se acercaban —en demanda de mendrugos de pan, que engullían atragantándose y alzando al aire la cola—. La isleta y el pino que en ella crecía lanzaban a la superficie del estanque misteriosa sombra. Un haz de cañas se elevaba esbelto, y a su lado, las agudas poas sacudían su escobillón de terciopelo castaño.

Regalada frescura subía del agua. Era la nota característica del paisaje, dulce melancolía, blando adormecimiento, el reposo de la madre Naturaleza cuando, fatigada de la continua gestación del estío, se prepara al sopor invernal. Lucía había dejado de ser niña; los objetos exteriores le hablaban ya elocuentemente, y comenzaba a escucharlos; el parque la sumía en vaga contemplación. Su alma parecía desasirse del cuerpo, como se desase del tronco la hoja, y vagar como ella sin objeto ni dirección, entregada a la delicia del anonadamiento, al dulzor de no sentirse existir. ¡Y cuán grata debía de ser la muerte, si parecida a la de las hojas; la muerte por desprendimiento, sin violencia, representando el paso a más bellas comarcas, el cumplimiento de algún anhelo inexplicable, oculto, allá, en el fondo de su ser! Cuando tales ideas en tropel se le venían a la mente, un pajarillo descendía de un árbol, y oíase el batir de sus alas en el aire. Andaba algún tiempo a brincos por las calles de arena rebotando en las hojas secas; al acercársele Lucía daba de pronto un voleteo yendo a posarse en la cima más alta de las acacias rumorosas.

X

Solía la voz de la anémica romper el encanto. —Eh, chica... ¿en qué estarás tú pensando? ¡Qué románticas son estas niñas criadas en provincia! Los ojos agudos y perspicaces de Pilar se clavaban, al decir esto, en la fisonomía de Lucía, descubriendo en ella una sombra leve, una especie de veladura parda desde la frente y las sienes a las ojeras, y cierto hundimiento en las comisuras de la boca. Su curiosidad enfermiza se despertaba, infundiéndole deseos de disecar, por solaz y pasatiempo, aquel corazón. Habíale dicho la infalible penetración mujeril muchas cosas, e incapaz de contentarse con la adivinación discreta, quería la confidencia. Era una emoción más que se brindaba a sí propia en el curso de la estación termal.

—¡Qué sé yo en qué pensaba! En nada —contestaba Lucía apelando al expediente más vulgar y siempre más socorrido.

—Pues parece a veces que estás tristona, monísima... y no sé de qué; porque estás precisamente en lo más bonito de la Luna de miel... ¡Cáspita! ¡Quién como tú! Miranda es muy agradable; tiene tan buen trato, se presenta tan bien...

—Eso sí, muy bien —repitió como un eco Lucía.

—Y está chocho por ti... ¡Vaya! ¡si eso se ve! Él anda por allí mucho con mi hermano... Pero chica, ¿qué quieres? Así son todos los hombres... El caso es que mientras están con una gasten buen humor y le hablen con cierto mimo... Y que no sean celosos... No, Miranda eso sí que lo tiene de bueno: celoso, no es.

Pusose Lucía color de brasa, y bajándose, cogió un puñado de hojas secas, maniobra que le sirvió para disimular su confusión. Después se entretuvo en reducirlas a polvo entre el índice y el pulgar, soplando para aventarlo más presto.

—Y cuidado —prosiguió Pilar— que otro en su caso... No, mira, si yo fuese hombre, no sé lo que hubiera hecho... eso de que un caballero acompañase a mi novia tantos días... así, mano a mano... y precisamente cuando...

A este golpe directo y brutal, alzó Lucía la frente, y posó en su amiga la mirada cándida, pero digna y aun severa, que a veces solía chispear en sus ojos. Pilar, diestra en táctica, retrocedió para saltar mejor.

—Es verdad que conociéndote a ti... y a él, cualquiera sería tan confiado como Miranda... Tú, ya se sabe, una santita, un angelín de retablo... y él... él es un caballero chapado a la antigua, a pesar de sus manías... más fama tiene que el Cid. ¡Ya viene de atrás! Yo le conozco mucho, hace tiempo —aseveró Pilar, que como todas las jóvenes de la clase media introducidas en la buena sociedad, tenía prurito de conocer al mundo entero.

—¿Tú... le conoces hace tiempo? —murmuró Lucía, subyugada y ofreciendo a la anémica el brazo para que se apoyase.

—Sí, mujer. Va cada año a Madrid, a veces por todo el invierno, pero generalmente un mes o dos de primavera. De sociedad gusta poco; le convidaron a algunas casas, porque parece que su padre, el cabecilla, era una persona distinguida de las Provincias, y está emparentado con los Puenteancha, y con los Mijares, que son Urbietas de apellido... pero se vendía tan caro, que en todas partes se andaban pereciendo por tenerle... Una vez, porque bailó un rigodón en casa de Puenteancha con Isabelita Novelda, hubo broma toda la noche... le dijeron que ya podía domar osos y tomar a Plewna sin artillería... Isabelita estaba más hueca que... y luego resultó que era que la Puenteancha se lo había pedido por favor, y él le había contestado: bueno, bailaré con la primera que encuentre... encontró a Isabelita, y zas, la invitó... Cuando se supo, ¡figúrate la tontuela de Isabelita qué cara pondría! Ella que estaba persuadida de haber hecho una conquista... se le alargó la nariz más de lo que la tiene, que no es poco... ¡ja, ja!...

La risa de la anémica se volvió tos, una tosecilla que le rascaba la garganta y la sofocaba, obligándola a sentarse en un banco rústico de los muchos que en el parque había. Lucía le dio blandos golpecitos en las espaldillas, y permaneció silenciosa, no queriendo pronunciar palabra que torciese el giro de la conversación. Sus ojos interrogaban.

—Ej... ej... te aseguro que fue un chasco famoso... —continuó Pilar calmándose—. A la Noveldita le vendrían de perlas los cientos de miles de francos que el padre reunió para el hijo... pero ¡dicen que no le gustan las mujeres!

—No le gustan... —repitió Lucía, como si aquel pronombre no pudiera aplicarse sino a una persona sobreentendida, pero no nombrada.

—Añaden que, eso sí, es un hijo como pocos... a su madre la trae en palmas. Ella cuentan que es una señora muy fina, de la aristocracia francesa... muy delicaducha de salud, y aun creo que allá en sus juventudes...

La anémica se apoyó el índice en la frente, con expresivo ademán.

—Parece que el padre quiso que el chico fuese español, y trajo a su mujer a dar a luz a Ondarroa, de donde es él... le hicieron hablar castellano siempre y vascongado con su ama de cría... me lo ha contado Paco Mijares, que como es pariente suyo, sabe todo eso...

Lucía se bebía con avidez aquellas palabras y aquellos detalles nada importantes en sí.

—Tiene extravagancias y caprichos muy particulares... Hubo un tiempo en que se le antojó trabajar, y entró en una casa de comercio... Después estudió medicina y cirugía, y tengo entendido que deja tamañitos a Rubio y a Camisón... En Madrid se iba a los hospitales, por gusto, a estudiar... En la guerra hizo lo mismo. ¿Sabes tú dónde me lo encontraba yo a veces en Madrid? Pues en el Retiro, mirando al estanque grande fijamente... ¿Qué tienes, chica?

Lucía, con los ojos cerrados, mortecina la color, se recostaba en el tronco del plátano que sombreaba el banco. Cuando abrió los párpados, la sombra de sus sienes era más marcada, y su mirar vago, como de persona que vuelve en sí de un síncope.

—No sé... Es que a veces parece que me quedo así, sin sentido... Es como si me arrancasen el estómago —balbució.

—«Ciertos son los toros» —pensó Pilar—; «¡bien madruga la bendición de Dios!» —añadió para sí, descaradamente.

La noche se venía a más andar, un soplo helado movió el follaje; las dos damas se abrocharon, estremeciéndose, sus abriguillos de paño café con leche, a tiempo que dos bultos negros se destacaban al fin de la avenida. Eran Miranda y Perico, que se asombraron de hallarlas allí tan tarde.

—¡Bonito modo, bonito modo de curarse! ¡Demonios! ¡Si no coges una pulmonía, una pulmonía como para ti sola! Anda, loca, vente, vente.

Levantose Pilar, decaída, muriéndose, y fue a cogerse del brazo de Miranda. Perico ofreció el suyo a Lucía, cuya robustez se había sobrepuesto ya el desfallecimiento momentáneo.

—Dudo que pueda mañana beber las aguas —dijo Lucía a su acompañante—. Estuvo hoy algo excitada... y ahora viene la reacción de cansancio...

—¿A que resucita, a que resucita si la dejo ir al Casino?

—¡Ay, Periquillo del alma! —gritó la anémica, que con su fino oído no perdía palabra—. ¿Me dejas, eh? ¿Qué daño me ha de hacer eso? Ande usted, Miranda, interceda usted por mí.

—Hombre, alguna vez... Puede que le sirva de alivio, distrayéndola.

—No haga usted caso, Gonzalvo... Dice el señor Duhamel que no... ¿quién lo sabrá mejor, el médico o ella?

—¿Y usted? —pronunció Perico, con unos asomos de galantería a que le incitaban el anochecer, el marido caminando delante y sus inveteradas malas mañas—. Y usted, joven y bonita como es, ¿por qué no viene al Casino? Esas galas que se mueren de risa, de risa, en los baúles mundos, estarían mejor luciéndose allí... Vamos, anímese usted, anímese usted, y yo la traeré un ramo de camelias como el que tenía anoche la sueca.

—No quiero eclipsar a la sueca —exclamó risueña Lucía—. ¿Qué será de ella si me presento yo?

—Pues aunque lo diga usted de guasa, de guasa, es la pura verdad... —y Perico bajaba traidoramente la voz—. Vale usted por diez suecas... —y en tono más alto añadió— si Juanito Albares no hiciese tanta majadería, maldito si nadie se acordaba, se acordaba de ella...

Juanito Albares, como le llamaba amistosamente Perico, era duque, grande de España dos o tres veces, marqués y conde no sé cuántas; dato que es muy digno de ser tenido en cuenta por los biógrafos del elegante Gonzalvo.

—¿Dónde tiene usted los ojos, hombre? —exclamó Lucía con su franqueza castellana—. ¡Valor se necesita para decir eso!, es hermosísima la sueca; en cualquier parte, emboba a la gente. Más blanca es que la leche, y luego unos ojos...

—No te fíes de blancuras —intervino Pilar—. Habiendo en el mundo toalla de Venus y blanco de Paros... Es demasiado mujerona.

—Demasiado alta —afirmó Perico como el zorro de las uvas.

—Pierda usted cuidado —decía bajito Miranda a Pilar—. Conquistaremos a ese hermano fiero, e irá usted una noche al Casino: ¡no faltaba otra cosa! ¿Se había usted de marchar de Vichy sin ver el teatro, y sin asistir al concierto? Eso sería inaudito.

—¡Ay, Miranda! usted es mi ángel salvador. Si no hay otro medio de lograrlo, nos escapamos usted y yo una noche... un rapto... hay que hacer como en las novelas... traerá usted un corcel, me subiré a la grupa, y, ¡hala!, que nos pillen... encerramos con llave primero a Perico y a Lucía, y allí se quedan haciendo penitencia... ¿eh? ¿Qué le parece a usted?

Cuando llegaron ante la verja del chalet, cuyos mecheros de gas brillaban ya entre la sombra de los árboles, Miranda dijo para sí:

—Ésta es más entretenida que mi mujer. Al menos dice algo, aunque sean tonterías, y está de buen humor, a pesar de que tiene medio pulmón sabe Dios cómo...

—Esta chica es más sosa que el agua, que el agua —pensó a su vez Perico al separarse de Lucía.

Ínterin llegaba el esperado día de asistir a la fiesta nocturna, Pilar se acostumbró a pasar un par de horas en el salón de Damas del Casino, de una a tres de la tarde generalmente. Es el salón de Damas un atractivo más del hermoso edificio donde se reconcentra la animación termal; allí las señoras abonadas al Casino pueden refugiarse, sin temor a invasiones masculinas; allí están en su casa, y son reinas absolutas, tocan el piano, bordan, charlan, y a veces se deslizan hasta el lujo de un sorbete o de alguna confitura o bombón que roen con igual deleite que si fuesen ratoncillos sueltos en un armario de golosinas. Es un harén de moras civilizadas, un gineceo no oculto en la pudorosa sombra del hogar, sino descaradamente implantado en el sitio más público que darse puede. Allí concurrían y se congregaban todos los astros hembras del firmamento de Vichy, y allí encontraba Pilar reunida a la escasa, pero brillante colonia hispano americana; las de Amézaga, Luisa Natal, la condesa de Monteros: y se formaba una especie de núcleo español, si no el más numeroso, tampoco el menos animado y alegre. Mientras alguna rubia inglesa ejecutaba en el piano trozos de música clásica, y las francesas asían de los cabellos la ocasión de lucir primorosas labores de cañamazo, dando en ellas tres puntos por hora, las españolas, más francas, aceptaban la holgazanería completa, dedicándose a hablar y a manejar el abanico. Una magnífica esfera geográfica, colocada al extremo del salón, parecía preguntarse cuál era su objeto y destino en semejante lugar; y en cambio, los retratos de las dos hermanas de Luis XVI, Victoria y Adelaida, damas tradicionales de Vichy, sonreían, empolvada la cabellera, rosadas y benévolas, presidiendo el certamen de frivolidad continua celebrado a honra suya. Eran murmullos como de voleteos de pájaros en pajarera, ruido de risitas semejante a sartas de perlas que caen desgranándose en una copa de cristal, sedoso crujir de países de abanico, estallido seco de varillajes, ruedecillas de sillón que un punto corrían sobre el encerado piso, ruge-ruge de faldas, que parecía estridor de alitas de insecto. Embalsamaban la atmósfera leves auras de gardenia, de vinagre de tocador, de sal inglesa, de perfumería Rimmel. No se veían sino dijes y prendas graciosas abandonadas sobre sillas y mesas; sombrillas largas, de seda, muy recamadas de cordoncillo de oro; cabás y estuches de labor, ya de cuero de Rusia, ya de paja con moños y borlas de estambre; aquí un chal de encaje, allí un pañuelo de batista; acá un ramo de flores que agoniza exhalando su esencia más deliciosa; acullá un velito de moteado tul, y encima las horquillas que sirven para prenderle... El grupo de españolas, capitaneado por Lola Amézaga, que era muy resuelta, tenía cierta independencia e intimidad, bien distinta de la reserva secatona de las inglesas: y aún entre ambos bandos se advertía disimulada hostilidad y recíproco desdén.

De mucha diversión había servido a las españolas ver cómo las inglesas sacaban muy formales un periódico, tamaño como la sábana santa, del bolsillo, y se lo leían de la cruz a la fecha.

No había podido obtener Pilar que Lucía la acompañase al salón de Damas; cortedad y encogimiento de niña educada en provincia se lo vedaban, haciéndole temer más que al fuego a aquellas mujeres curiosas que examinarían su tocado como el diestro confesor los repliegues de la conciencia del penitente. Pilar, en cambio, estaba allí en su elemento y esfera natural. Su voz algo aflautada solo rendía el pabellón ante el ceceo cubano de la Amézaga capitana.

Oigamos el concertante.

—Pues éste lo compré hoy —decía Lola remangando desenfadadamente la manga de su vestido de muselina rosa con lazos de raso granate oscuro, y enseñando un brazalete de cuyo aro pendía un cochinillo retorcido de rabo y potente de lomo, ejecutado en fino esmalte.

—Yo lo tengo en imperdible —añadía Amalia Amézaga, señalando a otro marrano no menos lucio, que hozaba entre los encajes de su corbata.

—¡Válgame Dios! ¡qué moda más fea! —exclamaba Luisa Natal, hermosura próxima al ocaso, y muy atenta a no usar perifollo alguno que su belleza no realzase—. Yo no me pondría semejantes bichos; ¡se acuerda uno del mondongo! ¿verdad, condesa?

Hizo un signo aprobativo la condesa de Monteros, española rancia, devota y un tanto severa.

—Yo no sé qué van a inventar ya —pronunció reposadamente—. He visto en esas tiendas elefantes, lagartos, ranas y sapos, y hasta arañas; en fin, los animalejos más asquerosos en adornos de señoritas. En mis juventudes no nos pagábamos de tales extravagancias; buenos brillantes, bonitas perlas, algún corazón de rubíes... ¡ah! también usábamos los camafeos; pero era un capricho precioso... se grababa en ellos el retrato de uno mismo... o alguna virgen, algún santo.

Reinó breve silencio; las Amézagas no se atrevían a replicar, subyugadas por el señorío de aquella autorizadísima voz.

—Mire usted, condesa —dijo Pilar al cabo, satisfecha de hallar un motivo para desesperar a las Amézagas—, lo bonito, es ese agujón de Luisa.

Luisa sacó de su moño el clavo de oro, con cabeza de amatista, constelada de diamantes chiquititos.

—Otro igual tenía ayer la sueca —explicó al ponerlo en manos de la condesa—. Llevaba todo el juego: pendientes, collar de bolas de amatista y el agujón. Reguapísima que estaba la mujer con eso y el traje heliotropo.

—¿Ayer de noche? —preguntó Pilar.

—Sí, en el teatro. El otro, penado y muerto como de costumbre... a las diez hizo su entrada en el palco, presentándole el ramo consabido de camelias y azaleas blancas... dicen que le cuesta sus setenta franquillos por noche... Es un aditamento regular al coste de la pensión en el hotel...

—Ese sobrino mío no tiene vergüenza ni decoro —afirmó gravemente la condesa de Monteros.

—¡Un hombre casado! —dijo Luisa Natal, que hacía excelente menaje con su marido, ciego cumplidor de todos los caprichos de su mitad.

—¿Y se sabe por fin si la sueca es hija o mujer de ese barón de... de... nunca puedo acordarme de su nombre... vamos, de ese viejo que anda con ella? —interrogó la condesa, entrando por fin en la corriente de curiosidad que la arrastraba, a pesar de su digna actitud.

—¿De Holdteufel? —pronunció con acento cantarín Amalia Amézaga—. ¡Bah, quién lo puede averiguar!, pero según la libertad que le deja, más parece su esposo que su padre.

—Se necesita descaro —prosiguió con discreta y risueña indignación Luisa Natal—, para ser así la comidilla de todo el mundo...

—¡Toma! —dijo la voz de flauta de Pilar—. Pues eso quiere él, ¿qué se creían ustedes?; el toque y el gustazo están en dar que hablar.

—Siempre fue Juanito así, muy farfantoncillo —murmuró la condesa enternecida al recordar a su sobrino, cuando hecho un diablo traviesísimo de diez años, iba a su casa a darle jaqueca pidiendo mil chucherías.

—Hasta anteayer...

El grupo se estrechó: acercáronse unos a otros los sillones, y por un instante se oyó el cadencioso chirriar de las ruedas sobre el piso.

—Anteayer... —siguió Amalia Amézaga en tono algo más bajo— fue ésta al tiro de pistola...

—¿Tiras ahora? —preguntaron a un tiempo Pilar y Luisa Natal.

—Un poco... por distraerme... —Y Lola se atusó el negro flequillo, cortado recto a un dedo de distancia de las cejas, que la asemejaba a un paje de la Edad Media, realzando su cara descolorida de hija de los trópicos y sus grandes ojos, infantiles, pero de niño malicioso y precoz.

—Pues... —siguió Amalia, viéndose religiosamente escuchada— allí estaban Jiménez y el marquesito de Cañahejas, y Monsieur Anatole... y todos leían y comentaban un suelto del *Fígaro*, en que se refería la sensación causada en una de las estaciones termales más elegantes de Francia y de Europa, por el loco amor de un magnate español a una dama sueca...

—Pone iniciales no más —agregó Lola—; pero es claro como la luz... Y dice, por más señas: «ce digne petit fils du Comte d'Almaviva se ruine en fleurs...»

Un coro de risas sofocadas brotó del círculo. Lola sabía decir las cosas con cierto ceceo y cierto parpadeo, que las mejoraba en tercio y quinto.

—¿Y ella, qué tal, se ablanda? —preguntó Pilar.

—¿Ella? —repuso Lola—. ¡Ah!, todas las noches, al recibir el ramo, le contesta lo mismo, invariablemente: Jrasiás, señor duque, trop amable.

Redoblaron las carcajadas. Hasta la condesa se sonreía, con el abanico abierto delante por decoro.

—¡Chist! —pronunció Luisa Natal—. ¡Ahí viene!

—¡La sueca! —exclamó Pilar.

Todas volvieron el rostro, en extremo conmovidas. La puerta del salón de Damas se abría solemnemente; un elegante y correcto anciano, con blancas patillas y delicadamente afeitado el resto de la faz, se quedó en el umbral en diplomática postura; una mujer alta y gallarda penetró en el recinto; acrecentaba su clásica beldad el negro traje de tafetán, muy ceñido y golpeado de azabache; sobre su frente de diosa, el sombrero de tul con espigas de oro, parecía mitológica diadema; era su andar noble y soberano, y sin cuidarse de saludar a nadie, se fue hacia el piano, vacante a la sazón, y sentándose, comenzó a interpretar magistralmente unas mazurcas de Chopín. La postura patentizaba lo brioso de su talle, los largos y tornátiles brazos, las caderas, los omoplatos que, a cada pulsación de la blanca mano, se dibujaban vigorosamente bajo el ajustado corpiño.

—¿No es cierto —dijo por lo bajo Pilar a Luisa Natal— que si Lucía Miranda se vistiese como ella, se parecerían algo, así en las formas?

—¡Bah! —murmuró Luisa Natal—, la Mirandita no tiene pizca de chic.

Brotó entonces del grupo de inglesas ese enérgico silbido que en todos los idiomas significa: «¡Silencio!: cállense ustedes, y oigan, o dejen oír siquiera.» Las españolas se dieron al codo, y prosiguieron impertérritas con sus cuchicheos.

—¿No veis aquello? —decía Lola Amézaga.

—¿El qué... el qué... el qué? —preguntaron todas.

—¿Qué ha de ser?, Albares. Allí, allí, en los vidrios... Con disimulo... que no lo note...

Por la parte de las vidrieras, que caían a la azotea del Casino, veíase, en efecto, un rostro de pisaverde, imberbe casi, destacándose entre la blancura de porcelana de primorosa camisa y nívea corbata de batista, cuyo triángulo cerraba una de esas ágatas llamadas ojo de gato, a que dio tan fabuloso valor el capricho de los elegantes de dos o tres años acá. Traje de mañana de un gris humo suave y exquisito, hongo de finísimo castor, una flor de gardenia en el ojal, guantes de gamuza flamantitos, tal era el atavío del indiscreto que así registraba el salón de Damas. Advertíase en su tipo mezcla singular de debilidad y fuerza, cuerpo de sietemesino y músculos de Hércules. La gimnasia, la esgrima, la equitación, la caza, debían haber endurecido aquel organismo que la Naturaleza hiciera endeble, enteco casi. La estatura era corta; los miembros delicados y femeniles; pero la musculatura, de acero. Conocíase esto en el modo de caerle la ropa, en no sé qué corte viril de las rodillas y los hombros; además, se traslucía en aquel hombre la altiva superioridad que dan juntamente la riqueza, el nacimiento y el hábito de ser obedecido.

Mas si esperaba el duque algún fruto de acechar así por los cristales, cayole la pascua en viernes, porque la sueca, después de haber tocado con gran sosiego y maestría hasta media docena de mazurcas, se levantó con no menor majestad de la desplegada al entrar, y sin volver el rostro, tomó hacia la puerta. Ésta se abrió como por obra de un conjuro, y el diplomático de blancas patillas se presentó afable y serio, ofreciendo el brazo. Fue una salida de reina, *très réussie*, como decían en el grupo de francesas.

—¡Parece la princesa Micomicona! —dijo Lola Amézaga, que aquella mañana no se había pasado menos de dos horas al espejo, ensayando el regio modo de andar de la sueca.

—¡Qué empaque! —observó Luisa Natal—. No, buena moza, ya lo es. ¡Cuidado con el talle! ¡Y qué manos! ¿No se las habéis reparado?

—Yo la miro poco —contestó Pilar—. No le doy ese plato de gusto. Solo adopta esos ademanes teatrales para llamar la atención!

—¡Fresco se ha quedado Albares! —exclamó Amalia—. ¡Ella ni se enteró de que estaba ahí!

Todas se volvieron a mirar hacia las vidrieras. Ya no se hallaba allí el duque.

—Ahora se habrá ido escapado a intentar verla en el Parque. ¿Vamos a convencernos?

—Sí, vamos, vamos; la escena será chistosa.

Levantáronse, y recogieron aprisa abanicos, sombrillas y velos, precipitándose hacia la puerta.

—Eh, iseñoritas! —decía la condesa de Monteros—. No corran ustedes tanto, yo no soy tan joven como ustedes, y voy a quedarme atrás. A fe —añadía entre dientes— que cuando le eche la vista encima a mi señor sobrino, le espeto lo que viene al caso, por matar así a disgustos a aquella pobre *Matilde* que es un ángel.

Mientras se solazaba Pilar de manera tan conforme a sus inclinaciones, aguardábala Lucía en el balcón del chalet. A aquella hora, nadie estaba en casa, ni Miranda, ni Perico; el Casino se los había tragado a todos. Apenas cruzaba un transeúnte por la retirada calle. Solo se oía, entre el silencio, el estridor monótono de la máquina de coser que la hija de la conserje manejaba. En el jardín, las rosas, embriagadas del calor bebido durante la mañana entera, se deshacían en perfumes; hasta las frías rosas blancas tenían matices rancios, como de carne pálida, pero carne al fin. De todo el coro de aromas se formaba uno solo, penetrante, fortísimo, que se subía a la cabeza, como si fuera la fragancia de una rosa no más, pero rosa enorme, encendida, que exhalaba de su boca de púrpura hálito fascinador y mortal. Lucía empezaba por coser, al sentarse; pero al cuarto de hora la almohadilla se caía de su regazo, escapábasele el dedal del dedo, y vagarosa la pupila, permanecía con los ojos fijos en los macizos de rosales, hasta que al fin sus párpados se cerraban, y recostando la frente en las ramas que tapizaban el balcón, abandonábase a la delicia de aquella atmósfera embalsamada, sin oír, sin ver, respirando no más. Dos meses antes, no hubiera podido estarse quieta media hora; los jardines la convidaban a correr. Ahora, por el contrario, la incitaban a dejarse estar así, inmóvil, y anonadada, como el güebro ante el Sol.

Una tarde, Pilar, al volver de su club, la halló como nunca pensativa.

—Tonta —le dijo— ¿en qué cavilas? Si vinieses al Casino, te divertirías mucho.

—Pilarcita —murmuró Lucía echándole al cuello los brazos—, ¿me guardarás un secreto si te lo digo?

Encendiéronse los ojos de la anémica.

—¡Pues no! Desahoga ese corazón, mujer... Entre nosotras, ¿verdad?, todo puede contarse... Yo he visto tantas cosas... nada me sorprende...

—Escucha... —dijo Lucía—. Quisiera saber, a toda costa, cómo sigue la madre del señor don Ignacio Artegui.

Retrocedió Pilar desorientada; y riéndose enseguida con su cínico reír, exclamó:

—¿No es más que eso? ¡Vaya un secreto! ¡Gran puñado son tres moscas!

—Por Dios —suplicó apurada Lucía—, que a nadie se lo indiques... Yo me muero por saberlo, pero si se entera... alguien... Miranda, o así...

—¡Eh! boba, yo lo sabré pronto, y sin informar a nadie... Tengo mil medios de averiguarlo... Te prometo que saldrás de la curiosidad...

Pilar dio dos o tres golpecitos en la barbilla a Lucía, que estaba grave y aun algo confusa.

—¿Paseamos hoy, señora enfermera? —interrogó la anémica.

—Sí, y beberás leche en Vesse. Pero coge otro traje de más abrigo, por Dios: eres capaz de resfriarte... ¿No has notado qué bien huelen las rosas? En León apenas las hay: me acuerdo de que las que podía coger se las ponía todas a la Purísima que tengo en mi cuarto.

XI

Era el Casino para Perico y Miranda, como para todos los ociosos de la colonia, casa y hogar durante la temporada termal. En conjunto el gran edificio se asemejaba a un concierto de voces que convidasen a la existencia rápida y fácil de nuestro siglo. El espacioso peristilo, la fachada principal con su vasta azotea, su jardinete reservado, donde vegetan en graciosas canastillas exóticas plantas, y sus ricos y caprichosos adornos renacientes de blanquísima sillería; las altas columnas de bruñido pórfido que el interior sustentan; las muelles butacas y los anchos divanes; los cupidillos traviesos (símbolo artístico de efímeros amores que suelen vivir el espacio de una quincena de aguas) que corren por la cornisa del gran salón de baile, o revolotean en el azul de los anchos recuadros del teatro; el oro prodigado en toques hábiles, como puntos de luz, o en luengos listones, como rayos de Sol; las grandes ventanas de límpidos cristales, todo, en suma, ayudaba a la fantasía a representarse un templo ateniense, corregido y aumentado con los beneficios y goces de la civilización actual. Quien mirase el Casino por su fachada sur, podía ver desde luego el numen que allí recibía culto y sacrificios: la Ninfa de las aguas, inclinando la urna con graciosa actitud, mientras salen a sus pies de entre un cañaveral dos amorcillos, y uno de ellos, alzando una valva, recoge la sacra linfa que de la urna copiosamente fluye. Sacerdotes y flamines del templo de la Ninfa son los mozos del Casino, que a la menor señal, a un movimiento de labios, acuden tácitos y prontos con lo que se desea: cigarros, periódicos, papel, refrescos, hasta las aguas, que traen a escape, en un tanque vuelto boca abajo sobre un plato, a fin de que no pierdan su preciosa temperatura ni sus gases.

Prefería Miranda el salón de lectura, donde hallaba cantidad de periódicos españoles, incluso el órgano de Colmenar, que leía dándose tono de hombre político. A Perico se le encontraba con más frecuencia en otro departamento tétrico como una espelunca, las paredes color de avellana tostada, los cortinajes gris sucio con franjas rojas, donde una hilera de bancos de gutapercha moteada hacía frente a otra hilera de mesas, cubiertas con el sacramental, melodramático y resobadísimo tapete verde. Así como la marea al retirarse va dejando en la playa orlas paralelas de algas, así se advertían en los respaldos de los bancos de gutapercha roja series de capas de mugre, depositadas por la cabeza y espaldas de los jugadores, señales que iban en aumento desde el primer banco hasta el último, conforme se ascendía del inofensivo piquet al vertiginoso *écarté*, porque la hilera empezaba en el juego de sociedad, acabando en el de azar. Los bancos de la entrada estaban limpios, en comparación de los del fondo. Aquella pieza donde tan nefando culto se tributaba a la Ninfa de las aguas fue testigo de hartas proezas de Perico, que, por su semejanza con todas las de la misma laya, no merecen narrarse. Ni menos requiere ser descrito el espectáculo, caro a los novelistas, de las febriles peripecias que en torno de las mesas se sucedían. Tiene el juego en Vichy algo de la higiénica elegancia del pueblo todo, cuyos habitantes se complacen en repetir que en su villa nadie se levantó la tapa de los sesos por cuestión del tapete verde, como sucede en Mónaco a cada paso; de suerte que no se presta la sala del Casino a descripciones del género dramático espeluznante; allí el que pierde se mete las manos en los bolsillos, y sale mejor o peor humorado, según es de nervioso o linfático temperamento, pero convencido de la legalidad de su desplume, que le garantizan agentes de la Autoridad y comisionados de la Compañía arrendataria, presentes siempre para evitar fraudes, quimeras y otros lances, propios solamente de garitos de baja estofa, no de aquellas olímpicas regiones en que se talla calzados los guantes. Es de advertir que Perico, aun siendo de los que más ayudaban a engrasar y bruñir con la pomada de su pelo y el frote de sus lomos los bancos de gutapercha, no realizaba el tipo clásico del jugador que anda en estampas y aleluyas morales y edificantes. Cuando perdía, no le ocurrió jamás tirarse de los cabellos, blasfemar ni enseñar los puños a la bóveda celeste. Eso sí, él tomaba cuantas precauciones caben, a fin de no perder. Análogo es el juego a la guerra: dícese de ambos que los decide la suerte y el destino; pero harto saben los estratégicos consumados que una combinación a la vez instintiva y profunda, analítica y sintética, suele traerles atada de manos y pies la victoria. En una y otra lucha hay errores fatales de cálculo que en un segundo conducen al abismo, y en una y otra, si vencen de ordinario los hábiles, en ocasiones los osados lo arrollan todo y a su vez triunfan. Perico poseía a fondo la ciencia del juego, y además observaba atentamente el carácter de sus adversarios, método que rara vez deja de producir resultados felices. Hay personas que al jugar se enojan o aturden, y obran conforme al estado del ánimo, de tal manera, que es fácil sorprenderlas y dominarlas. Quizá la quisicosa indefinible que llaman vena, racha o cuarto de hora no es sino la superioridad de un hombre sereno y lúcido sobre muchos ebrios de emoción. En resumen: Perico, que tenía movimientos vivos y locuacidad inagotable, pero de hielo la cabeza, de tal suerte entendió las marchas y contramarchas, retiradas y avances de la empeñada acción que todos los días se libraba en el Casino, que después de varias fortunitas chicas, vino a caerle un fortunón, en forma de un mediano legajo de billetes de a mil francos, que se guardó apaciblemente en el bolsillo del chaleco, saliendo de allí con su paso y fisonomía de costumbre, y dejando al perdidoso dado a reflexionar en lo efímero de los bienes terrenales. Aconteció esto al otro día de aquel en que Lucía manifestara a Pilar tal interés por la salud de la madre de Artegui. Era Perico naturalmente desprendido, a menos que careciese de oro para sus diversiones, que entonces escatimaría un maravedí, y avisando a Pilar que estaba en el salón de Damas, reuniose con ella en la azotea, y le dijo dándole el brazo:

—Para que no salgas siempre con que no te compré nada en Vichy, anda, vente; te voy a hacer un regalo.

—¿Un regalo? —y Pilar abrió desmesuradamente los ojos.

—Un regalo, sí señor; no parece sino que es el primero. Pide por esa boca, por esa boca.

—¿Pero es de veras? ¡Qué rico de Pe-ri-co! —exclamó la anémica cantando—. ¿Me comprarás lo que se me antoje?

—Vamos a las tiendas —exclamó él, y echó a andar.

Pilar dudó buen rato, como los niños ante una bandeja de dulces diversos; por último se decidió, eligiendo dos gotitas de agua para las orejas, y un espejo portátil de oro cincelado, joya caprichosa y novísima, que se colgaba de la cintura y solo la sueca llevaba aún en Vichy. Al regresar a casa con sus compras, brillaban de tal suerte los ojos de la anémica y estaban sus mejillas tan encendidas, que Perico le dijo:

—El demonio sois las señoras mujeres. En dándoos un sonajero o un cascabel, un cascabel, os curáis de todos los males. Me río yo de la botica, de la botica. Ahora no te duele el estómago.

—Periquillo... ¡Eres tú la flor de la canela! Mira, estoy loca de contenta... y si quisieras... ¿eh? Di que sí.

—Si quisiese... ¿Se te antoja algo más? No, hijita, basta por hoy, basta.

—No, nada de compras... pero esta noche... quería ir al concierto a lucir el espejo... mira tú, ni las de Amézaga ni esa jamona de Luisa Natal lo tienen... ni sabían que en Vichy lo hubiese... van a quedarse de una pieza... anda, Periquín; que sí, ¿verdad? Una vez, hombre... anda.

Lucía pidió casi de rodillas a Pilar que renunciase al peligroso goce que anhelaba. Era precisamente la ocasión más crítica; Duhamel esperaba que la Naturaleza, ayudada por el método, venciese en la lucha, y acaso quince días de voluntad y tesón decidiesen el triunfo. Pero no hubo medio de persuadir a la anémica. Pasó el día en un acceso de fiebre registrando su guardarropa; al anochecer, salió del brazo de Miranda; llevaba un traje que hasta entonces no había usado por ligero y veraniego en demasía, una túnica de gasa blanca sembrada de claveles de todos colores; pendía de su cintura el espejillo; en sus orejas brillaban los solitarios, y detrás del rodete, con española gracia, ostentaba un haz de claveles. Así compuesta y encendida de calentura y vanidoso placer, parecía hasta hermosa, a despecho de sus pecas y de la pobreza de sus tejidos devastados por la anemia. Tuvo, pues, gran éxito en el Casino; puede decirse que compartió el cetro de la noche con la sueca y con el lord inglés estrafalario, del cual se contaba que tenía alfombrada con tapiz turco la cuadra de sus caballos y baldosado de piedra el salón de recibir. Gozosa y atendida, veía Pilar una fiesta de las *Mil y una noches* en el Casino constelado de innumerables mecheros de gas, en el aire tibio poblado con las armonías de la magnifica orquesta, en el salón de baile donde los amorcillos juguetones del techo se bañaban en el vaho dorado de las luces. Jiménez, el marquesito de Cañahejas y Monsieur Anatole, se disputaron el placer de bailar con ella. Miranda reclamó un rigodón, y para colmo de dicha y victoria, las Amézagas se reconcomían mirando de reojo el espejillo, dije que solo brillaba sobre dos faldas: la de Pilar y la de la sueca. Fue, en suma, uno de esos momentos únicos en la vida de una niña vanidosa, en que el orgullo halagado origina tan dulces impresiones, que casi emula otros goces más íntimos y profundos, eternamente ignotos para semejantes criaturas. Pilar bailó con todas sus parejas como si de cada una de ellas estuviese muy prendada; tanto brillaban sus ojos y tal expansión revelaba su actitud. Perico no pudo menos de decirle sotto voce:

—¿Bailas, eh? ¡Veremos mañana qué dice Duhamel!... Estará celestial, celestial. Mañana me escapo, me escapo. De fijo, revientas, revientas, revientas como un triquitraque.

—No lo creas. ¡Me siento tan bien! —exclamó ella bebiéndose un vaso de grosella que le presentaba el hispanófilo Monsieur Anatole.

A la mañana siguiente, cuando Lucía fue a despertar a Pilar, retrocedió tres pasos sin querer. Tenía la anémica la cabeza enterrada de un lado en las almohadas, y dormía con sueño inquieto y desigual; en las orejas, pálidas como la cera, resplandecían aún los solitarios, contrastando su blancura nítida con los matices terrosos de las mejillas y cuello. Rodeaba los ojos un círculo negro, como hecho al difumino. Los labios, apretados, parecían dos hojas de rosa seca. El conjunto era cadavérico. Por las sillas andaban dispersas prendas del traje de la víspera: los zapatos, de raso blanco, vueltos tacón arriba, estaban al pie del lecho; en el suelo había claveles y el nunca bien ponderado espejillo, causa inocente de tantos males, reposaba sobre la mesa de noche. Al tocar Lucía suavemente el hombro de la dormida, ésta se incorporó a medias, de un brinco; sus ojos, entreabiertos, tenían velada y sin brillo la córnea, como si los cubriese la telilla que se observa en los ojos de los animales muertos. Del lecho salía un vaho espeso y fétido; la anémica estaba bañada en copioso sudor.

No pudo levantarse, porque al poner el pie en el suelo le asaltó terrible frío, castañetearon los dientes, y hubo de arroparse otra vez, sintiendo que el sudor se le congelaba en los miembros. Además notó agudo y violento dolor de costado, en términos que para respirar le fue preciso volverse del lado izquierdo. Temblaba toda, como una vara verde, sin que cuantos abrigos le echaron encima fuesen parte a calentarla un poco.

De un brinco se trasladó Lucía al cuarto de su marido, que entre duerme y vela fumaba un cigarrillo de papel. A Miranda le sentaban bien las aguas: desaparecían los tonos marchitos de su piel, bajo la cual comenzaba a infiltrarse un poco de sangre y grasa, dándole esa frescura trasnochada, gala de las cincuentonas obesas que están todavía de buen ver. Tal era para Miranda el resultado físico: el moral era un anhelo de reposo y bienestar egoísta, esa regularidad del hábito, esa tiranía de la costumbre que se impone en la edad madura, y que mueve a tener como desdicha irreparable el que la comida o el sueño se retrasen media hora más de lo ordinario. El ex buen mozo quería descansar, vivir bien, cuidar de su salud preciosa, y llegar en suma al tipo respetable e importante de los clásicos Mirandas. Lucía entró como un huracán, y alterada y trémula, le dijo:

—Levántate... ve a ver si coges en casa al señor Duhamel... Pilar está malísima.

Miranda se incorporó.

—¡Claro que estará mala la grandísima loca! ¡Pues no bailó anoche como una descosida! ¡Bien empleado!

Lucía clavó en su marido los ojos atónitos.

—Ve pronto, pronto... —exclamó—. Está con un acceso de frío... se queja de dolor a un lado, y se le ha tomado la voz...

Miranda se levantó refunfuñando.

—No sé para qué tiene a su hermanito —murmuró al calzarse la botas—. Bien podía ir él.

—Díselo tú, si quieres —pronunció lentamente Lucía, preñados de lágrimas los ojos—. Yo no he de entrar a despertar a Gonzalvo. Así como así, ya ibas a levantarte para beber las aguas.

—Lo menos en tres cuartos de hora no había para qué. No parece sino que esa chica es la única que tiene aquí que cuidarse. También los demás padecemos y hemos de observar régimen. Hoy justamente estoy fatal...

Era hábito de Lucía interesarse mucho por la salud de Miranda, y preguntarle cada día esos pormenores que las madres exigen de sus hijos y que hastían a los indiferentes; pero en esta ocasión le volvió la espalda, y salió encaminándose a la cocina, donde pidió a la conserje una taza de tila, que ella misma subió a Pilar.

Duhamel frunció el ceño cuando hubo visto a la paciente. Lo que más le desagradó fue saber que en el baile había bebido dos o tres refrescos. Era Duhamel un vejezuelo chico y apergaminado, en quien la vida se refugiaba en los ojos relucientes y perspicaces. Pelicano y cejicano, lucía todos sus dientes, largos y rancios como teclas, con el frecuente sonreír.

Era en sus movimientos pronto y escurridizo cual las anguilas, y habiendo estado en el Brasil con una comisión científica, chapurreaba un poco el portugués brasileño, empeñándose en hacerlo pasar por español.

—Interrúmpase completamente el método termal, o tratamiento —dijo dirigiéndose exclusivamente a Lucía, a pesar de estar presente el hermano de la enferma, merced a ese instinto infalible de los médicos, que distinguen al punto la persona atenta a sus prescripciones e interesada en ejecutarlas—. Ha obrado mal la enferma, a doente, en romper así el régimen prescrito.

—Pero y ahora, ¿qué se le hace?

—Ensayaremos un revulsivo enérgico, *forte... E um retrocesso ao pulmao...* veremos de desviarlo... ¡Bon Deus! ¡bailar, y beber refrescos! Y ahora tenemos que luchar con el sudor... *O suor esgota-a.*

Pasaba este diálogo entre el doctor y Lucía, a distancia suficiente del lecho de la enferma, a fin de que no oyese palabra. Lucía se enteró muy al por menor de cuanto concernía a la asistencia, de las horas del alimento, de las precauciones que adoptar importaba. Después de aplicar a Pilar los medicamentos que el doctor dispuso, arregló el cuarto andando en la punta de los pies, puso cada cosa en su sitio, entornó las celosías y se instaló al lado de la cama, en una silleta baja de hacer labor. Pilar estaba muy agitada, y ardía de sed; a cada paso Lucía le llegaba a los labios el pistero de agua de goma, previamente templada en una estufilla. Por la tarde vino Duhamel, y se cercioró de que los revulsivos habían logrado aclarar un poco la voz de la enferma y facilitar su respiración congojosa. No obstante, la calentura era alta, el sudor se había suprimido. Ocho días duró la congestión pulmonar, y cuando Duhamel ordenó a Pilar levantarse, porque la cama acrecentaba el recargo y agotaba sus fuerzas, era aquella criatura un espectro; a los caracteres asaz tristes de la anemia, se unían ahora otros más alarmantes. Al vestirse, sus miembros no sostenían la ropa, que se escapaba del cuerpo como de un maniquí mal relleno. Ella misma se asustó, y en uno de los momentos lúcidos que suelen tener los atacados del terrible mal que ya la oprimía entre sus garras, pidió el espejillo famoso, y Lucía, por no contrariarla, se lo presentó de mala gana. Al fijar sus ojos en él, Pilar recordaba cómo se había visto la noche del baile, con sus claveles, su pelo artísticamente rizado, y la sonrisa de placer que le iluminaba el rostro. Fue tal el contraste entre lo pasado y lo presente, entre la cara de ocho días atrás y la de hoy, que Pilar, con rápido movimiento, arrojó al suelo el espejillo. Quebrose la clara Luna, y las cinceladuras finísimas del marco se abollaron al golpe.

Poco tardó, no obstante, en volver a apoderarse de ella la pertinaz ilusión que dulcemente lleva de la mano a los tísicos, vendados los ojos, hasta la puertas de la muerte. Eran tan patentes los síntomas del mal, que al verlos en otra cualquiera le hubiese extendido la papeleta mortuoria; y con todo eso, Pilar, animada y llena de planes, se creía sujeta únicamente a un resfriado tenaz que había de curarse poco a poco. Tenía tosecilla blanda y continua, expectoración pegajosa, sudores que la menor elevación de temperatura determinaba, y las perversiones del apetito se habían convertido en desgano horrible. Inútilmente la conserje del chalet lucía sus primores culinarios, ideando mil golosinas delicadas. Pilar lo miraba todo con igual repugnancia, especialmente los platos nutritivos. Comenzó entonces para las dos amigas una existencia valetudinaria. Lucía no se apartaba de Pilar, sacándola al balcón a respirar el fresco si hacía bueno, acompañándola si no en su cuarto, procurando entretenerla y hacerle menos tediosas las horas. Sentía ya la enferma esa impaciencia, ese deseo de mudar de aires y sitios que acosa generalmente a cuantos padecen su mal. Vichy se le hacía insoportable, y más desde que vio que la estación terminaba, que se vaciaba el Casino, que se marchaba la compañía de ópera y que emigraban las brillantes golondrinas de la moda. Las Amézagas vinieron a despedirse de ella y a darle el último mal rato de la temporada; a seguir a Lucía su inclinación, las recibiría en el saloncito bajo, disculpando a Pilar; pero ésta se empeñó en que subiesen a su aposento, y preciso fue ceder. Estaban las cubanitas triunfantes y radiantes porque se iban a París a hacer sus compras de invierno, y de allí a lucirlas en los primeros saraos madrileños y en el Retiro, y hablaban con el ceceo y melindre de los días de victoria.

—Sí, chica... ¿Quién resiste ya aquí? Esto se ha quedado de lo más tonto... ¡Vaya! Ni alma viviente... Sí, la krauss se fue; la contrataron en París... Un éxito la última noche de Mignon... Hay hoteles que ya se han cerrado... Como comprenderás, la soga tras el caldero... pues, en marchándose la sueca, ¿iba él a quedarse? Hasta Estocolmo irá... ¡No que no! ¿Pero no lo sabías? El día de la marcha le llenó el coche de ramos... todo un vagón-salón cubierto

de gardenias y camelias... ¿qué te parece? Ya representa algunos franquillos, ya... Luisa Natal... ¿adónde sino a Madrid?... ¡Ah! La condesa hace el
viaje deteniéndose en Lourdes... una semana lo menos piensa pasar allí... Sí,
Cañahejas va a un castillo de unos parientes de Monsieur Anatole, donde
cazarán hasta noviembre... ¿Jiménez? No sé, chica... Ése siempre anda en
misterios y tapujos... Dicen que si la Laurent, la soprano de la compañía...
Aquella bizca... No creo ni esto... Es un jactancioso, alabadizo sempiterno.

—Y tú, ¿te quedas, eh? —añadía Amalia uniendo su ceceo al de Lola—.
¿Hasta cuándo, chica...? Pero te vas a secar... ¡Esto es ahora un monasterio!
Si eso no vale nada... ¿qué importa un catarro?... Animarse... Este año tendrá
comedias la Puenteancha... la Monteros me lo dijo... Los Torreplana de Ar-
ganzón indicaron ya que recibirían los jueves... Tendremos en el Real a la
Patti y a Gayarre; ¡figúrate! Hemos escrito que nos abone, por si no llegamos
a tiempo...

—Yo voy a que Worth me haga dos o tres trajecitos... sencillos, porque no
siendo señora casada... Uno de patinar... ¡me muero por el Skating!... En la
Casa de Campo el año pasado... ¿te acuerdas, Amalia? Aquel día...

—¿Que dijo el rey que te habías lucido?... Sí, pues me acuerdo... ¡vaya!

Y la voz de ambas hermanas se fundió en un concierto de risitas de placer
y orgullo; ambas volvían a ver el estanque helado, los árboles cubiertos de
encajes de escarcha, la brumosa mañana, y la figura juvenil del rey, con su
rostro pálido de frío, su cuerpo esbelto, sus modales sueltos y elegantes, y
su sonrisa entre picaresca y cortés, al inclinarse para felicitar a la ágil pati-
nadora.

Dejó la visita a Pilar más impaciente, más calenturienta, más excitada que
nunca. Pilar se consumía; a toda costa quería salir de Vichy, volar, romper el
opaco capullo de la enfermedad y presentarse de nuevo, brillante mariposa,
en los círculos mundanos. Creía de buena fe poder hacerlo y contaba con
sus fuerzas. No menos que ella se impacientaban otras dos personas: Miranda y Perico. Perico, hecho a vivir en perenne divorcio consigo mismo, no
podía sufrir la soledad que le obligaba a reunirse a sí propio; y por lo que
toca a Miranda, terminada su temporada de aguas, notablemente restable-
cida su salud, parecíale que ya era hora de acogerse a cuarteles de invierno
y de gozar en paz los frutos de la medicación. Aburríale en extremo ver que

su mujer, por altos decretos señalada para cuidarle a él, se sustrajese en tal manera a su providencial misión, consagrando días y noches a una extraña, atacada de un mal penoso a la vista y quizá contagioso. Así es que insinuó a Lucía que era preciso partir y, dejarse allí a los Gonzalvos entregados a su triste suerte; como se deja en un naufragio a los que no caben en las lanchas. Pero contra todo lo que esperaba, halló en Lucía protesta calurosa y enérgica resistencia. Indemnizábase confesado aquel noble sentimiento, de todo lo que callaba hasta a sí misma.

—¡Sería preciso no tener corazón... no tener corazón! ¡Pobrecita Pilar de mi vida, bien quedaría, por cierto, con su hermano, que ni colocarle una almohada sabe! ¡Qué sería de ella! Pensarlo solo me espanta...

—Llamará a una hermana de la caridad... no será la primera —refunfuñó Miranda duramente.

—¡Qué pena... pobre criatura!... Eso es más cruel aún que dejarla morirse sola, como un perro.

—Pues lo que es ella, maldito si se hubiera quedado por ti, ni por mí, ni por el lucero del alba. Y nosotros, ¿qué obligación tenemos de asistirla? No parece sino que...

—¿No dices que eres amigo de Gonzalvo? —pronunció Lucía clavando los ojos en su marido.

—Amistad, así... de sociedad; ¿qué sabes tú de esas cosas? Amistad, como hay muchas.

—Pues entonces, ¿por qué vivimos juntos con los Gonzalvo? Yo no los conocía; pero ahora le tomé cariño a ella, y eso de irme, dejándola tan mala...

—¡Por vida de!... ¿no tiene papá, tía, hermano? ¡que vengan con mil diablos a cuidarla! A nosotros ¿qué nos va en eso? Si tienes vocación de Hermana de la Caridad, dijéraslo y no te casaras, hija... tu obligación es atender a tu marido y a tu casa, nada más...

—En fin —dijo Lucía alzando el semblante donde las líneas redondeadas y fugaces de la adolescencia comenzaban a trocarse en trazos más firmes—, yo marcharé si tú me lo ordenas; pero convencida de que es una mala acción abandonar así a una amiga, cuando se está muriendo.

Salió del cuarto. En su mente germinaba un concepto singular de la autoridad conyugal: parecíale que su marido tenía derecho perfecto, incontestable, evidente, a vedarte todo género de goces y alegrías, pero que en el sufrimiento era libre y que prohibirle el padecer, el velar y el consagrarse a la enferma, era duro despotismo. De estas ideas peregrinas tienen muchas los desdichados que llegan a refugiarse en el dolor y a proclamarle lugar de asilo. Arreglose, sin embargo, la cuestión mejor de lo que Lucía pensaba, porque aconteció que aquella misma tarde tomó cartas en ella Perico, resolviéndola con su clásico desenfado.

—Adiós, chicos —dijo entrando en el cuarto de Miranda vestido de viaje, con polainas de paño, un casquete de fieltro y terciada al hombro una escopeta de caza de dos cañones.

Y como Miranda lo contemplase con tamaña boca abierta.

—Me he resuelto —explicó—. Vichy está demasiado tonto; y Anatole se empeña...

—¿Te vas a Auvernia?

—Al castillo de Ceyssat, de Ceyssat... Parece que hay liebres y corzos a puñados, a puñados... y en el castillo se pasa bien; hay mucha gente; diez y ocho huéspedes.

Miranda reunió cuanta energía supo en voz y actitud y dijo al animoso cazador:

—Pero mira que Lucía y yo habíamos decidido emprender la vuelta para España... dentro de dos o tres días, a lo sumo... y como Pilar está así, delicada... tu presencia es necesaria aquí.

—Anda a paseo ¡a paseo! —exclamó Perico, fiel a su sistema de franqueza y desahogo—. ¿No te podrás aguardar una quincena por darme gusto? ¿Qué vas hacer tú en España? Meterte en León, y vegetar, vegetar. Aquí estás en la Luna, en la Luna de miel... Nada, nada; os dejo a mi hermanita, ya sé que estará bien cuidada, bien cuidada. Abur, que es la hora del tren. Te traeré una cabeza de corzo para porta-bastón...

—Pero, oye; mira que...

Perico estaba ya en el portal. Miranda le llamó por la ventana; pero él se volvió risueño, le dijo adiós con la mano y echó a correr hacia la estación. Y he aquí cómo de dos egoísmos venció el más osado, ya que no el más fuerte y grande.

Dado estaba Miranda a todos diablos, cuando Duhamel vino a consolarle un poco, asegurándole que la enferma experimentaba de algunos días acá unos asomos de mejoría, y que debía aprovecharlos regresando a España, en busca de clima benigno; añadiendo, en su chapurrado franco-portugués, que puesto que él pensaba, como casi todos los médicos de consulta en Vichy, salir pronto para París, podrían combinar el viaje juntos, y así vería cómo probaba el movimiento del tren a la enferma, y resolver si necesitaba descanso, o si resistiría volver a España de una vez. Pareció acertadísimo a todos el consejo del médico, y Lucía escribió, bajo el dictado de Pilar, una carta a Perico, encargándole estuviese de vuelta dentro de quince días justos, término fijado por Duhamel para cerrar su temporada de consulta en Vichy. El nuevo arreglo templó un tanto el malhumor de Miranda, consoló a Lucía y regocijó a la enferma, que sobre todas las cosas soñaba con la vuelta a Madrid.

Era cierto: la misma constitución endeble de Pilar, ofreciendo menos campo al mal, retrasaba la crisis funesta de su padecimiento; y así como el huracán, que desgaja encinas, solo encorva las cañas, la tisis entraba con ímpetu menor en aquel cuerpo linfático, que lo hiciera en uno sanguíneo y pujante. La oquedad de un pulmón estaba infestada de tubérculos, y tenía ya esas brechas terribles que los facultativos denominan cavernas; pero el otro resistía aún, si bien en esto de pulmones acontece lo que con las manzanas: minutos bastan para perder a la sana, si está al lado de una podrida. De todas suertes, el momentáneo alivio de Pilar era tan patente, que le consentía dar todas las mañanas algunos cientos de pasos por la calle, cogida del brazo de Lucía; y el alimento no le repugnaba invenciblemente como antes.

XII

A la verdad, infundía tristeza en aquellos días de fin de octubre, el aspecto de Vichy. No eran sino hojas caídas: el Parque, tan animado siempre, se veía solitario; solo algunos agüistas tardíos, enfermos de veras, paseaban la acera de asfalto, henchida ayer del roce de ricos trajes y del rumor de alegres conversaciones. Nadie se cuidaba ya de recoger y barrer el amarillo tapiz del follaje, porque Vichy, tan peripuesto y adornado en la estación de aguas, se torna desastrado y desaliñado no bien le vuelven la espalda sus elegantes huéspedes de estío. Toda la villa semejaba una inmensa mudanza: de los chalets, desalquilados ya, desaparecían los adornos y balconadas, para evitar que los pudriesen las lluvias; en las calles se amontonaban la cal, el ladrillo para las obras de albañilería, que nadie osaba emprender en verano por no ensuciar las pulcras avenidas. Las tiendas de objetos de lujo iban cerrándose unas tras otras, y dueños y surtido tomaban el rumbo de Niza, Cannes o cualquiera estación invernal semejante. Algunas quedaban rezagadas todavía, y sus escaparates servían de entretenimiento a Lucía y Pilar, cuando esta última salía a sus despaciosos paseos. Entre ellas se señalaba un almacén de curiosidades, antigüedades y objetos de arte, situado casi frente a la famosa Ninfa, y, por consiguiente, a espaldas del Casino. Angosta en extremo la tienda, apenas podía encerrar el maremágnum de objetos apiñados en ella, que se desbordaban, hasta invadir la acera. Daba gusto revolver por aquellos rincones escudriñar aquí y acullá, hacer a cada instante descubrimientos nuevos y peregrinos. Los dueños del baratillo, ociosos casi todo el día, se prestaban a ello de buen grado. Erase una pareja; él, bohemio del Rastro, ojos soñolientos, raído levitín, corbata rota, semejante a una curiosidad más, a algún mueble usado y desvencijado; ella, rubia, flaca, ondulante, ágil como una zapaquilda de desván, al deslizarse entre los objetos preciosos amontonados hasta el techo. Miraban Lucía y Pilar muy entretenidas la heteróclita mescolanza. En el centro de la tienda se pavoneaba un soberbio velador de porcelana de Sévres y bronce dorado. El medallón principal ofrecía esmaltada, sobre un fondo de ese azul especial de la pasta tierna, la cara ancha, bonachona y tristota de Luis XVI; en torno, un círculo de medallones más chicos, presentaba las gentiles cabezas de las damas de la corte del rey guillotinado; unas empolvado el pelo, con grandes cestos de flores rematando el edificio colosal del peinado, otras con negras capuchas de encaje anudadas bajo la barbilla; todas impúdicamente descotadas, todas risueñas y compuestas, con fresquísima tez y labios de carmín. Si Lucía y Pilar estuviesen fuertes en Historia, ¡a cuánta meditación convidaba la vista de tanto ebúrneo cuello, ornado de collares de diamantes o de estrechas cintas de terciopelo, y probablemente segado más tarde por la cuchilla; ni más ni menos, que el pescuezo del rey que presidía melancólicamente aquella corte! La cerámica era el primor de la colección. Había cantidad de muñequitos de Sajonia, de colores suaves, puros y delicados, como las nubes que el alba pinta; rosados cupidillos, atravesando entre haces de flores azul celeste; pastoras blancas como la leche y rubias como unas candelas, apacentando corderillos atados con lazos carmesíes; zagales y zagalas que amorosamente se requestaban entre sotillos verdegay, sembrados de rosas; violinistas que empuñaban el arco remilgadamente, adelantando la pierna derecha para danzar un paso de minueto; ramilleteras que sonreían como papanatas, señalando hacia el canasto de flores que llevaban en el brazo izquierdo. Próximos a estos caprichos galantes y afeminados, los raros productos del arte asiático proyectaban sus siluetas extrañas y deformes, semejantes a ídolos de un bárbaro culto; por los panzudos tibores, cubiertos de una vegetación de hojas amarillas y flores moradas o color de fuego, cruzaban bandadas de pajarracos estrafalarios, o serpenteaban monstruosos reptiles; del fondo oscuro de los vasos tabicados surgían escenas fantásticas, ríos verdes corriendo sobre un lecho de ocre, kioscos de laca purpúrea con campanillas de oro, mandarines de hopalanda recta y charra, bigotes lacios y péndulos, ojos oblicuos y cabeza de calabacín. Las mayólicas y los platos de Palissy parecían trozos de un bajo fondo submarino, jirones de algún hondo arrecife, o del lecho viscoso de un río; allí entre las algas y fucus resbalaba la anguila reluciente y glutinosa, se abría la valva acanalada de la almeja, coleteaba el besugo plateado, enderezaba su cono de ágata el caracol, levantaba la rana sus ojos fríos, y corría de lado el tenazudo cangrejo, parecido a negro arañón. Había una fuente en que Galatea se recostaba sobre las olas, y sus corceles azules como el mar sacaban los pies palmeados, mientras algunos tritones soplaban, hinchados los carrillos, en la retuerta bocina. Amén de las porcelanas, había piezas de argentería antigua y pesada, de esas que se legan de padres a hijos en los honrados hogares de provincia: monumentales salvillas, anchas bandejas, soperones rematados en macizas alcachofas; había cofres de madera embutidos de nácar y marfil, arquillas de hierro labradas como una filigrana, tanques de loza con aro de metal, de formas patriarcales, que recordaban los bebedores de cerveza que inmortalizó el arte flamenco. Pilar se embobaba especialmente con las copas de ágata que servían de joyeros, con las alhajas de distintas épocas, entre las cuales había desde el amuleto de la dama romana hasta el collar, de pedrería contrahecha y finos esmaltes, de la época de María Antonieta; pero Lucía se enamoró sobre todo de los objetos de iglesia, que despertaban el sentimiento religioso, tan hecho para conmover su alma sincera y vehemente. Dos Apóstoles, alzado el dedo al cielo en grave actitud se destacaban, fileteados de latón los contornos, sobre dos cristales de colores, arrancados sin duda de la ojiva de algún desmantelado monasterio. En un tríptico de rancio y acaramelado marfil, aparecía Eva, magra y desnuda, ofreciendo a Adán la manzana funesta, y la Virgen, en los misterios de su Anunciación y Ascensión; todo trabajado incorrectamente, con ese candor divino del primitivo arte hierático, de los siglos de fe. A despecho de la rudeza del diseño, gustaba a Lucía la figura de la Virgen, la modestia de sus ojos bajos, la mística idealidad de su actitud. Si poseyese una cantidad crecida de dinero, a buen seguro que la daría por un Cristo que andaba confundido entre otras curiosidades, en el baratillo. Era de marfil también, y todo de una pieza, menos los brazos; y clavado en rica cruz de concha, agonizaba con dolorosa verdad, encogidos músculos y nervios en una contracción suprema. Tres clavos de diamante trucidaban sus manos y pies. Lucía le rezaba todos los días un padrenuestro, y aun solía besar sus rodillas, cuando no la miraba nadie.

No le desagradaban los cuadros; tanto más, cuanto que los comprendía, a diferencia de lo que pasaba con algunos objetos artísticos, que se le antojaban asaz de feos y extravagantes. Claro está que aquel jaque fiero, que espada en mano se arroja sobre su adversario, va a partirle el corazón de una buena estocada. ¡Qué bien amanecía en aquel Daubigny! ¡Con qué naturalidad pastaban aquellos carneros de Jacque, tasados en mil francos cada uno! —doce tenía el cuadro—. ¡Qué piececitos tan blancos mojaba en el marmóreo tazón la sultana favorita, de Cala y Moya! La cabeza de niña, estilo de Greuze, era una maravilla de gracia inocente. Pues ¿y la riña en una posada flamenca? Era cosa de risa ver cómo volaban los tiestos hechos añicos, y rodaban las cacerolas de cobre, y los dos gañanes de Van Oustade, deformes y ridículos, repartían mojicones, menudeaban puñadas y exageraban con lo grotesco de la actitud su simiaca fealdad.

Pero más aún que el bazar de objetos de arte donde tantas formas y colores, estilos e ideales artísticos la marcaban al fin y al cabo, gustaba Lucía de un puesto ambulante al aire libre, de los muchos que había cerca del Casino, situados al borde de la acera. Representaban los tales puestecillos la industria chica y modesta; aquí un viejo alemán pregonaba vasos de cristal para beber las aguas, y con una rueda de esmerilar, a vista del comprador, grababa en el cristal las iniciales de su nombre; allá un suizo ofrecía juguetes, muñecos, cajitas y plegaderas grabados en leño de haya por los pastores; acá se feriaban lentes; acullá peines y objetos de escritorio. El predilecto de Lucía era el de un vendedor de piadosas chucherías de Jerusalén y Tierra Santa. Calvarios de nácar con ingenuos relieves, cabos de pluma de raíz de olivo, rematados en figura de cruz, cabezas de la Virgen entalladas sobre una concha, broches y dijes de esmaltes con arabescos, tazas de negra piedra del Asfaltites, pastillas de olor; a esto se reducía la caja portátil. Vendíalo todo un israelita no mal parecido, ojinegro y cetrino mucho, con su fez árabe encarnado sucio, y sus pantalones bombachos; dulce, insinuante, levantino en todo, chapurreador de muchas lenguas y buen hablador de la castellana, que manejaba con soltura, incurriendo solo en algún arcaísmo de vez en cuando. Con éste, pues, se desquitaba Lucía, informándose de la santa aldea de Belén, de la divina mansión de Nazaret, del monte Olivete, de todos los lugares sacrosantos, que apenas creía ella pudiesen estar en la tierra, sino en algún misterioso y remoto paraíso. Entre el vendedor y Lucía se estableció así una intimidad de diez minutos todas las tardes, al aire libre, y más cuando él la hubo dicho que era cristiano, católico, catequizado e instruido por los franciscanos de Belén. Compró Lucía de cuanto pudo hallar en el puesto, hasta un rosario de esas cuentas verdosas y turbias como un agua amarga, que no sin gran verdad analógica se llaman lágrimas de Job.

—¡No sé cómo te gusta ese rosario tan feo! —decía Pilar.

149

—¡Mira! —exclamaba Lucía—. ¡Si parecen lágrimas de veras!

Mas también la golondrina de Levante se voló, en busca de zonas más templadas. Un día no encontraron ya a Ibrahim Antonio en su sitio de costumbre: probablemente cansado de una jornada sin venta, había cargado con el surtido y emprendido el camino Dios sabe dónde. Lucía le echó de menos; pero el movimiento de retirada era general; no se veían sino tiendas que se vaciaban y cerraban. Había en las aceras montones de paja, rimeros de recortes de papel de embalaje, cajones y cajas con grandes rótulos que decían: «muy frágil.» Era la tristeza, el desorden, el creciente vacío de una casa mudada. Pilar encontraba tan feo a Vichy de aquel modo, que ideaba paseos inusitados, que la apartasen de las calles principales. Una mañana se encaprichó en ir a ver la pastillería, y presenció el nacimiento de dos o tres mil pastillas y bombones; otra quiso visitar las subterráneas galerías que encierran los inmensos depósitos del agua, y los formidables tubos por donde asciende a alimentar los baños del establecimiento termal. Bajaron estrecha escalera, cuyos últimos peldaños se hundían ya en la oscuridad de las galerías. La guardiana les precedía alumbrando con una lámpara de minero, aplastada y de hediondo tufo; Miranda llevaba otra, y un pilluelo que allí se apareció caído de las nubes, encargose de la última. Era la bóveda tan baja, que Miranda hubo de inclinar la cabeza, por no deshacerse la frente. Hacía brusco recodo el angosto pasadizo, y se hallaron de pronto en otra galería, abierta como una boca, donde se internaban los tubos, comidos de orín, gracias a la perenne humedad. Sudaba el techo pálidas y brillantes gotitas de vapor acuoso; a uno y otro lado corría el agua, sobre un lecho de residuos, de fosfatos alcalinos, blancos y farináceos, como nieve recién llovida. A medida que adelantaban por el largo canal subterráneo, calor sofocante anunciaba el paso de las sobras de la Reja Grande, un raudal hirviente, cuya temperatura subía más aún en aquella prisión. De las paredes, leprosas, herpéticas, cubiertas de roña caliza, colgaban monstruosas fungosidades, criptógamas preñadas de veneno, cuya blancura ponzoñosa se destacaba sobre el muro, como una pupila pálida y siniestra en un rostro amoratado. En los codos de los tubos, polvorientas telarañas se tendían, semejantes a sudario gris de olvidados muertos. Las losas der pavimento, dislocadas, dejaban entrever el agua negra. Sobre sus cabezas oían los expedicionarios el pisar de la gente, el batir del duro casco de las bestias. A veces se abría un respiradero, y al través de la reja de hierro filtrábase la luz del día, lívida y cadavérica, amarilleando la rojiza de las lámparas. Los tubos, intestinos de aquel húmedo vientre, daban mil vueltas, y tan pronto rastreaban a flor de tierra, parecidos a sierpes enormes, como se erguían a la bóveda, remedando los negros tentáculos de un pulpo descomunal. Hubo un instante en que los expedicionarios salieron de los pasadizos a plaza más despejada; era una especie de cueva circular, con tragaluz, y en su fondo bostezaban las anchas fauces del pozo Lucas, lleno de un agua soñolienta, sombría y honda. El pilluelo acercó curioso su lámpara. La guardiana le asió del brazo.

—Eh, amiguito, cuidado con caerse ahí. No sería fácil ir a buscarte a cien metros de profundidad que tiene ese agujero.

Lucía, fascinada, se aproximó a la boca. Los gases mefíticos exhalados del pozo hacían temblar la llama turbia de las lámparas. Allí no hacía calor, sino frío; un frío espeso, sin aire respirable. Entráronse resueltamente por otra galería, y abierta una puerta de hierro, se asustaron todos, menos la guardiana, viendo en torno suyo vasta extensión de agua, una especie de lago subterráneo. Ellos estaban sobre angosta tabla echada a manera de puente a lo ancho del depósito. Aquellas aguas, tendidas en su tumba de piedra, tenían quietud y limpidez lúgubre. La luz de una de las lámparas, dejada exprofeso en la otra orilla por la guardiana para que se viese el grandor del depósito, oscilaba en prolongados rieles sobre la triste transparencia del lago, y remedaba, allá a lo lejos, la tea de un sicario en alguna prisión veneciana. Tal era de fantástico aquel lago, que reflejaba un cielo de granito, que la imaginación se fingía cadáveres flotando en él. Experimentaban Lucía y Pilar vago temor, y sobre todo, cosa pueril, o mejor dicho, eminentemente femenina, les horrorizaba la idea de que en las estrecheces y revueltas de los pasadizos pudiesen encontrar ratas. Sabían que los depósitos comunicaban con las alcantarillas, y ya dos o tres veces palidecieron creyendo ver cruzar una sombra negra, que no era sino la temblona silueta de alguna planta parásita, dibujada en el muro por las luces. De improviso, ambas exhalaron un grito; no cabía duda; sonaba el chillido agrio y agudo de la rata. Lucía, sobre todo, se quedó un punto con los ojos dilatados, inmóvil; allí no era posible correr y huir. Pero el pilluelo y la guardiana soltaron la risa; conocían bien aquel silbido, que no era sino el de las botellas de agua mineral que al otro lado de la pared estaban corchando. Con todo, las mujeres respiraron al salir del sombrío dédalo y ver de nuevo la claridad diurna y sentir el aire fresco que congelaba en su frente las gotas de sudor.

Solo a un punto iba Lucía sola: a la iglesia de San Luis. Al pronto, el edificio agradó muy poco a la leonesa, habituada a la majestad de su soberbia basílica. San Luis es mezquina rapsodia ojival, ideada por un arquitecto moderno; por dentro la afea estar pintada de charros colorines; en suma, parece una actriz mundana disfrazada de santa. Pero Lucía halló en el templo una Virgen de Lourdes, que la cautivó sobremanera. Campeaba en una gruta de floridos rosales y crisantemos, y sobre su cabeza decía un rótulo: «Soy la inmaculada Concepción.» Poco sabía Lucía de las apariciones de Bernardita la pastora, ni de los prodigios de la sacra montaña; pero con todo eso la imagen la atraía dulcemente con no sé qué voces misteriosas, que vagaban entre el grato aroma de los tiestos de flores y el titilar de los altos y blancos cirios. La imagen, risueña, sonrosada, candorosa, con ropas flotantes y manto azul, llegaba más al alma de Lucía que las rígidas efigies de la catedral de León, cubiertas de rozagante atavío. Yendo una tarde camino de la iglesia, vio pasar un entierro y lo siguió. Era de una doncella, hija de María. Rompía la marcha el bedel, oficialmente grave, vestido de negro, al cuello una cadena de plata; seguían cuatro niñas, con trajes blancos, tiritando de frío, morados los pómulos, pero muy huecas del importante papel de llevar las cintas. Luego los curas, graves y compuestos en su ademán, alzando de tiempo en tiempo sus voces anchas, que se dilataban en la clara atmósfera. Dentro del carro empenachado de blanco y negro, la caja, cubierta de níveo paño, que constelaban flores de azahar, rosas blancas, piñas de lila a granel, oscilantes a cada vaivén de la carroza. Las hijas de María, compañeras de la difunta, iban casi risueñas, remangando sus faldellines de muselina, por no ensuciarlo en el piso lodoso. El comisario civil, de uniforme, encabezaba el duelo; detrás se extendía una reata de mujeres enlutadas, rodeando a la familia, que mostraba el semblante encendido y abotargados los ojos de llorar. Doblaba tristemente la campana de la iglesia, cuando bajaron la caja y la colocaron sobre el catafalco. Lucía penetró en la nave y se arrodilló piadosamente entre los que lloraban a una muerta para ella desconocida. Oyó con delectación melancólica las preces mortuorias, los rezos entonados en plena y pastosa voz por los sacerdotes. Tenían para ella aquellas incógnitas frases latinas un sentido claro: no entendía las palabras; pero harto se le alcanzaba que eran lamentos, amenazas, quejas, y a trechos suspiros de amor muy tiernos y encendidos. Y entonces, como en el parque, volvía a su mente la idea secreta, el deseo de la muerte, y pensaba entre sí que era más dichosa la difunta, acostada en su ataúd cubierto de flores, tranquila, sin ver ni oír las miserias de este pícaro mundo —que rueda, y rueda, y con tanto rodar no trae nunca un día bueno ni una hora de dicha— que ella viva, obligada a sentir, pensar y obrar.

—Sí, pero ¿y el alma? —preguntábase Lucía a sí misma.

¡Por tan extraño modo, repetía una pobre chica ignorante el filosófico monólogo del soñador dinamarqués!

—Oh, iy qué bueno debe de ser estar muerta! —calculaba Lucía—. Don Ignacio tenía razón en decir que... que no hay felicidad, vamos. iSi uno supiese lo que le aguarda en el otro mundo! iDónde andará ahora el alma de ese cuerpo que está ahí! iY de qué servirá morirse, si al fin no deja uno de existir y de acordarse de todo cuanto le pasa!

Ello es, que estas locas imaginaciones, ayudadas de los desvelos de enfermera, y acaso de alguna otra causa, marchitaban la tez de Lucía y alteraban su antes regocijado y apacible genio. Miranda, que privado de toda sociedad ya frecuentaba la de su mujer, notó el sello de melancolía impreso en sus facciones, y renacieron en él pensamientos nunca del todo extintos desde el malhadado percance del ferrocarril, jamás había de arrancársele por completo aquella espina, que dolorosamente le punzaba en lo más sensible del amor propio, el cual era a su vez lo más vivo de sus afectos. A tener Miranda alma mejor templada, ganaría con el amor el corazón abierto y generoso de la niña leonesa; pero no parece sino que le inspiraba el diablo para hacer todo lo más inoportuno. Dio en hablar ásperamente a Lucía y en mostrarle cierto desdén, como si reconociese su condición inferior. Recordole con embozadas alusiones su esfera social. Espió sus menores actos, le echó en cara el tiempo invertido en cuidar a la hermana de Perico, y, en suma, adoptó el sistema de contrariedad y violencia, de seguros resultados

153

con las mujeres fáciles y depravadas, a quienes subyuga y enamora. A Lucía la puso a dos dedos de la desesperación.

Pocos días antes del fijado para la vuelta de Perico, recibió Pilar una carta suya, que entregó a Lucía, a fin de que se la leyese. Anunciaba su llegada próxima, refiriendo a la vez algunos pormenores de su elegante vida en el castillo de Ceyssat, y entre varias noticias daba la de la muerte de la madre de Ignacio Artegui, que Anatole le había contado, creyendo que le interesaría por tratarse de un compatriota. Añadía que su hijo la había llevado a enterrar a Bretaña, al mismo castillote de Hotidan, en que, trascurriera su niñez. Miranda estaba delante cuando se leyó, este párrafo, y hubo de notar la ojeada rápida que se cruzó entre Pilar y Lucía, y la palidez repentina de su mujer. Salió Lucía aquella tarde, y se fue a San Luis, donde pasaría como media hora. Volvió al chalet, y entró en su dormitorio, donde tenía recado de escribir; escribió una carta, y guardándosela en el pecho bajó las escaleras a brincos, y tomó a buen paso hacia la calle principal. Anochecía; encendíanse los primeros faroles, y se esparcían por el arroyo los pilluelos, niños de coro de la civilización, voceando los periódicos recién llegados de Paris. Lucía fue derecha al rojo reverbero del estanco, y acercándose a la caja de madera que hacía de buzón, echó en ella la epístola. Al punto mismo, sintió, como una tenaza que le oprimía el brazo y se volvió. Miranda estaba allí.

—¿Qué es esto? —murmuró él con voz sorda—. Sola... aquí... ¿qué haces?

—Nada... —pronunció ella balbuciente.

—¿Nada? ¿pues no acabas de echar una carta en el buzón?

—Sí, una carta —contestó ella.

—¿Por qué mentías? —exclamó el marido con iracundo acento, temblándole la barba y los celosos labios.

—No sé lo que dije cuando me lastimaste en el brazo —replicó Lucía recobrando su entereza—; lo cierto es que eché una carta ahora mismo.

—¿Y por qué no me la diste a mí? ¿Por qué te vienes tú... sola?

—Quise echarla yo misma.

Alguna gente que pasaba volvía la cabeza, para oír el diálogo en irritada voz y extranjero idioma.

—Estamos dando espectáculo —dijo Miranda—. Vente.

Internáronse por callejuelas excusadas, y guardaron silencio elocuente por espacio de algunos minutos.

—¿Para quién era esa carta? —interrogó al cabo el marido en voz breve.

—Para Don Ignacio Artegui —contestó Lucía en tono reposado y firme.

—¡Ya lo sabía yo! —dijo entre dientes y mascando una imprecación Miranda.

—Su madre se ha muerto... Bien lo has oído hoy.

—Es altamente indecoroso, altamente ridículo —pronunció Miranda, cuya voz crepitaba como los sarmientos al arder—, que una señora escriba así, sin más ni más, a un hombre...

—Al señor de Artegui le debo obligaciones y favores —dijo Lucía— que me obligaban a interesarme en sus penas.

—Esas obligaciones, caso de haberlas, me toca reconocerlas a mí. Yo le hubiese escrito...

—Tu carta —objetó con sencillez Lucía— no le hubiera servido de consuelo, la mía sí; y como no era cuestión de hacer cumplidos, sino de...

—¡Cállate —gritó Miranda desatentado—; cállate y no digas necedades! —prosiguió con esa grosería conyugal de que no se eximen ni los hombres de buen tono—. Antes de casarte, debieras haber aprendido a conducirte en el mundo, para no ponerme en evidencia y no hacer ridiculeces de mal género; pero no sé de qué me quejo; no debí esperar otra cosa, al casarme con la hija de un tendero de aceite y vinagre.

Miranda caminaba a paso desaforado, arrastrando mejor que conduciendo del brazo a su mujer; y casi estaban ya a la puerta del chalet. A la afrentosa invectiva, Lucía, descolorida y echando fuego por los ojos, se soltó violentamente, y quedó parada en mitad del camino.

—Mi padre —exclamó en voz alta, y con más de doscientos sollozos atravesados en la laringe— es honrado, y me enseñó a que también lo fuese.

—Pues no se conoce —repuso Miranda con risa irónica y amarga—. Por las trazas te enseñó a falsificar la honradez como él habrá falsificado comestibles.

A este postrer metrallazo, Lucía dio a correr, cruzó la verja, subió la escalera no menos de prisa que la había bajado, y se encerró en su cuarto, soltando la rienda al dolor. De lo que pensó en aquella larga noche, que

pasó tendida en un sofá, dará idea la siguiente carta, no destinada segura-
mente por su autora a la publicidad, ni menos al aplauso de las generaciones
venideras:

«Querido Padre Urtazu: Las rabietillas que usted me anunció van empezando a venir, y más pronto y más a montones de lo que yo creía. Lo peor
del caso es que, ahora que lo reflexiono bien, me parece que alguna culpa
tengo. No se ría usted de mí, por Dios, porque yo me estoy sorbiendo las
lágrimas al mojar la pluma, y hasta ese borrón, que usted dispensará, es
porque se me cayó una sobre el papel. Voy a contárselo a usted todo, como
si estuviera en esa a sus pies en el confesonario. Se ha muerto la madre del
señor de Artegui. Ya sabe usted por mis cartas anteriores que esto es una
desgracia terrible, porque tal vez traiga consigo otras... ni imaginarlas quiero,
padre. En fin, yo pensé que el señor de Artegui estaría muy triste, muy triste,
y que acaso nadie se acordase de decirle cosas cariñosas, y, sobre todo,
de hablarle de Dios nuestro Señor, en quien él no puede menos de creer,
¿verdad, padre? pero de quien se olvidará quizás en estos momentos tan
crueles... Llevada de estas consideraciones le escribí una carta, consolán-
dole allá a mi modo... ¡si viera usted! me parece que se me ocurrieron cosas
muy buenas y eficaces... le hablé de que Dios nos manda las penas para
convertirnos a él; de que son visitas que nos hace; en resumen, todo lo que
usted me ha enseñado... además le decía que bien podía creer que no era
el único en sentir a aquella pobre señora, aquella santa; que yo la lloraba
con él, aunque sabía que estaba gozando ahora de la gloria... y que la en-
vidiaba... ¡ay, eso si que es verdad, Padre! ¡quién como ella! morirse, ir al
cielo... ¡Cuándo lograré yo tal ventura!

Pues volviendo a mi relato, fui a echar la carta al correo, y Miranda me
siguió y me cogió del brazo y me llenó de denuestos, injuriándome mucho, y
lo que sentí más, insultando a mi padre. ¡Pobre padre de mi alma! ¡qué culpa
tiene él de lo que haga yo! Que no sepa nada, Padre Urtazu, por amor de
Dios. Yo me indigné de tal modo, que contesté con altivez, y me encerré en
mi cuarto. Estoy como aquel a quien se le ha caído una casa encima.

Mi salud se resiente de todas estas cosas: dígale usted al señor Vélez de
Rada que cuando me vea, ya no le voy a gustar... ahora mismo se me va la
cabeza, y noto unos desvanecimientos muy fuertes. Adiós, Padre; aconsé-

jeme usted, porque no sé lo que me pasa. A veces pienso que obré mal, y otras me creo libre de toda culpa. ¿Es pecado la misericordia? Cuando miro dentro de mí, misericordia y nada más encuentro.

Perdone la letra, que me tiembla mucho el pulso. Conteste pronto por caridad, que nos vamos luego y antes quisiera tener carta de usted. Besa su mano su hija respetuosa en Jesucristo: LUCÍA GONZÁLEZ.»

Para los que, conociendo el estilo verbal del Padre Urtazu, sientan deseos de enterarse del epistolar que usaba tan claro varón, será cosa de gusto la esquela que a continuación se inserta:

«Lucigüela de mis pecados: ay, hija, ¡y qué bien pintamos las cosas para dejar a nuestra personita en el lugar más lucido! Misericordia, ¿eh? ¡yo te daré la misericordia! Has hecho mal, remal, en escribir esa cartita a hurtadillas de tu cónyuge, y no me sorprende que él se haya puesto hecho un dragón. Debiste pedirle permiso; y si te lo negaba ¡paciencia! ¿No te he dicho, mujer, que para ser buena casada, y hacer el viaje en paz, metieses en las maletas un par de arrobas de paciencia? Se nos olvidó, y mire las resultas... Anda, desgraciada, cómprate ahí la paciencia y usala a pasto, que te irá bien. Tu marido no debió insultar al bonazo de tu padre (aunque algo se lo merece, yo me sé por qué); pero repara que estaba airado, y cuando uno se enfada... yo que tengo el genio vivo, me considero. Lo dicho: paciencia, y más paciencia; y nada de esquelitas de tapadijo. ¿Quién la mete a ella a predicadora? Y no afligirse: Dios aprieta, pero no va a ahogar, que no es ningún verdugo; y puede que cuando menos pienses, te mande consuelos, así, de regalo, y no por tus méritos. Y adiós, que va a salir el correo, y además tengo los pulmones de una rana en el porta-objetos del microscopio, y voy a ver qué casta de respiración gastan las señoras ranas. Acuérdate de rezar un poquito, ¿eh? y bajaremos los humos. La bendición de Dios y de San Ignacio sean contigo, chiquilla: ALONSO URTAZU, S. J.»

Cuando llegó esta amonestación, ya Lucía había hecho por instinto lo que el Padre Urtazu le aconsejaba. Humilde y mansa como una cordera, sus miradas pedían a cada paso perdón. Miranda apartaba de ella los ojos, tratándola con desdén glacial. Lucía, exhausta con tantos esfuerzos, y con el esmero incesante a Pilar consagrado, mudaba las rosas de las mejillas en azucenas, y adelgazaba notablemente, a pesar de comer con buen apetito.

Una mañana, Duhamel la llamó aparte, y la dijo en su chapurrado característico:

—Cuidarse, menina... Conservar-se. *Vae cair doente...* menos vigilias, menos fatigas, un *somno* regularizado... Esta asistencia *altera-lhe a sande.*

—¿Cree usted que se me pegará el mal de Pilar? —preguntó Lucía con tan sereno acento, que Duhamel se la quedó mirando.

—No, no es eso... El médico bajó la voz más aun, engolfándose con ella en larga y misteriosa plática.

Aquella noche contestó Lucía al Padre Urtazu en estos términos:

«Padre querido: ¡bendita sea su boca! no parece sino que tiene usted don de profecía, según acertó al pronosticarme consuelo. Estoy loca de alegría, y no sé lo que escribo casi. Sepa usted que me hallo en cinta, según dice el señor Duhamel, que es un sabio, y no puede equivocarse en esto. Lo que yo tomé por enfermedades, eran las molestias del estado... Sí; ahora lo comprendo muy bien; ¡pero qué tonta soy! ¿Cómo no lo conocí antes? Parece que una cosa tan grande, debía adivinarla sin que nadie me lo advirtiese. ¡Un hijo! ¡Pero qué gusto, Padre Urtazu! Desde mañana empezaré con la canastilla, no vaya el angelito a nacer como Jesús, sin paños en qué envolverse... Estoy poniendo tonterías, y lloriqueo, pero no como el otro día... hoy es de placer.

Mañana o pasado emprenderemos el viaje; Miranda y yo vamos unos días a París antes de volver a León (rabiando estoy por verme ahí y contarle a padre la noticia: no se lo diga usted, que quiero sorprenderle yo), y la pobre Pilar y su hermano, a España, si es que se lo consiente el mal, y no tiene que pararse en algún pueblo del camino, y morirse allí quizá. Porque a mí no me engaña su mejoría; está señalada por la muerte. Lo que siento es tener que dejarla acaso quince o veinte días antes de... En fin, estoy tan alegre, que no quisiera pensar en eso. Aplique usted una misa por mi intención.»

XIII

No fue posible a los Gonzalvo proseguir a España, porque ya hacia la mitad de la ruta se sintió Pilar presa de tales congojas y sudores, con tales desvanecimientos, arcadas y soponcios, que allí creyeron todos llegado el punto de su muerte; y aún tomaron por feliz suceso el que pudiesen llegar a París, siguiendo el consejo del doctor Duhamel, que les dejó entrever la esperanza de que acaso algunos días de descanso repusiesen las fuerzas de la enferma, consintiéndole emprender la vuelta a su patria. Avinagró el gesto Miranda, que ya se creía libre de la moribunda, a quien si no cuidaba, le enfadaba ver cuidar; ensanchósele el corazón a Lucía, mal hallada con la idea de abandonar a su amiga en la antesala, como quien dice, del sepulcro; y Perico se dispuso a conocer París, seguro como estaba de que no faltarían a su hermana cuidados. Por lo que toca a Pilar misma, poseída del extraño optimismo característico de su padecimiento, mostró gran regocijo por visitar la metrópoli del lujo y elegancia, pensando en hacer allí sus comprillas de invierno, por no ser menos que las currutacas Amézagas.

Llegaron a la gran capital de la república francesa en una mañana nebulosa y turbia, y los asaltaron en la estación innumerables comisionados de las fondas, señalando cada cual al respectivo ómnibus, y pugnando por llevarse consigo a la gente. Encarose uno de estos tales con Miranda y mostrando el rostro atezado, que cruzaba un mediano chirlo, dijo en buen castellano:

—Fonda de la Alavesa, señores... Se habla español... criados españoles también... se da cocido... calle de Saint Honoré, el sitio más céntrico...

—Convendrá ir allí... —dijo Duhamel tocando a Miranda en el brazo—. En esa casa espanhoa atenderán más a la doente...

—Vamos, pues —contestó Miranda resignadamente, entregando el talón de su equipaje al comisionado—. Escucha —prosiguió dirigiéndose a Perico—, tú y yo nos iremos con el equipaje en el ómnibus de la casa; pero a Lucía y Pilar las vamos a despachar ya en uno de esos simones... Tienen mejor movimiento.

Trasportaron a Pilar casi en brazos, del departamento a la berlina, y el cochero azotó al destartalado jamelgo. El comisionado se instaló en el pescante, no sin muchos encargos y explicaciones hechos antes al postillón del ómnibus. Cuando después de rodar por anchas y magníficas calles se detuvo el simón frente a la fonda de la Alavesa, saltó Lucía al suelo ligera como una perdiz, diciendo al comisionado:

—Suplico a usted que me ayude a bajar a esta señorita, que viene enferma...

Pero fijándose de pronto en la cara de aquel hombre, exclamó dando una gran voz:

—¡Sardiola!

—¡Señorita! —contestó el vasco con no menor alegría, cordialidad y sorpresa—. ¡Yo que no la había conocido a usted! ¡necio de mí! Ya se ve, son tantos los viajeros que uno lleva y trae y espera y despide en esa bendita estación... ¡Jesús!

Y después de considerar a Lucía algunos instantes más, añadió:

—No, ello es que también se ha desfigurado usted mucho... Si no parece usted la misma que cuando la acompañaba el señorito Ignacio...

A este nombre, que ninguna voz humana había hecho resonar en sus oídos por tanto tiempo, Lucía se encendió y se puso como una guinda; y bajando los ojos, murmuró:

—Subamos a nuestras habitaciones... Pilar, vente. Echame así, un brazo al cuello... otro a Sardiola... apóyate sin miedo, anda... ¿Quieres que te llevemos a la silla de la reina?

Y el vasco y la valerosa amiga cruzaron las manos y alzaron blandamente en el improvisado trono a la enferma, que se dejó ir como un cuerpo inerte, recostando la cabeza en el cuello de Lucía y humedeciéndoselo con el viscoso sudor de la calentura. Subieron así las escaleras hasta el entresuelo, donde introdujo Sardiola a ambas mujeres en una ancha y desahogada habitación en que no faltaba su marmórea chimenea, sus monumentales camas colgadas, su alfombra de moqueta algo desflorada y raída a trechos, sus lavabos y sus perchas clásicas. Caía la pieza a un jardinete, en cuyo centro ligero kiosco de madera y cristales servía de sala de baño. Depositaron a Pilar en una butaca y Sardiola se quedó en pie esperando órdenes. Su mirada, negra y reluciente como la de un cachorro de Terranova, se clavaba en Lucía con sumisión y afecto verdaderamente caninos. Ella, por su parte, se mordía los labios para retener las preguntas que impacientes asomaban a ellos. Sardiola adivinó, con su instinto fiel de animal doméstico, y prevínole el deseo.

—Cuando las señoritas necesiten algo... —dijo tímidamente, como el que no se atreve a hacer un favor—, llámenme siempre—, siempre... Si estoy en la estación, llamen por Juanilla... es la camarera de este tramo, una muchacha lista como una pimienta... Pero siempre que yo pueda servir de algo... vamos, que me alegraría mucho; basta haber visto a la señorita con el señorito Ignacio...

Y como Lucía callase, interrogando solo con el mudo y ardiente lenguaje de los ojos, prosiguió el vasco.

—Porque... ¿no sabe la señorita? ¡Pues si fue el señorito Ignacio quien me colocó aquí! Como la Alavesa se trajo a Juanilla, que es prima hermana mía... y a mí me daba, vamos, tanta tristeza de ver corretear las columnas guiris por aquellos picachos adonde solo subíamos, con la ayuda de Dios, los mozos del país y las fieras de los montes... y en fin, que me moría de pena en aquella estación... le escribí una carta al señorito... aún vivía su madre, ¡en gloria la tenga Dios! y me recomendó a la Alavesa... y aquí me tiene usted, tan campante...

Las pupilas de Lucía preguntaban más apremiantes cada vez. Sardiola siguió:

—Pues, lo que más gusto me daba, era vivir tan cerca del señorito...

—¿Tan cerca? —preguntáronle, sin voz, los ojos brillantes.

—Tan cerca —contestó él complaciente—, tan cerquita, que, ¡si es un regalo! que atravesando ese jardín, se entra en su casa...

Lucía corrió al balcón, y pálida esta vez como la cera, se quedó allí mirando con ojos extraviados el edificio que enfrente de sí tenía. Sardiola la siguió, y hasta la enferma volvió la cabeza con curiosidad.

—¿Ve usted? —explicaba Sardiola—. ¿Ve usted este lado del edificio y el otro que hace esquina con él? Pues es la fonda. ¿Pero ve usted ese otro que forma el tercer lado del cuadro? es la casa de Don Ignacio; cae a la calle de Rívoli... ¿Ve usted esas escaleritas que desembocan en el jardín? por ahí se sube al comedor... lo tienen en la planta baja... ¡un comedor muy hermoso! Toda la casa es muy buena; el padre de Don Ignacio ganó muchísimo... ¿Ve usted ese arbolito que hay ahí, al lado de la escalera? ¿ese platanillo desmedrado? ahí sacaba el señorito a su mamá, que parece que se murió de una cosa que no sé cómo le dicen, pero vamos, que es hincharse mucho el corazón... y como le daban unos ahogos tan fuertes a veces, y se quedaba sin aliento, lo mismo que un pez fuera del agua, había que traerla al jardín... toda la anchura le era poca, y solía estarse ahí una hora resollando... ¡Si viera usted al señorito! aquello se llama cuidar a una persona... le sostenía la cabeza, le calentaba los pies con sus manos, le daba cuatro mil besos por hora, le hacía aire con un abanico... ¡vamos, era cosa de ver! Alma más buena, no la echó Dios al mundo, ni volverá a echarla en todo el siglo que corre... El día que se murió, la santa bendita, quedó tan risueña... y tan natural, y tan guapa, con su pelo rubio... Él sí que parecía el muerto; si lo ponen en la caja, cualquiera lo entierra.

—Calla —ordenaron de pronto los ojos elocuentes.

Y Sardiola obedeció. Era que entraban Duhamel, Miranda y Perico. Duhamel examinó con minuciosidad aquella pieza, y declarola, en su jerga lusofranca, abrigada, cómoda, baja asaz y ventilada mucho, y en todo conveniente para la enferma. Miranda y Perico se retiraron a la del lado, a asearse, y tácitamente, sin discusión alguna, se resolvió que enferma y enfermera se quedasen juntas, y los dos hombres ocupasen, juntos también, la cámara próxima. Miranda no puso reparo a este sacrificio de Lucía, porque Duhamel, llamándole aparte, le notició que la cosa se iba por la posta, y que apenas creía que la enferma durase un mes: en vista de lo cual propuso él en su corazón de tomar el portante dentro de ocho o diez días, llevándose a su mujer con cualquier pretexto. Pero el hado, que de muy distinta manera tenía resuelto atar los cabos de estos sucesos, dispuso, sirviéndole de instrumento Perico, que Miranda comenzase presto a hallarse satisfecho, entretenido y regocijado en aquella babilonia y golfo parisiense, por cuyos arrecifes y bajíos le piloteó el pollo Gonzalvo con más acierto y destreza que buena intención.

—¿Qué demonio, qué demonio vas a hacer ahora metiéndote en León? —exclamaba Perico—. Tiempo tendrás de sobra, de sobra, para aburrirte... mira, aprovéchate ahora... ¡Si estás muy bueno! Diez años, diez años te quitaron de encima las tales aguas.

Ya sabía el pícaro lo que se hacía. Ni padre, ni tía se mostraban muy dispuestos a venir a encargarse de Pilar, y auguraba el contratiempo de tener que quedarse de enfermero... Su mente, fecunda en tretas, le sugirió mil para embelesar a Miranda, en aquella ciudad mágica que ya de suyo emboba a cuantos la pisan. Aprendió el esposo de Lucía los refinamientos de la cocina francesa en los mejores restauradores (ensordezca todo hablista); y con la golosina experta de su edad madura, llegó a tomarse gran interés en que la salsa holandesa fuese mejor aquí que dos puertas más abajo, y en que las setas rellenas se hallasen o no a la época más propia para ser saboreadas. Amén de estos goces culinarios, aficionose a los teatrillos del género chocarrero que tanto abundan en París: divirtiéronle las canciones picarescas, las muecas del payaso, la música retozona y los trajes ligeros y casi paradisíacos de aquellas bienaventuradas ninfas que se disfrazaban de cacerolas, de violines o de muñecos. Hasta se susurra —pero sin que existan datos para establecerlo como rigurosa verdad histórica— que el insigne ex buen mozo quiso recordar sus pasadas glorias, y verter una regaderita de agua sobre sus secos y mustios lauros, y eligió para cómplice a cierta rata de proscenio, nombrada Zulma en la docta academia teatral, si bien está averiguado que en regiones menos olímpicas pudo llamarse Antonia, Dionisia o cosa así. Tenía ésta tal el salero del mundo para cantar el estribillo (refrain) de ciertas tonadas (chansonnettes); y era para descuajarse y deshacerse de risa cuando, la mano en la cintura, la pierna derecha en el aire, guiñados los ojos y entreabierta la boca, despedía una exclamación canallesca, un grito venido en derechura de las pescaderías y mercados a posarse en sus labios de púrpura, para deleite y contentamiento de los espectadores. Ni eran estas las únicas gracias y donaires de la cantora, antes lo mejor de su repertorio, la quintaesencia de sus monerías, guardábala para la dulce intimidad de los felices mortales que a aquella Dánae de bambalinas lograban aproximarse, bien provistos de polvos de oro. ¡Con qué felina zalamería menudeaba los golpecitos en la panza, y llamaba a graves sesentones ratoncillos, perritos suyos, gatitos, bibis, y otros apelativos cariñosos y regalados, que a arrope y miel sabían! Pues ¿qué diré del chiste y garbo incomparable con que oprimía entre sus dientes de perlas, un pitillo ruso, lanzando al aire volutas de humo azul, mientras la contracción de sus labios destacaba la arremangada nariz y los hoyuelos de los arrebolados carrillos? ¿Qué de aquella su maestría en ocupar dos sillas a un tiempo sin que propiamente estuviera sentada en ninguna de ellas, y puesto que reposaba en la primera el espinazo, en la segunda los tacones? ¿Qué de la agilidad y destreza con que se sorbía diez docenas de ostras verdes en diez minutos, y bebíase dos o tres botellas de Rhin, que no parece sino que le untaban el gaznate con aceite y sebo para que fuese escurridizo y suave? ¿Qué de la risueña facundia con que probaba a sus amigos que tal anillo de piedras les venía estrecho al dedo, mientras a ella le caía como un guante? En suma, si la aventura que se murmuró por entonces en los bastidores de un teatrillo, y en la mesa redonda de la Alavesa, parece indigna de la prosopopeya tradicional en la mirandesca estirpe, cuando menos es justo consignar que la heroína era la más divertida, sandunguera y comprometedora zapaquilda de cuantas mayaban desafinada y gatunamente en los escenarios de París.

Mientras de tal suerte espantaban Perico y Miranda el mal humor, a Pilar se le deshacía el pulmón que le restaba, paulatinamente, como se deshace una tabla roída por la carcoma. No empeoraba, porque ya no podía estar peor, y su vivir, más que vida, era agonía lenta, no muy penosa, amargándola solamente unas crisis de tos que traían a la garganta las flemas del pulmón deshecho, amenazando ahogar a la enferma. Estaba allí la vida como el resto de llama en el pábilo consumido casi: el menor movimiento, un poco de aire, bastan para extinguirlo del todo. Se había determinado la afonía parcial y apenas lograba hablar, y solo en voz muy queda y sorda, como la que pudiese emitir un tambor rehenchido de algodón en rama. Apoderábanse de ella somnolencias tenaces, largas; modorras profundas, en que todo su organismo, sumido en atonía vaga, remedaba y presentía el descanso final de la tumba. Cerrados los ojos, inmóvil el cuerpo, juntos los pies ya como en el ataúd, quedábase horas y horas sobre la cama, sin dar otra señal de vida que la leve y sibilante respiración. Eran las horas meridianas aquellas en que preferentemente la atacaba el sueño comático, y la enfermera, que nada podía hacer sino dejarla reposar, y a quien abrumaba la espesa atmósfera del cuarto, impregnada de emanaciones de medicinas y de vahos de sudor, átomos de aquel ser humano que se deshacía, salía al balconcillo, bajaba las escaleras que conducían al jardín, y aprovechando la sombra del desmedrado plátano, se pasaba allí las horas muertas cosiendo o haciendo crochet. Su labor y dechado consistía en camisitas microscópicas, baberos no mayores, pañales festoneados pulcramente. En faena tan secreta y dulce íbanse sin sentir las tardes; y alguna que otra vez la aguja se escapaba de los ágiles dedos, y el silencio, el retiro, la serenidad del cielo, el murmurio blando de los magros arbolillos, inducían a la laboriosa costurera a algún contemplativo arrobo. El Sol lanzaba al través del follaje dardos de oro sobre la arena de las calles; el frío era seco y benigno a aquellas horas; las tres paredes del hotel y de la casa de Artegui formaban una como natural estufa, recogiendo todo el calor solar y arrojándolo sobre el jardín. La verja, que cerraba el cuadrilátero, caía a la calle de Rívoli, y al través de sus hierros se veían pasar, envueltas en las azules neblinas de la tarde, estrechas berlinas, ligeras victorias, landós que corrían al brioso trote de sus preciados troncos, jinetes que de lejos semejaban marionetas y peones que parecían chinescas sombras. En lontananza brillaba a veces el acero de un estribo, el color de un traje o de una librea, el rápido girar de los barnizados rayos de una rueda. Lucía observaba las diferencias de los caballos. Habíalos normandos, poderosos de anca, fuertes de cuello, lucios de piel, pausados en el manoteo, que arrastraban a un tiempo pujante y suavemente las anchas carretelas; habíalos ingleses, cuellilargos, desgarbados y elegantísimos, que trotaban con la precisión de maravillosos autómatas; árabes, de ojos que echaban fuego, fosas nasales impacientes y dilatadas, cascos bruñidos, seca piel y enjutos riñones; españoles, aunque pocos, de opulenta crin, soberbios pechos, lomos anchos y manos corveteadoras y levantiscas. Al ir cayendo el Sol se distinguían los coches a lo lejos por la móvil centella de sus faroles; pero confundidos ya colores y formas, cansábanse los ojos de Lucía en seguirlos, y con renovada melancolía se posaban en el mezquino y ético jardín. A veces turbaba su soledad en él, no viajero ni viajera alguna, que los que vienen a París no suelen pasarse la tarde haciendo labor bajo un plátano, sino el mismísimo Sardiola en persona, que so pretexto de acudir con una regadera de agua a las plantas, de arrancar alguna mala hierba, o de igualar un poco la arena con el rodezno, echaba párrafos largos con su meditabunda compatriota. Ello es que nunca les faltó conversación. Los ojos de Lucía no eran menos incansables en preguntar que solícita en responder la lengua de Sardiola. Jamás se describieron con tal lujo de pormenores cosas en rigor muy insignificantes. Lucía estaba ya al corriente de las rarezas, gustos e ideas especiales de Artegui, conociendo su carácter y los hechos de su vida, que nada ofrecían de particular. Acaso maravillará al lector, que tan enterado anduviese Sardiola de lo concerniente a aquel a quien solo trató breve tiempo; pero es de advertir que el vasco era de un lugar bien próximo al solar de los Arteguis, y familiar amigo de la vieja ama de leche, única que ahora cuidaba de la casa solitaria. En su endiablado dialecto platicaban largo y tendido los dos, y la pobre mujer no sabía sino contar gracias de su criatura, que oía Sardiola tan embelesado como si él también hubiese ejercido el oficio nada varonil de Engracia. Por tal conducto vino Lucía a saber al dedillo los ápices más menudos del genio y condición de Ignacio; su infancia melancólica y callada siempre, su misántropa juventud, y otras muchas cosas relativas a sus padres, familia y hacienda. ¿Será cierto que a veces se complace el Destino en que por extraña manera, por sendas torturosas, se encuentren dos existencias, y se tropiecen a cada paso e influyan la una en la otra, sin causa ni razón para ello? ¿Será verdad que así como hay hilos de simpatía que los enlazan, hay otro hilo oculto en los hechos, que al fin las aproxima en la esfera material y tangible?

—Don Ignacio —decía el bueno de Sardiola fue siempre así. Mire usted, del cuerpo dicen que nunca padeció nada... ¡ni un dolor de muelas! pero asegura el ama Engracia que ya desde la cuna tuvo una a modo de enfermedad... allá del alma o del entendimiento, o ¡qué me sé yo! Cuando chiquillo ¡le entraban unos miedos al anochecer y de noche, sin saberse de qué! se le agrandaban los ojos, así, así... (Sardiola trazaba en el espacio con sus dedos pulgar e índice una O cada vez mayor), y se metía en un rincón del aposento, sin llorar, hecho una pelota, y pasábase así quietecito, hasta que amanecía Dios... No quería decir sus visiones; pero un día le confesó a su madre que veía cosas terribles, a todos los de su casa con caras de muertos, bañándose y chapuzándose bonitamente en un charco de sangre... En fin, mil disparates. Lo raro del asunto es que a la luz del Sol el señorito fue siempre un león, como todos sabemos... lo que es en la guerra daba gozo verle... ¡bendito Dios! lo mismo se metía entre las balas que si fuesen confites... Nunca usó armas, sino una cartera colgada donde había yo no sé cuántas cosas: bisturíes, lancetas, pinzas, vendas, tafetán... Además tenía los bolsillos atestados de hilas y trapos y algodón en rama... Dígole a usted, señorita, que si se ganasen los grados por no tener asco a los pepinillos liberales, nadie los ganaría mejor que Don Ignacio... Una vez cayó una bomba, así, a dos pasos de él... se la quedó mirando, esperando sin duda a que reventase, y si no lo coge de un brazo el sargento Urrea, que estaba allí cerquita... Ni en las cargas a la bayoneta se retiraba. En una de éstas un soldado guiri, ¡maldita sea su casta!, se fue a él derecho con el pincho en ristre... ¿Qué dirá usted que hizo mi Don Ignacio? no se le ocurre ni al demonio... Lo apartó con la mano como si apartase un mosquito, y el muy bárbaro abatió la bayoneta y se dejó apartar. Tenía el señorito entonces una cara... Válgame Dios y qué cara. Entre seria y afable, que el alma de cántaro aquel debió de quedarse cortado.

Después eran pormenores sobre los cuidados del hijo a la madre en su última enfermedad.

—Parece que los estoy viendo... Ahí, ahí, donde usted está, la señora Doña Armanda; y él, aquí, así, lo mismito que yo, dicho sea con el respeto que... Pues se bajaba, y le alzaba los pies y se los apoyaba en un taburete... así, así, y le ponía detrás de la cabeza hasta una docena de almohadas, almohadones y almohadillas, de distintos tamaños y hechuras, todo para acomodarlas a la respiración de la pobre señora... Y los jaropes, y los potingues... digital por aquí, atropina por allá... ¡quiá! ni por esas... se murió al fin la infeliz... ¿Creerá usted que no hizo Don Ignacio ningún extremo? es un pozo; todo se lo guarda, y así le ahoga eso que va encerrando, encerrando... A mí no me la pegó con su serenidad... porque cuando me dijo: «Sardiola, me acompañarás esta noche a velarla», me acordé, ¡mire usted, señorita, qué tontería! pues me acordé de un corneta de nuestras filas, que tocaba unas dianas famosas con su instrumento, que era tan claro y tan lleno y tan hermoso... y un día tocó mal, y como nos burlásemos de él, cogió la corneta, y sopló y nos dijo: «Chicos, ha tenido una pena y se ha reventado la pobrecilla mía...» Pues mire usted, la misma diferencia de son que noté en la corneta de aquel majadero de Triguillos, noté en la voz del señorito... usted ya sabe que la tiene muy sonora, que daría gozo oírle mandar la maniobra... y aquel día... estaba reventada la voz, vamos. En fin, que él amortajó a Doña Armanda, y entre él y yo la velamos, y al amanecer... ¡zas! tren especial y a Bretaña con el cuerpo en un ataúd de palo santo fileteado de plata: al castillote de qué sé yo qué, a enterrar con sus padres, abuelos y tatarabuelos a la pobre señora.

Lucía, que caída la labor en el regazo escuchaba con vida y alma, púsola toda en sus ojos para preguntar, mudamente, algo a Sardiola. El inteligente vasco respondió al punto:

—No ha vuelto desde entonces, y se ignora qué piensa hacer... Engracia no sabe de la misa a la media... Bien que él nunca dice nada a persona de este mundo de lo que proyecta, ni... Ahí se está Engracia sola, porque a los demás criados los despidió muy bien galardonados, al partir... Ella arregla lo poco... lo nada que hay que arreglar ahí... Abrir alguna vez las ventanas, para que la humedad no se divierta con los muebles... pasar un plumero...

Volvió Lucía la cabeza, y fijose en las ventanas, cerradas a la sazón, al través de los cuales se veía a intervalos cruzar una figura de mujer provecta, la cabeza adornada con la tradicional coba guipuzcoana, sujeta con dos agujones dorados.

—Merece cuidarse la casa —prosiguió Sardiola—, porque la tenía como una taza de plata aquella bendita Doña Armanda... muy bien alhajada, y muy capaz... Y ahora que se me ocurre —exclamó dándose fiera palmada en la frente—. Señorita... ¿por qué no va usted a verla? Yo se lo diré a Engracia... nos la enseñará toda... ea, decídase usted.

—No —contestó débilmente Lucia— para qué...

—¡Para verla! pues claro está... Verá usted el cuarto del señorito Ignacio, con sus libros y sus juguetes de chiquillo, que todo lo conserva el ama Engracia...

—Bien, Sardiola —respondió Lucía como pidiendo tregua—. Un día que me coja de humor... Hoy no estoy para ello. Ya te avisaré.

Andaba Lucía, en efecto, harto cavilosa, por una circunstancia que a nadie importaba sino a ella. Duhamel le había notificado que el fin de Pilar era inminente, y Pilar, no sospechándolo en lo más mínimo, no daba indicios de querer disponer su alma para el terrible paso. Hablábanle de Dios, y contestaba, en voz apenas perceptible, modas o viajes; queríanle recordar cosas tristes, y la desventurada, sin soplo vital casi, decía alguna festiva ocurrencia, que tomaba color de cementerio al pasar por sus lívidos labios.

Toda la retórica piadosa de Lucía se estrellaba ante la invencible y benéfica ilusión de la hora postrera. Acudió a Miranda y Perico demandando ayuda, y ambos se encogieron de hombros, declarándose de todo punto inexpertos y poco a propósito para asuntos tales. Justamente el día en que se le puso en la cabeza hablarles del asunto, tenían ellos concertada una cena con Zulma y compañeras no mártires en el más calentito y retirado gabinete de Brébant. ¡Brava sazón de pensar en semejantes cosas! No obstante, alguien hubo que sacó a Lucía del atolladero; y fue ni más ni menos que Sardiola, que conocía a un jesuita paisano suyo, el Padre Arrigoitia, y lo trajo en un santiamén. Era el Padre Arrigoitia alto como una caña, encorvado por la cintura, dulce como el jarabe y tan pegadizo e insinuante como brusco y desamorado su conterráneo el Padre Urtazu. Entró pretextando una visita de la tía de Pilar, volvió manifestando mucho interés por la salud corporal de la enferma, trajo tierra de la santa gruta de Manresa y pastillas pectorales de Belmet, todo junto y envuelto en muchos papelitos, y en suma, se dio tal maña y arte, que a la semana de conocerle y tratarle, Pilar espontáneamente pidió lo que tanto deseaban darle el jesuita y la enfermera. Al salir el Padre Arrigoitia del cuarto de la que bien podemos llamar moribunda, después de haber pronunciado las palabras de la absolución, sintió detrás de la puerta el ulular de un congojado pecho, y oyó una voz que decía:

—Gracias... muchas gracias...

Lucía estaba allí y lloraba a mares,

—A Dios sean dadas... —contestó el jesuita afablemente—. Vamos, no afligirse, mi señora Doña Lucía... al contrario. Estamos de enhorabuena.

—No... no, si es de gozo —contestó la enfermera.

Y como la sotana negra y el alto talle fajado se alejasen, hizo suavemente: ce, ce. El jesuita se volvió.

—Yo también, Padre Arrigoitia, me quiero confesar, pronto, pronto.

—¡Ah! bien, bien... pero usted no está en peligro de muerte, gracias al Señor... en San Sulpicio, confesonario de la derecha, entrando... a sus órdenes siempre, señora mía. Volveré, volveré a ver a nuestra enfermita... no hay que llorar... ¡Parece usted una Magdalena!

Aquella tarde Lucía bajó como de costumbre al jardín. Pero era tal el cansancio que sentían sus miembros y su espíritu, que recostando en el tronco del plátano la cabeza, quedose dormida. Empezó presto a soñar: y es lo raro del caso que no soñaba hallarse en lugar alguno nuevo ni desconocido, sino en el mismo sitio, en el jardinete; únicamente las caprichosas representaciones del sueño se lo convirtieron de chico y estrecho en enorme. Era el propio jardín, pero visto al través de una colosal lente de aumento. No se distinguía la verja sino a distancia fabulosa, como una hilera de puntos brillantes, allá en el horizonte; y tal aumento de proporciones acrecentaba la tristeza del mezquino jardín, haciéndolo parecer más bien seco y agostado erial. Recorriéndolo, fijaba Lucía la vista en la fachada correspondiente a la casa de Artegui, de una de cuyas ventanas salía una mano pálida que le hacía señas. ¿Era mano de hombre o de mujer? ¿era de vivo, o de cadáver? Lucía lo ignoraba; pero los misteriosos llamamientos de aquella diestra desconocida la atraían cada vez más, y corriendo, corriendo, trataba de acercarse a la casa; pero el erial se prolongaba, detrás de unas calles de arena venían otras, y después de andar horas y horas aún veía delante de sí larguísima hilera de plátanos entecos, cuyo fin no se divisaba, y la casa de Artegui más lejana que nunca. Y la mano hacía señas impacientes y furiosas, semejante a diestra de epiléptico que se agita en el aire: sus cinco dedos eran aspas incesantes en girar, y Lucía, desalentada, jadeante, iba a escape, y a cada plátano sucedía otro, y la casa lejos... lejos... «¡Necia de mí!» exclamaba al fin; «ya que corriendo no llego nunca... volaré.» Dicho y hecho: como se vuela tan aína en sueños, Lucía se empinaba y... ¡pim! al aire de un brinco. ¡Oh placer! ¡oh gloria! el erial quedaba debajo; surcaba la región ambiente, pura, serena, azul, y ya la casa no estaba lejos, y ya se acababan los eternos plátanos, y ya distinguía el cuerpo dueño de la mano... era un cuerpo esbelto sin delgadez, dignamente rematado por una cabeza varonil y melancólica... pero que entonces se sonreía cariñosamente, con expansión infinita... ¡Cómo volaba Lucía! ¡cómo respiraba a placer en la atmósfera serena! ánimo, poco falta... Lucía escuchaba el batir de sus propias alas, porque tenía alas; y el regalado frescor de las plumas le refrigeraba el corazón... Ya estaba cerca de la ventana...

Sintió de pronto dos dolores agudos, como una herida gemela hecha con dos armas a un tiempo: distinguió una tijera enorme que sobre ella se cernía; vio caer al suelo dos alas de paloma blancas y ensangrentadas; y sin ser poderosa a más, cayó ella también, pero de prodigiosa altura; no al suelo del jardín, sino a un precipicio, una sima muy honda, muy honda... Allá en el fondo ardían dos lucecicas, y la miraban unos ojos compasivos de mujer vestida de blanco... Ni más ni menos que caía en la gruta de Lourdes... no podía ser otra; estaba tal como la había visto en la iglesia de San Luis en Vichy; hasta la Virgen tenía los mismos rosales, los mismos crisantemos... ¡ay, qué fresca y hermosa era la gruta, con su manantialillo murmurador! Lucía ansiaba llegar... pero la angustia de la caída la despertó, como sucede siempre en las pesadillas.

XIV

A pocos días de haberse confesado Pilar, expiró. Fue su muerte casi dulce y del todo imprevista, en cuanto careció de agonía. Una flema mayor que las demás cortó su respiración algunos segundos, y apagose la débil luz de la vida en la exhausta lámpara. Lucía estaba sola con ella, y sosteníale la cabeza para toser, a tiempo que, doblando de pronto el cuello, la tísica entregó el alma. Tiene este horrible mal de la tisis tan diversas fases y aspectos, que hay enfermo que al morir cuenta los instantes que le restan de existencia, y haylo que cae sorprendido en la eternidad, como la fiera en el lazo. Lucía, que nunca había visto muertos, no pudo imaginar que fuese sino un síncope profundo; creía ella que el espíritu no abandonaba sin lucha y ansías mayores su vestidura mortal. Salió gritando y pidiendo auxilio; acudió primero Sardiola a sus voces, y meneando la cabeza, dijo: «Se acabó.» Miranda y Perico llegaron en breve; justamente estaban en casa por ser las once, hora de cambiar el lecho por el almuerzo. Miranda alzó las cejas, frunciolas después, y dijo poniendo la voz en el registro grave:

—Era de temer, de temer... Sí, estaba muy mal... Pero tan de pronto, señor... si es que parece imposible...

En cuanto a Perico, escondió la cabeza entre las manos, y murmuró más de tres docenas de «Jesús, Jesús... Válgame Dios, válgame Dios... Qué desgracia, qué desgracia...» y aún debo añadir, en honra de la sensibilidad del insigne pollo, que se demudó bastante su rostro, y pugnaron por asomar a sus lagrimales, y asomaron al fin, unas cuantas gotas de eso que los poetas llaman rocío del alma. No quise omitir estos pormenores, a fin de que no se crea que Perico era malo, siendo así, que de investigaciones y curiosos datos estadísticos resulta que aún valía más que las dos terceras partes de la prole de Adán. Triste y mustio de veras, se dejó conducir por Miranda a su cuarto, y es cosa averiguada también, que en todo el curso de aquel día no entraron en su cuerpo más alimentos que dos tazas de té y un huevo pasado por agua, que la extrema debilidad le obligó a sorber, entrada ya la noche.

El Padre Arrigoitia y el médico Duhamel, de acuerdo con Miranda, y facultados telegráficamente por la desconsolada familia Gonzalvo, proporcionaron a la muerta cuanto necesitaba ya: mortaja y ataúd. Pilar, vestida de hábito del Carmen, fue extendida en la caja sobre su mismo lecho; encendieron luces, y dejáronla, a la española, en la cámara mortuoria, no acatando la costumbre francesa de convertir en capilla ardiente el portal, exponiendo allí el cadáver para que todo el que pase lo rocíe con una rama de boj que flota en una caldereta de agua bendita. Depósito, exequias y entierro, debían verificarse el día siguiente.

Hízose todo con tal celeridad y tino, que serían las tres de la tarde no más cuando en la estancia, ordenada ya, y junto al balcón abierto, leía el Padre Arrigoitia en su Breviario las oraciones por los difuntos, y Lucía le contestaba entre sollozos «Amén». La llama de los cirios, devorada por la claridad gloriosa del Sol, no era más que un punto rojizo, en cuyo centro se distinguía la negra raya del pábilo. A lo lejos se escuchaba el sordo rodar de los coches, anunciado antes por el retemblido de los vidrios; y dominando los rumores de la calle, la voz del jesuita que decía:

—*Qui quasi putredo consumendus sum, et quasi Vestimentum quod comeditur a tinea...*

Protestando contra el cántico de muerte, el hermoso Sol de invierno enviaba sus rayos a la cabeza inclinada y canosa del sacerdote, y encendía con tonos calientes la nuca de Lucía, inclinada también.

Y continuaba el rezo:

—*Heu mihi, Domine, quia pecavi nimis in vita mea...*

Un rayo de luz más vivo y directo se coló en la cámara, y fue a posarse en la difunta. Estaba Pilar consumida y hecha un mirlo de flaca; ni majestad ni hermosura añadía la muerte a aquel residuo de organismo devorado por la extenuación y la fiebre. La toca blanca hacía resaltar la verdosa palidez de su rostro chupado. Parecía haber encogido y menguado en estatura. Su expresión era vaga, entre sonrisa y mueca. Veíansele los dientes de marfil. Sobre su pecho destelló, al reflejo solar, el latón de un crucifijo que el Padre Arrigoitia le había puesto entre las manos.

Bien rezarían el jesuita y la amiga cosa de una hora; pero al cabo de ese tiempo se levantó el Padre, manifestando que para volver a velarla, necesitaba ir a su casa y despachar algunos urgentes asuntos que le reclamaban. Miró a Lucía, y viéndola descolorida y los ojos hinchados, le dijo bondadosamente:

—Retírese un poco, hija, a descansar... está usted del color de la muerta. No ordena Dios tratarse así.

—Lo que haré, Padre —respondió Lucía—, será bajar un rato al jardín a tomar el fresco... Juanilla se quedará aquí... Me arde la cabeza, necesito aire.

De nuevo fijó en ella su mirada el jesuita, y prontamente, acercándose a su oído y silabeando como en el confesonario, murmuró:

—Ahora que esa pobrecita se ha muerto... ya sabe usted mi consejo, ¿verdad? ¡Tierra en medio, hija! Esta vecindad... estos aires no le convienen. A León... Si me envían allá... la he de felicitar.

Y como Lucía lo mirase elocuentisimamente, añadió:

—Sí, sí... tierra en medio. ¡Cuántas almitas enfermas he curado yo con eso solo! Vaya, hasta luego... hasta cuanto antes. Si, hijita querida, sí; esas cosas las apunta todas Dios en el cielo...

—Padre... quisiera ser aquella... —murmuró Lucía señalando a la muerta.

—¡Virgen mía! no, hija... vivir para servir a Dios... cumpliendo su voluntad... Hasta luego, ¿eh?

Cuando Lucía bajó al jardín, pareció éste a sus ojos fatigados de llorar, menos enteco y árido que de costumbre. Las yucas alzaban su cabeza majestuosa, perpetuamente coronada; las hiedras exhalaban leve aroma campesino, siempre más grato que el tufo de la cera. El Sol iba ya retirándose, pero aún doraba las moharras de las lanzas, en la verja. Sentose Lucía por costumbre bajo el plátano, que, pelado por el invierno, ya se había quedado sin una mala hoja con que dar sombra. El reposo de aquel rinconcillo solitario trajo de nuevo los pensamientos familiares.. No, Lucía no podía llorar más, sus ojos secos no contenían lágrima alguna; lo que deseaba era descanso, descanso... Habíanle prohibido Dios y la naturaleza pensar en la muerte; así es que empleando ingenioso subterfugio, pensaba en un sueño muy largo, que no tuviese fin... Absorta, vio venir a Sardiola corriendo.

—Señorita... señorita...

El bueno del vasco se asfixiaba.

—¿Qué hay? —dijo ella, y levantó lánguidamente la cabeza.

—Está ahí —dijo Sardiola atragantándose.

—Está... ahí...

Lucía se irguió recta como una estatua y puso ambas manos sobre el pecho.

—El señorito... señorito Ignacio... Llegó esta mañana... marcha esta noche... adónde no se sabe... no quiso recibirme... Engracia dice que está más demudado que cuando salió para Bretaña...

—Sardiola... —pronunció difícilmente Lucía, sintiendo el corazón no mayor que una nuez—. Sardiola...

—Tengo que subir, me están necesitando a cada paso... con la desgracia de hoy, hay mil recados...¿Quiere usted algo, señorita?

Nada...

Y la voz sorda de Lucía expiró en su garganta. Zumbábanle los oídos y giraban en torno suyo verja, paredes, plátano y yucas. Hay así en la vida momentos supremos en que el sentimiento, oculto largas horas, se levanta rugiente, y avasallador, y se proclama dueño de un alma. Éralo ya; pero el alma lo ignoraba por ventura o barruntábalo solamente; hasta que repentina marca de hierro enrojecido viene a revelarle su esclavitud. Aunque el símil pueda parecer profano, diré que acontece con esto algo de lo que con las conversiones: flota indeciso el ánimo algún tiempo, sin saber qué rumbo toma, ni qué causa su desasosiego, hasta que una voz de lo alto, una luz deslumbradora, de improviso, disipan toda duda. Pronto es el asalto, nula la resistencia, segura la victoria.

Descendía rápidamente el Sol a su ocaso, caía sobre el jardín la sombra; Sardiola, el lebrel fidelísimo que había dado el ladrido de alarma, no estaba ya allí. Lucía miró en torno suyo con ojos vagos, y llevose las manos a la garganta oprimida. Después convirtió la vista a la fachada, cual si sus macizos muros pudiesen por mágico arte volverse cristal y trasparentar lo que en su interior guardaban. Quedose fascinada, sofocando un grito antes que naciera. La puerta del comedor estaba entornada. Cosa era esta que sucedía muchas tardes, siempre que al ama Engracia se le ocurría tomar el fresco un rato en el umbral charlando con Sardiola; pero en tal instante Lucía sintió que la puerta entreabierta la penetraba de terror glacial y de ardiente júbilo a un tiempo. Su cerebro, vacío de ideas, solo encerraba un sonsonete monótono y cadencioso, repitiendo como la péndola de un horario: «Vino esta mañana, se va esta noche...» Y al fin la repetición la irritaba de tal manera, que solo oía la palabra «noche, noche, noche», palabra que parecía vibrar, como esos puntos luminosos que se ven en las tinieblas, durante el insomnio, y que se acercan y se alejan, sin movimiento de traslación, por el mero sacudimiento de sus moléculas. Apretose las sienes como para detener la tenaz péndola, y lentamente, paso a paso, se encaminó al vestíbulo de casa de Artegui. Al poner el pie en el primer peldaño de la escalera, la música zumbadora de la sangre le cantaba en los oídos, como un coro de cien moscardones. Parece que le decía:

—No vayas, no vayas.

Y otra voz silbada y misteriosa, la voz del viento en las ramas secas del plátano, le murmuraba con prolongado susurro:

—Sube, sube, sube.

Subió. Al llegar al segundo peldaño tropezó pisándose el traje por delante, y solo entonces echó de ver que su bata de merino negro, manchada por la asistencia, arrugada por las vigilias, era muy fea y de corte asaz descuidado. Vio, además, que tenía los puños de la chambra hechos un trapo, remojados de lágrimas, y la falda sembrada de hilitos de hacer labor. Se recorrió maquinalmente con ambas manos, sacudiendo los cabos de hilo, y estirose algo los puños, mientras llegaba a la puerta. En ésta vaciló aún; pero la media oscuridad que ya reinaba le dio ánimos. Empujó las hojas y hallose en una gran pieza lóbrega a la sazón, que no era sino el comedor, y por tener cubiertos los muros de una imitación del antiguo cuero cordobés, parecía harto más sombría, ayudando a ello los altos aparadores de roble esculpido, y sitiales de lo mismo.

—Éste es el comedor —dijo en voz alta Lucía.

Y miró hacia todas partes buscando la puerta. La cual estaba en el fondo, frontera a la que al jardín salía, y Lucía alzó el tupido cortinón y puso la trémula mano en el pestillo, saliendo a un corredor casi del todo tenebroso. Quedose sin respirar, y lo que es peor, sin saber adónde se encaminase, y entonces maldijo mil veces de su terquedad en no haber querido visitar antes la casa. De pronto oyó un ruido, unos tropezones sonoros, un choque de vajilla y loza... El ama Engracia fregoteaba sin duda los platos en la cocina. ¿Cómo lo adivinó tan presto Lucía? El entendimiento se aguza en las horas críticas y extraordinarias. Guiada negativamente por el ruido, Lucía siguió andando en dirección opuesta, hacia el extremo del pasillo, en que reinaba el silencio. El piso alfombrado apagaba su andar, y con ambas manos extendidas palpaba las dos murallas buscando una puerta. Al fin, sintió ceder el muro, y, siempre con las manos delante, penetró en una estancia que le pareció chica, y donde al pasar tropezó en varios objetos, entre ellos unas barras de metal que se le figuraron de una cama. De allí pasó a otra habitación mucho mayor, todavía iluminada por un leve resto de luz diurna, que entraba por alta vidriera. Lucía no dudó ni un instante de su acierto: aquella cámara debía de ser la de Artegui. Había estanterías cargadas de volúmenes, preciosas pieles de animales arrojadas al desdén por la alfombra, un diván, una panoplia de ricas armas, algunas figuras anatómicas, enorme mesa escritorio con papeles en desorden, estatuas de tierra cocida y de bronce, y sobre el diván un retrato de mujer, cuyas facciones no se distinguían. Medio desmayada se dejó caer Lucía en el diván, cruzando ambas manos sobre el seno izquierdo, que levantaban los desordenados latidos del corazón, y diciendo en voz alta también:

—Aquí.

Estúvose así un rato, sin pensar, sin desear, entregada solo al placer de hallarse allí, en donde moraba Artegui. La oscuridad crecía, y al fin viniera a ser completa si el resplandor de un reverbero fronterizo no se quebrase en los cristales de la ventana. La vista de la luz hizo saltar en el diván a Lucía.

—Es de noche —exclamó siempre en alto.

Atropelláronse en su mente mil pensamientos. De seguro que ya habrían preguntado en la fonda por ella. Puede que estuviese de vuelta el Padre Arrigoitia; y se volverían locos buscándola en el jardín, en su cuarto, en todas partes. No sabía ella misma por qué se acordaba antes del Padre Arrigoitia que de Miranda; pero es lo cierto que su temor principal era darse de manos a boca con el afable jesuita, que le diría sonriendo: «¿De dónde bueno, hija?» Hostigada por tales imaginaciones, se levantó tambaleándose, y diciendo entre dientes:

—No es justo que la muerta esté sola...

Y buscó la salida: pero de pronto se detuvo paralizada, como autómata a quien se acaba la cuerda... Oyó pasos en el corredor, pasos que se acercaban, pasos fuertes y resueltos: no eran, no, los del ama Engracia. La puerta de la cámara grande se abrió, y entró una persona. Lucía se hallaba ya en la cámara chica, y se quedó detrás de la cortina. No estaba ésta corrida del todo. Por el resquicio vio que el recién llegado encendía un fósforo y después la bujía de un candelero; mas la luz sobraba, y ya, sin ella, había conocido a Artegui.

Ahora lo distinguía perfectamente; era él, pero aun más abatido y desmejorado que cuando por última vez lo vio; velaban su rostro tintas cárdenas, y la negra barba lo sumía en un cerco de sombra; sus ojos brillaban cual si tuviese calentura. Sentase al escritorio y escribió dos o tres cartas. Estaba frente por frente a Lucía y ella le devoraba con los ojos. A cada carta que cerraba Artegui, decíase:

—Ya le he visto; vámonos.

Y se quedaba. Por fin Artegui se levantó, e hizo una cosa rara; llegose al retrato colgado sobre el diván, y lo besó. Miró Lucía afanosamente a aquel lugar, y viendo un rostro de dama, pero parecido al de Artegui, murmuró:

—Su madre.

Tras de lo cual, el pesimista abrió un cajón de su mesa-escritorio, y sacó un objeto reluciente y prolongado, que reconoció con el mayor esmero... Estaba absorto en su ocupación, cuando sintió que le asían del brazo con fuerza convulsiva, y vio ante sí a una mujer pálida, más pálida que él, ardientes y fijos los ojos como dos carbones encendidos, abierta la boca para hablar... pero muda, muda. Soltó la pistola, que cayó en la alfombra con ruido mate, y estrechó a la mujer... Cedió el talle de ésta como una flor tronchada, y hallose con Lucía exánime en los brazos.

La colocó atónito en el diván, y trayendo de su cuarto de tocador un frasco de lavanda, se lo vertió entero por sienes y pulsos, rompiéndole al mismo tiempo los ojales de la bata, en la prisa con que quería aflojarle el corsé. Ni un momento le ocurrió llamar al ama Engracia; al contrario, murmuraba muy bajito:

—¿Lucía..., me oye usted? ¡Lucía... Lucía..., soy yo, yo no más..., Lucía!

Ella abrió los ojos aun turbios y vagos, y contestó, muy quedo también, pero claro:

—Aquí estoy, Don Ignacio. ¿Dónde está usted?

—Aquí..., aquí mismo..., ¿no me ve usted?, aquí, a su lado...

—Sí, sí, ya veo... ¿Es usted?

—Explíqueme usted este... este milagro, Lucía, por lo que más quiera. ¿Cómo vino usted aquí?

—Explicar..., explicar, no puedo, Don Ignacio..., tengo así, la cabeza... Como estaba usted aquí... quise verle... y yo decía: Pues he de verle... No, yo no, lo decían cien mil pajaritos dentro de mí... Ellos lo dijeron. Y vine. No sé más.

—Descanse usted —dijo con dulcísima voz Artegui, hablando blandamente, como se habla a los niños—. Apoye usted la cabeza en el almohadón... ¿Quiere usted té..., alguna cosa? ¿Se siente usted mejor?

—No, descansar, descansar. Así... así... —Lucía cerró los ojos, y recostándose en el diván, calló. Artegui la miraba ansioso, dilatadas las pupilas, y estremecido aún de sorpresa y de asombro. Arreglole el descompuesto traje, y le puso a los pies un taburete, estirándole la bata de manera que se los tapase. Lucía seguía inmóvil, murmurando palabras en voz baja, divagando un poco aún, pero ya con más ilación, y discurso más claro.

—Ni sé cómo llegué al cuarto... tenía miedo, mucho miedo de encontrar con alguien... con el ama Engracia... pero yo decía: adelante: Sardiola asegura que se marcha hoy... y si se marcha... tú también te irás a León... y ya, en toda la vida, y en la eternidad, Lucía, como no le veas en el cielo, no sé yo dónde le verás... Cuando uno piensa cosas así tiene un valor... yo temblaba, temblaba como un azogado: puede que haya roto algo en el cuartito chico... lo sentiría... y también sentiré que afeen mi conducta el Padre Urtazu y el Padre Arrigoitia... la afearán, sí que la afearán... yo les diré que solo quería verle un minuto... como le daba la luz en la cara, le vi muy bien: está tan descolorido... ¡siempre descolorido! También Pilar lo está... y yo... y todos... y el mundo, sí, el mundo se ha puesto de un color, que... antes era rosa y azul celeste... pero ahora... bueno, pues como quería verle, entré... El comedor es grande. El ama Engracia lavaba la vajilla... Bien que corrí. Casualidad fue acertar con su cuarto. Es un cuarto muy bonito. Tiene el retrato de su madre: ¡pobre señora! Duhamel es un gran médico, pero hay males que solo se curan, digo yo... en el hoyo. Allí todo se cura. Qué bien se debe estar allí... y aquí también. Se está muy bien... dan ganas de dormir, porque...

—Duerme, Lucía, mi alma y mi vida —murmuró apasionada y vibrante voz—. Duerme, a mi amparo y no temas. Duerme: ni en el lecho de tu infancia, velada por tu madre, dormiste más segura. Que vengan, que vengan a buscarte aquí.

Como cierva herida a traición por una saeta, brincó Lucía al sonido de aquellas palabras, y abriendo los ojos y pasándose la mano por la frente, quedose de pie ante Artegui, mirando a todos lados, encendidas por súbito rubor las mejillas y clara ya la mirada y el entendimiento.

—Pero... —exclamó con tono diferente— yo aquí... sí, ya sé por qué vine, y a qué vine, y cuándo... y ya recuerdo también... ¡Ah, Don Ignacio, Don Ignacio! se asombrará usted y con razón de haberme hallado cuando menos lo pensaba... ¡En qué instante entré! Gracias, Virgen y madre mía; ya tengo mis cinco sentidos y mi juicio cabal, y puedo echarme a los pies de usted, Don Ignacio, y decirle: por Dios señor, por la memoria de su señora madre, que está en el cielo, por... ¡no sé por qué! Por todo, no vuelva usted... ¡Prométame que no volverá a idear quitarse la vida, que puede emplearla tan bien!... Si yo supiese de discursos, y fuese sabia como el Padre Urtazu, lo diría mejor, pero usted me entiende... ¿verdad que sí? Prométame usted... no volver... no volver...

Y Lucía, desgreñada, patética, hermosa, se arrojó a los pies de Artegui, y abrazó sus rodillas, y se arrastró en la alfombra. A duras penas la alzó el pesimista.

—Usted sabe —dijo confuso— que yo estimaba poco la vida... digo más, que la aborrecía desde que llegué a entender su vacuidad y cuán inútil carga es para el hombre... y ahora, muerta mi madre y sin tener a nadie que sintiera mi falta...

Dos arroyos de llanto y el anhelar de un pecho fueron la respuesta. Artegui subió a Lucía en vilo al diván y se sentó a su lado.

—No llores —dijo apeándole otra vez el tratamiento—, no llores, regocíjate, porque has vencido. ¡Qué mucho, si representas la ilusión más cara al hombre, la ilusión única que vale cien realidades, la ilusión que solo se disipa en el regazo de la muerte! ¡La más tenaz e invencible de cuantas la naturaleza dispone para adherirnos a la vida y conservar nuestra especie! Escúchame. No quiero decirte que tú eres para mí la felicidad, porque la felicidad no existe y yo no he de engañarte, pero lo que sí te afirmo es que por ti puede ser digno de un espíritu noble preferir la vida a la muerte. Entre los engaños que a la tierra nos apegan, uno hay que ilude más dulcemente con mieles suavísimas, con regalos tan inefables y embriagadores, que es lícito al hombre entregarse a un bien que, con ser fingido, así embellece y dora la existencia. Óyeme, óyeme. Huí siempre de las mujeres, porque, conocedor del triste misterio del inundo, del mal transcendente de la vida, no quería apegarme por ellas a esta tierra mísera, ni dar el ser a criaturas que heredasen el sufrimiento, único legado que todo ser humano tiene certeza de transmitir a sus hijos... Sí, yo consideraba que era un deber de conciencia obrar así, disminuir la suma de dolores y males; cuando pensaba en esta suma enorme, maldecía al Sol que engendra en la tierra la vida y el sufrimiento, las estrellas que solo son orbes de miseria, el mundo este, que es el presidio donde nuestra condena se cumple, y por fin, el amor, el amor que sostiene y conserva y perpetúa la desdicha, rompiendo, para eternizarla, el reposo sacro de la nada... ¡La nada!, la nada era el puerto de salvación a que mi combatido espíritu quiso arribar... La nada, la desaparición, la absorción en el Universo, disolución para el cuerpo, paz y silencio eterno para el espíritu... Si yo tuviese fe, ¡qué hermosísimo y atractivo y dulce me parecería el claustro! Ni voluntad, ni deseo, ni sentidos, ni pasiones... un sayal, un muerto ambulante debajo... Pero...

Artegui se inclinó a Lucía con inquietud.

—¿Me comprendes? —interrogó de pronto.

—Sí, sí... —dijo ella, y su cuerpo temblaba.

—Pero... pero te vi... —continuó Artegui—. Te vi por casualidad, y por azar también, y sin que de mí dependiese, estuve a tu lado algún tiempo, respiré tu aliento, y sin querer... sin querer... comprendí que... No quise confesarme a mí mismo tu victoria, ni la conocí hasta que te dejé en ajenos brazos... ¡Oh! ¡Cómo maldije mi necedad en no haberte llevado conmigo entonces! Cuando recibí tu carta de pésame, estuve a dos dedos de ir a buscarte...

Artegui hizo breve pausa.

—Tú fuiste la ilusión... Sí, por ti hizo otra vez presa en mi alma la naturaleza inexorable y tenaz... Fui vencido... No era posible ya obtener la quietud de ánimo, el anonadamiento, la perfecta y contemplativa tranquilidad a que aspiraba... por eso quise poner fin a mi vida, cada vez más insufrible...

Interrumpiose de nuevo, y añadió, viendo que Lucía callaba:

—Quizá no me comprendas bien... Son cosas, aunque tan ciertas, oscuras para quien por vez primera las oye... Pero me entenderás si te digo llanamente que no moriré, porque te quiero, y me quieres, y ahora, suceda lo que suceda, vivo.

Dijo esto con ímpetu más violento aún que amoroso, y echó sus brazos al cuello de Lucía, y arrimola a sí con fuerza sobrehumana. Creyó ella sentir dos tenazas dulcísimas de fuego que la derretían y abrasaban toda, y reuniendo su vigor nervioso, se desprendió de ellas, quedándose trémula y erguida ante el pesimista. Su alta estatura, su ademán de indignación suprema, la asemejaran a bello mármol antiguo, si la bata de merino negro no borrase la clásica semejanza.

—Don Ignacio —balbucía la leonesa— usted se engaña, se engaña... Yo no le quiero a usted... es decir, de ese modo, no, nunca.

—Atrévete a jurarlo —rugió él.

—No... no, me basta decirlo —replicó Lucía con creciente firmeza—. Eso no.

Y dio dos pasos hacia la puerta.

—Escúchame un instante —insistió él deteniéndola—. Solo un instante. Tengo fortuna sobrada; mi viaje, según cree todo el mundo, se verificará esta noche. Estamos en un país libre, iremos a otro más libre aún. En los Estados Unidos nadie le pregunta a nadie de dónde viene, ni adónde va, ni quién es, ni qué hace. Nos vamos juntos. La vida juntos ¿oyes? la vida. Mira, yo sé que tú lo deseas. Tú estás muriendo por decir que sí. Sé de fijo que no eres dichosa, ni estás bien casada, y que te desmejoras, y sufres... No pienses que no lo sé. Solo yo te quiero, y te ofrezco...

Lucía dio otros dos pasos, pero fue hacia Artegui, y con uno de esos movimientos rápidos, infantiles, festivos, que suelen tener las mujeres en las ocasiones más solemnes y graves, se apretó la holgada bata en la cintura, y manifestó la curva, ya un tanto abultada, de sus gallardas caderas. Sacudió la cabeza, y dijo:

—¿Cree usted eso? Pues Don Ignacio... ¡ya mandará Dios quien me quiera!

Ignacio bajó la frente, abrumado por aquel grito de triunfo de la naturaleza vencedora. Pareciole que era Lucía la personificación de la gran madre calumniada, maldecida por él, que risueña, fecunda, próvida, indulgente, le presentaba la vida inextinguible encerrada en su seno, y le decía: «Tonto de pesimista, mira lo que puedes tú contra mí. Soy eterna.»

—No importa —murmuró él resignado y humilde—. Por lo mismo... Yo le serviré de padre, Lucía; yo respetaré tus sacros derechos como no los respetará tu marido, no. Seremos tres dichosos en vez de dos... nada más.

Cogiola de la falda y la obligó blandamente a sentarse.

—Hablemos así, tranquilos... Pero, ¿por qué no quieres? Yo no te entiendo —dijo con renovada vehemencia—. ¿No era amor, no era amor lo que mostrabas en el camino y en Bayona? ¿No es amor venir aquí hoy... sola... por verme? ¡Oh! no puedes defenderte... Urdirás mil sofismas, idearás mil sutilezas, pero... ¡ello se ve! Mientes si lo niegas, ¿sabes? No creí que en tu inocencia cupiese el mentir.

Alzó la frente Lucía.

—No, Don Ignacio; diré la verdad... creo que ya es mejor que la diga, porque tiene usted razón, he venido aquí... Sí, señor; oígalo usted. Yo le quiero como una loca, desde Bayona... no desde que le vi... Ya lo oye usted. Yo no tengo la culpa; ha sido contra mi voluntad, bien lo sabe Dios... Al principio creí que no era posible, que solo me daba usted... lástima... y así... mucho agradecimiento por sus bondades conmigo... Creía yo que una mujer casada solo puede querer a su marido... Si alguien me dijese que era esto... le insultaría, de fijo... Pero a fuerza de cavilar... no, yo no lo acerté, ni por pienso... Fue otro, fue quien conoce y entiende más que yo de los misterios del corazón... Mire usted, si yo supiese que era usted feliz, me hubiera curado... y también si alguien me mostrase compasión a su vez... ¡Caridad! ¡Compasión!... Yo la tengo de todo el mundo... y de mí... nadie, nadie la tiene... Así es que... ¿Se acuerda usted de lo alegre que era yo? Usted aseguraba que mi presencia le traía regocijo... Pues... ya me he acostumbrado a pensar cosas tan negras como usted... Y a desear la muerte. Si no fuese por lo que espero... me daría el mejor rato del mundo el que me pusiese donde está Pilar. Yo era fuerte y sana... Ya no tengo ni una hora buena. Esto ha sido como si un rayo me abrasase toda... Es un azote de Dios. Lo más amargo de todo es pensar en usted... que ha de ser desdichado en este mundo, réprobo en el otro...

Artegui escuchaba entre jubiloso y compadecido.

—Entonces, Lucía... —dijo con expresión.

—Entonces, usted que es bueno y rebonísimo, porque si no lo fuese yo no le querría de tal modo, me va a dejar marchar... y en caso contrario, me marcharé yo, aunque salte por la ventana.

—¡Desdichada! —murmuró él torvamente, volviendo a su abatimiento antiguo—. ¡Das con el pie a la felicidad! es decir, a la felicidad no, pero al menos a su sombra, y sombra tan hermosa al fin...

Incorporose de pronto; sacudiéndose y retorciéndose como un león en la agonía.

—Dame una razón —gritó—. Si no, me mataré a tu vista. Sepa yo al menos por qué. ¿Es por tu padre? ¿es por tu marido? ¿es por tu hijo? ¿es por el mundo? ¿es...

—Es —murmuró ella bajándose y con gran dulzura—. Es... por Dios.

—¡Dios! —gimió el pesimista—. Y si no lo hub...

Una mano le tapó la boca.

—¡Duda usted aún después de que hoy, por un milagro... usted lo dijo, por un milagro... ha preservado su vida!

—Pero tu Dios está enojado contigo —objetó él—. Le ofendiste al amarme; le ofendes al seguir amándome; viniendo aquí, le agraviastes más...

—Con un pie en el borde del abismo para caer, con el cuerpo medio hundido ya en las llamas del infierno... mi Dios me salva y me perdona, si a él se convierte mi voluntad... Ahora, ahora voy a pedirle que me salve.

—Y no te salvará —repuso Artegui tomándole las manos—; no te salvará, porque adondequiera que vayas, aunque huyas de mí hasta ocultarte en el mismo centro de la tierra, aunque te escondas en la celda de un convento, me querrás, me adorarás, le ofenderás recordándome. No, tu sinceridad no te permite negarlo. ¡Ah! ¡Si se pudiese querer o no, a voluntad! pero harto te dice la conciencia que, hagas lo que hagas, yo estaré contigo siempre... siempre. Mira: por lo mismo que te horroriza... por lo mismo sucederá. Y te digo más: vendrá un día en que, como hoy, desearás verme, aunque solo sea el espacio de un segundo... y atropellando por cuantos obstáculos se ofrezcan, y despreciando cuantas trabas te lo impidan, vendrás a mí... a mí.

Diciendo esto la sacudía por las muñecas, como el huracán sacude al tierno arbusto.

—Dios —murmuraba ella débilmente—. Dios sabe más que usted, y que yo, y que todos... Le pediré que me ampare, y lo hará; le conviene hacerlo; lo hará, lo hará.

—No —respondió Artegui con fuerza—. Sé que vendrás, que vendrás arrastrada como la piedra, por tu peso propio, a caer en este abismo... o en este cielo; vendrás, vendrás. Mira, estoy tan cierto de ello, que ya no debes temer que me mate... No quiero morir, porque sé que es la ley de las cosas que un día vengas a mí, y ese día —que llegará— quiero estar aún en el mundo para abrirte así los brazos.

A no estar Lucía vuelta de espaldas a la luz, Artegui pudiera haber visto el júbilo que se difundía por su rostro, y sus ojos que un segundo se alzaron al cielo dando gracias. Los brazos de Artegui, abiertos esperaban, Lucía se inclinó, y más rápida que las golondrinas, cuando al cruzar los mares rozan el agua, apoyó un instante la cabeza en los hombros de Artegui.

Enseguida, y con presteza no menor, fue a la mesa, y tomando el candelero y entregándoselo a Ignacio, dijo en voz entera y tranquila:

—Alumbre usted.

Artegui alumbró sin pronunciar palabra. Su sangre se había enfriado de pronto, y solo le quedaba, de la terrible crisis, cansancio y melancolía más profundos que nunca. Cruzaron el dormitorio, el pasillo, sin despegar los labios. En el pasillo ya, Lucía se volvió un momento y miró aquel rostro como si quisiera grabarlo con indelebles y fortísimos caracteres en su retina y en su memoria. La cabeza de Artegui, alumbrada en pleno por la luz que en la mano tenía, se destacaba sobre el fondo oscuro del cuero estampado que cubría la pared. Era una bella cabeza, más por la expresión y carácter que por la misma regularidad de facciones. El negror de la barba realzaba su interesante palidez, y su abatimiento la asemejaba a las cabezas muertas del Bautista, tan valientes en su claro oscuro, que creó nuestra trágica escuela nacional de pintura. También él miraba a Lucía, con tal pena y lástima, que no lo pudo ella sufrir más, y corrió a la puerta. En el umbral, Artegui sondeó con la mirada las profundidades del jardín.

—¿La acompaño a usted? —dijo.

—No pase usted de ahí... apague la luz, cierre al punto la puerta.

Artegui ejecutó lo primero; pero antes de realizar lo segundo, murmuró al oído mismo de Lucía:

—En Bayona me dijiste una vez: «¿Me va usted a dejar sola?» Ahora me toca a mí repetírtelo. Quédate... A tiempo estás aún. Ten compasión de mí, y de ti.

—Porque la tengo... —replicó ella ahogándose—. Por eso... Adiós, Don Ignacio.

—Hasta luego —contestó una voz perceptible apenas. La puerta se cerró.

Lucía miró al cielo, en que brillaban las estrellas, y sintió un frío agudo. Arrodillose en el vestíbulo, y apoyó la cara contra la puerta. En aquel momento se acordaba de una circunstancia pueril; la puerta estaba por dentro forrada de brocado rojo oscuro, de los tonos mates del cuero. No supo por qué recordaba tal detalle; pero suele ocurrir así; en momentos semejantes, acuden ideas que ninguna importancia tienen ni guardan conexión alguna con los acontecimientos decisivos que están pasando.

Miranda había salido aquella tarde a dar una vuelta, para despejarse, decía él, la cabeza. Cuando volvió al hotel subió a la cámara mortuoria, y allí halló a Juanilla, transida de miedo y de cansancio, velando a la difunta. La criada le dijo, en son de queja, que la señorita Lucía le había encargado velar un rato, pero que el rato era ya muy largo, larguísimo, y que ella no podía más. Por el espíritu suspicaz de Miranda no cruzó ni sombra de recelo entonces, y dijo con naturalidad:

—La señorita se habrá ido a dormir; está muy cansada... pero vete, chica que yo enviaré a Sardiola.

Así lo hizo, en efecto, y oyendo enseguida la campana que llamaba a la mesa redonda, bajó al comedor, sintiendo aquel día excelente apetito, cosa no cotidiana en su enervado estómago. Faltaba aún, para que sirviesen la sopa, los sacramentales segundos y tercer toque. Había grupos de huéspedes que conversaban esperando; la mayor parte hablaban de la muerte de Pilar en voz queda, por consideración a Miranda, a quien conocían; solo un núcleo de tres o cuatro navarros y vascongados platicaban de recio, por ser el asunto de su conversación de aquellos que no encierran misterio alguno. No obstante, de tal manera fijó la atención de Miranda lo que decían, que inmóvil y vuelto todo oídos, no respiraba casi. A los diez minutos de escuchar supo cuanto saber no quisiera: que Artegui estaba en París, que vivía en la casa de al lado, que se podía pasar a su domicilio por el jardín, puesto que uno de los vascongados declaraba haber lo hecho aquella mañana con objeto de visitarle... El camarero que cruzaba a la sazón con una bandeja llena de platos de humeante sopa, indicó a Miranda que podía sentarse, y él en vez de oírle, tomó escalera arriba como un frenético, y entró sin respeto alguno en la cámara mortuoria.

—¿Dónde está la señorita Lucía? —preguntó brutalmente a Sardiola, que velaba.

—No sé... —El fiel perro alzó los ojos y contempló las facciones descompuestas del marido, y una intuición rápida le dijo docenas de cosas. Miranda salió como un cohete, y recorrió las habitaciones llamando a Lucía a gritos. Silencio profundo. Entonces resueltamente salió al balcón, y bajó al jardín.

Un bulto negro descendía las escaleras del vestíbulo de casa de Artegui. A la luz de los astros, y a la de los lejanos faroles de la calle, se advertía su vacilante andar, y a las manos que frecuentemente llevaba a su rostro. Miranda esperó, esperó como el cazador en acecho. El bulto iba acercándose. De pronto salió de entre un seto de arbustos un hombre y se oyó una imprecación soez, que traducida al lenguaje de las personas beneparlantes pudiera sonar así:

—¡Mala mujer!

Hubo ademanes violentos, y un cuerpo cayó... Llegaba en esto corriendo otra figura humana, que venía también del hotel por la escalera, e interponiéndose, se inclinó para recoger a Lucía. Miranda accionaba, y con voz ronca, estrangulada y tartajosa de rabia, decía, dando al diablo todo su porte cortesano:

—Fuera de ahí, so tío... so entrometido... ¿usted que... qué tiene que ver?... Yo la abo... la abofeteo, porque pu... pu... puedo y me da la gana... Soy su marido. Si no se va usted, le parto por la mitad... le abro en canal...

A ser Sardiola alguna pared de cal y canto, atendiera más a las invectivas de Miranda de lo que lo hizo. Con soberana indiferencia y fuerza hercúlea cargó en sus hombros el bello bulto inanimado, y separando al marido de un vigoroso empujón, tomó escalera arriba, no parando hasta depositar la preciosa carga en un sofá de la estancia mortuoria. Tras él entró el energúmeno, pero se contuvo algo al ver la actitud briosa y los centelleantes ojos del ex voluntario carlista, que con su cuerpo hacía parapeto al de la desmayada.

—Si no se va usted... —aulló Miranda tendiendo los puños.

—¡Irme! —contestó Sardiola apaciblemente—. ¡Bueno es irme! ¡Para que usted la ahogue, y se quede tan fresco! ¡mal hombre! vergüenza debiera darle a usted tocar al pelo de la ropa a la señorita.

—Pero usted... ¿qué autoridad tiene aquí?... ¿quién le mete?... y la cabeza iracunda de Miranda tenía un temblor senil... Váyase usted —gritó con renovado furor, o buscaré un arma—. Los ojos inyectados del marido recorrieron la estancia, hasta tropezar con el cadáver, que conservaba ante aquella escena su vaga sonrisa fúnebre. Sardiola, entretanto, metiendo la mano en el bolsillo de su chaleco, sacó una mediana faca, de picar tabaco sin duda, y la arrojó a los pies de su adversario.

—Tome usted —dijo con ese garbo caballeresco que tan frecuentemente se halla en la plebe española... a mí me ha dado Dios buenos puños.

Quedose Miranda indeciso un punto, y volviendo a aullar, derramó a borbotones su ira, exclamando:

—Mire usted que la cogeré... la cogeré... Váyase usted, no me tiente la paciencia...

—Cójala usted —replicó Sardiola risueño de puro desdeñoso... a ver cómo se lucen esos ánimos... porque pensar que he de irme yo... a no ser que la misma señorita me lo mandase...

—Vete, Sardiola —dijo una débil voz desde el sofá; y Lucía abrió los ojos, y clavó su mirada en el camarero, con reconocimiento y autoridad.

—Pero señorita, eso de irme, y...

—Vete, digo. —Y Lucía se incorporó, tranquila en apariencia: Miranda oprimía en la diestra la faca. Sardiola, arrojándose a él, se la arrebató, y tomando desesperada resolución, salió al pasillo gritando: «Socorro, socorro; se ha puesto mala la señorita». Diose de manos a boca con dos personas que subían la escalera, y que al oírle se precipitaron en la estancia mortuoria. Eran el Padre Arrigoitia y Duhamel, el médico. Hallaron un grupo extraño: al pie de la cama en que yacía la muerta, una mujer tendía las mano s para amparar sus flancos y su seno de los golpes que le descargaba, a puño cerrado, un hombre... Con vigor no presumible en su endeble cuerpo de cañaheja, interpúsose el Padre Arrigoitia, atrapando, si las crónicas no mienten, algún sopapo en la venerable tonsura; y a su vez Duhamel, emulando con científico valor el arresto del jesuita, cogió del brazo al furioso, logrando pararle... Lástima grande que no fuese posible a ningún taquígrafo estenografiar el donoso y elocuente discurso que en chapurradísima ensalada franco-luso-brasileña dirigió el buen doctor a Miranda, con el fin de demostrarle cuán bárbaro y cruel era eso de aporrear a una menina que está en las circunstancias de Lucía... Miranda oía con rostro cada vez más torvo, mientras el Padre Arrigoitia prodigaba a la maltratada mujer cuidados y consuelos afectuosísimos. De pronto el marido se encaró con el médico, y preguntándole broncamente:

—¿Dice usted... que esa mujer está encinta? Lo ha dicho usted.

—Sim —contestó Duhamel meneando la cabeza afirmativamente, con rítmica precisión.

—¿De cuántos meses?

—Acrescento que de cuatro. O tempo justo que hará que se casó...

Miranda tendió la vista por todos lados, hincó sus pupilas en su mujer, en el jesuita, en el doctor... Después cogió a estos dos de la mano y les rogó tartamudeando, que le concediesen una conferencia de algunos minutos. Pasaron a la habitación inmediata, y Lucía quedó sola con el cadáver. Pudo creer que era terrible pesadilla todo lo ocurrido. El balcón, abierto, dejaba ver las oscuras masas del arbolado del jardín; las estrellas brillaban convidando a dulces meditaciones; ardían los cirios ante Pilar, y en la fachada de Artegui se veía luz al través de unas cortinas... Bajar diez escalones, y encontrarse en el jardín; atravesar el jardín, y encontrarse sobre un pecho amante que para ella era cera suavísima, acero para sus enemigos... ¡Horrible tentación! Lucía se apretaba el corazón con las manos, se hincaba las uñas en el pecho... Uno de los golpes recibidos le dolía mucho; era en la clavícula, y parecíale como si tuviese allí un tornillo que le retorciera los músculos para que estallasen. Si Artegui se presentase entonces... Llorar, llorar con la cabeza apoyada en sus hombros... Al fin se acordó de una oración, que le había enseñado el Padre Urtazu, y dijo: «Dios mío, por vuestra Cruz, dadme paciencia, paciencia». Estuvo largo rato repitiendo entre gemidos: «paciencia».

El Padre Arrigoitia se presentó al fin, solo. Su frente ebúrnea venía cubierta de arrugas y sombras. Hablaron largo rato Lucía y él, en el balcón, sin sentir el frío, que era más que mediano. Lucía abrió por fin ancho cauce al dolor.

—Ya ve usted si yo mentiría... ahí, delante de ese cadáver... Ahora mismo pudiera marcharme con él, Padre... y si Dios no estuviese en el cielo...

—Pero está, está... y nos mira... —respondía el jesuita acariciándole afablemente las manos heladas—. Basta de delirio... ¿No ve usted cómo empieza ya a castigarla? Inocente es usted de lo que la imputa el señor don Aurelio, y, sin embargo, su atroz sospecha... tiene, tiene apariencias de fundamento... porque usted misma se las ha dado, yendo hoy a casa de ese hombre... La castiga a usted Dios en lo que más quiere; en ese angelito que no vino aún al mundo...

Lucía sollozó amargamente.

—Vamos, ánimo, pobrecita, hijita mía... siguió el padre espiritual cada vez más meloso y consolador. Y ¡por Dios y su madre santa! A España, a España mañana mismo.

—¿Con él? —preguntó Lucía horrorizada.

—Él hace sus maletas para tomar el tren de la noche... Se va a Madrid... La deja a usted... Si usted quisiera arrojarse a sus pies, y con humildad y arrepentimiento....

—Eso no, padre... —gritó la altiva castellana—. Creerá que soy lo que él me llama... No, no. —Y con más blandura, añadió—: Padre, hoy me he portado como buena, pero estoy rendida..., no me pida hoy más. Fáltanme ya las fuerzas... Piedad, Señor, piedad.

—Pido, sí, pido por amor de Jesucristo... que mañana mismo se vaya usted a España... No me aparto de usted hasta dejarla en el tren... Váyase usted, hija querida, con su padre. ¿No ve usted que tengo razón? Qué creerá su marido de usted si se queda usted aquí... pared por medio... usted es demasiado discreta y buena para intentarlo siquiera. ¡Por esa criaturita! Que su padre se persuada.... porque se persuadirá con el tiempo y su conducta de usted... ¡Ah! ¡No separe el hombre lo que Dios ha unido! Él volverá, volverá al lado de su esposa..., no lo dude usted. Hoy en su cólera... se dejó arrastrar... pero mañana...

Sollozos más hondos y desgarradores fueron la respuesta.

El Padre Arrigoitia estrechó cariñosamente las manos de la afligida.

—¿Me promete usted...? —murmuró con ardiente súplica, con la autoridad toda de su voz, acostumbrada a mandar en los espíritus.

—Sí, respondió Lucía... Me iré mañana... pero déjeme ahora desahogar..., me muero.

—Llore usted —contestó el jesuita—. Ensanche ese corazón. Yo rezaré entretanto.

Y entrando de nuevo en la estancia, arrodillose al lado del lecho mortuorio, sacó su breviario, y a la luz parpadeante de los blandones, fue leyendo en voz alta, compuesta y grave, las cláusulas melancólicas del oficio de difuntos.

. . . .

Más de dos semanas dio pasto a las lenguas ociosas de León el singular suceso de la llegada de Lucía González, sola, triste, desmejorada y encinta, a la casa paterna. Inventáronse mentiras como castillos para explicar el misterio de su vuelta, el retiro en que se dio a vivir, la tremenda pesadumbre que nublaba el rostro del tío Joaquín González, la desaparición del marido, y tantas y tantas cosas que a escándalo y drama conyugal transcendían. Como suele suceder en casos análogos, rodaron algunos adarmes de verdad envueltos en arrobas de patrañas, y algo se dijo que no iba del todo fuera de camino; mas por falta de datos secretos que enlazara los conocidos, anduvo a tropezones el juicio del público, y allí caigo, y aquí me levanto, acabó por extraviarse del todo. Bien se colige que los despellejadores de oficio hicieron el suyo con diligencia y afán extremado, y quién censuró al maduro pisaverde que buscaba novia de pocos años, quién al padre vanidoso y majadero, que sacrificaba a su hija por afán de hacerla dama, quién a la niña loca que... En suma, pusieron ellos tantas moralejas a la historia de Lucía, que yo creo poder eximirme de añadir ninguna. Lo que con más empeño criticó la gente, fue este moderno requisito del VIAJE DE NOVIOS, costumbre extranjerizada y vitanda, buena solo para engendrar disturbios y horrores de todo linaje. Sospecho que con el triste ejemplo de Lucía, tradicionalmente conservado y repetido a las niñas casaderas en lo que resta de siglo, no habrá desposados leoneses que osen apartarse de su hogar un negro de uña, al menos en los diez primeros años de matrimonio.

Marzo, 1881.

Libros a la carta

A la carta es un servicio especializado para
empresas,
librerías,
bibliotecas,
editoriales
y centros de enseñanza;
y permite confeccionar libros que, por su formato y concepción, sirven a los propósitos más específicos de estas instituciones.

Las empresas nos encargan ediciones personalizadas para marketing editorial o para regalos institucionales. Y los interesados solicitan, a título personal, ediciones antiguas, o no disponibles en el mercado; y las acompañan con notas y comentarios críticos.

Las ediciones tienen como apoyo un libro de estilo con todo tipo de referencias sobre los criterios de tratamiento tipográfico aplicados a nuestros libros que puede ser consultado en Linkgua-ediciones.com.

Linkgua edita por encargo diferentes versiones de una misma obra con distintos tratamientos ortotipográficos (actualizaciones de carácter divulgativo de un clásico, o versiones estrictamente fieles a la edición original de referencia).

Este servicio de ediciones a la carta le permitirá, si usted se dedica a la enseñanza, tener una forma de hacer pública su interpretación de un texto y, sobre una versión digitalizada «base», usted podrá introducir interpretaciones del texto fuente. Es un tópico que los profesores denuncien en clase los desmanes de una edición, o vayan comentando errores de interpretación de un texto y esta es una solución útil a esa necesidad del mundo académico.

Asimismo publicamos de manera sistemática, en un mismo catálogo, tesis doctorales y actas de congresos académicos, que son distribuidas a través de nuestra Web.

El servicio de «Libros a la carta» funciona de dos formas.

1. Tenemos un fondo de libros digitalizados que usted puede personalizar en tiradas de al menos cinco ejemplares. Estas personalizaciones pueden ser de todo tipo: añadir notas de clase para uso de un grupo de estudiantes,

introducir logos corporativos para uso con fines de marketing empresarial, etc. etc.

2. Buscamos libros descatalogados de otras editoriales y los reeditamos en tiradas cortas a petición de un cliente.

www.ingramcontent.com/pod-product-compliance
Lightning Source LLC
Chambersburg PA
CBHW031955010726
47493CB00007B/2208